W0048403

ZIMTSTERNKÜSSE

HERAUSGEBERIN
CAT LEWIS

© 2015 Amrûn Verlag
Jürgen Eglseer, Traunstein

Herausgeber: Cat Lewis
Covergestaltung: Claudia Toman
Lektorat: Simona Turini
Korrektorat: Jasmin Krieger
Illustrationen: Katharina Reitz

ISBN – 978-3-95869-032-5

Besuchen Sie unsere Webseite:
http://amrun-verlag.de

Bibliografische Information der
Deutschen Nationalbibliothek:
Die Deutsche Nationalbibliothek verzeichnet die-
se Publikation in der Deutschen Nationalbiblio-
grafie; detaillierte bibliografische Daten sind im
Internet unter http://dnb.d-nb.de abrufbar

VORWORT

Weihnachten hat etwas Magisches an sich. Zwar verbinden viele Leute das Fest der Liebe mit purem Kommerz und machen sich nicht viel daraus, doch es gibt auch Menschen, die den Dezember in all seinen Zügen genießen. Weihnachtsmärkte, Glühwein, Senfflecken auf den Jacken, Last Christmas von Wham!, Plätzchen backen, in eine Decke eingekuschelt am Kamin sitzen, Geschenke für seine Lieben einkaufen, den Tannenbaum schmücken, Zimtsternküsse mit seinem oder seiner Liebsten austauschen ... Weihnachten ist einfach das, was man selbst daraus macht.

Für mich ist die Weihnachtszeit etwas Wunderbares. Jedes Jahr aufs Neue besuche ich im Dezember meine Buchhandlung des Vertrauens, um mich auch literarisch in Festtagstimmung zu bringen, doch fündig werde ich nur selten. Nachdem mir nun schon des Öfteren mitgeteilt wurde, dass es mit weihnachtlicher Literatur aus dem Young Adult-Bereich recht mau aussieht, kam die Idee auf, eine Anthologie zusammenzustellen, die genau in dieses Schema passt. Wenn es kein anderer tut, dann muss man es eben selbst in die Hand nehmen. ;-)

Der Amrûn Verlag hat sich diesem Projekt dankenswerterweise angenommen und zudem ermöglicht, dass „Zimtsternküsse" mit einem wahrlich traumhaften Cover von Claudia Toman von Traumstoff Buchdesign und einer zuckersüßen Illustration von Katharina Reitz, auch bekannt als Lunaly, ausgestattet wird.

Nun bin ich sehr stolz, euch Geschichten aus der Feder von neun wundervollen Autorinnen präsentieren zu können, die allesamt von der großen Liebe in der schönsten Zeit des Jahres erzählen.

Ich hoffe, ihr habt Spaß an dieser Anthologie und denkt daran:

Weder Mandelkern noch Pfeffernüsse - nichts schmeckt so gut wie Zimtsternküsse.

Eure

Cat Lewis

Wer will an Weihnachten schon Single sein?

Katharina Wolf

Warum?

Warum immer ich?

Warum schon wieder?

Aus irgendwelchen unerfindlichen Gründen hielten meine Beziehungen nie wirklich lange. Und nun, kurz vor Weihnachten, war ich schon wieder Single. Ich hatte einfach kein Glück. Nie.

Ich lief die matschige Straße entlang und wickelte meinen dicken roten Schal noch enger um meine Schultern. Es hatte angefangen zu regnen. Zu schneeregnen, um genau zu sein. Ekliger ging es echt nicht mehr. Aber das war so typisch für Deutschland. Und dieses graue Ekelwetter passte einfach perfekt zu meiner momentanen Stimmung. Ich fühlte mich genauso neblig, matt und matschig.

Bäh!

Aber ich war selbst schuld daran. Meine Freundin Natascha hatte mich gewarnt. Schon mehrfach.

»Lass dich nie auf einen BWLer ein. Immerhin studieren die dafür, irgendwann mal arschige Managertypen zu werden.« Das waren ihre Worte. Tja, und was soll ich sagen? Sie hatte allem Anschein nach Recht.

Aber hier an der Uni waren nun mal alle hübschen Kerle BWLer. Zumindest landete ich immer wieder beim gleichen Typ Mann. War ich zu oberflächlich? Zu naiv? Es gab zwar auch eine kleine geisteswissenschaftliche Fakultät, an der ich mit Natascha Germanistik studierte, und irgendwo hier rannten auch einige Juristen rum, das glaubte ich zumindest. Aus unerfindlichen Gründen landete ich aber immer wieder bei den BWL-Studenten.

Ich war sozusagen ein BWL-Arsch-Magnet!

Aber wo sollte ich auch sonst auf gescheite Männer treffen? Ich verbrachte nun mal fünfzig Prozent des Tages an der Uni und die restliche Zeit zu Hause, davon einen Großteil im Bett. Auf vollkommen unerotische Art und Weise. Hauptsächlich, um zu schlafen, zu lernen oder mit Keksen die Laken vollzukrümeln. Und da ich jetzt Single war, würde das auch so bleiben - nur mit noch mehr Krümeln.

Aber warum ausgerechnet in der Adventszeit?

Gerade da wollte man doch gemeinsam heiße Schokolade mit Sahne trinken, auf der Couch kuscheln und knutschen, kitschigen Kram im Fernsehen schauen und den Weihnachtsbaum schmücken. Einmal möchte ich mit einem süßen Kerl zusammen Sissi ansehen, während er einen Arm um mich gelegt hat und wir gemeinsam, in eine weiche Decke gehüllt, Lebkuchen und Zimtsterne essen.

Aber leider hatte sich Kevin gegen mein Perfektes-Paar-Advents-Programm entschieden und stattdessen Schluss gemacht. Danach war er direkt, ohne mir auch nur eine Millisekunde nachzutrauern, mit seinen Kumpels nach Florida geflogen. Nun zeige mir sein Facebook-Profil zahlreiche gutgelaunte Partyfotos am Strand. Die Arme abwechselnd um verschiedene Bikini-Schönheiten gelegt. Was für ein Arsch. Ich könnte ausrasten vor Wut!

Zumindest hatte ich heute reichlich Zeit und Grund zum Frustfressen. Und zur Adventszeit boten die Regale der Supermärkte zum Glück mehr als genug Sünden, die ich nun einer exzessiven Bettgeschichte vorziehen musste. Naja, Spekulatius konnten fast genauso toll und befriedigend sein wie Sex.

Ich ging zum Supermarkt um die Ecke und schnappte mir einen Einkaufswagen. Den würde ich brauchen, denn ich hatte viel vor. Ich lief gezielt zu den Süßigkeiten und warf mehr oder weniger wahllos alles hinein, was mir in den Sinn kam oder auf das ich eventuell in meinen einsamen Stunden noch Lust bekommen könnte. Man musste ja auf alles vorbereitet sein. Danach ging ich zum Regal mit dem Alkohol und bediente mich auch hier ausgiebig. Ich fuhr um die Ecke und krachte klirrend und mit äußerst viel Wucht in einen anderen Einkaufswagen. Shit!

»Sorry«, sagte ich verlegen und mit glühenden Wangen. Ich war echt ein Hornochse und raste hier blind und vollkommen in Gedanken versunken durch die Gänge. Dabei hatte ich von den Spirituosen noch gar nichts getrunken.

Langsam ließ ich meinen Blick nach oben wandern. Hinter dem Wagen stand ein Mann. Ein hübscher Mann. Er trug eine Jacke im Army-Look. Passend dazu hatte er braunes kurzes Haar und grün-braune Augen. Für einen kurzen Moment huschte ein erschrockener Ausdruck über sein Gesicht, doch dann begann er zu lächeln und entblößte dabei eine Reihe strahlend weißer Zähne.

»Was ist denn das für ein Klischee?«, sagte er und nahm, ohne den Blick von mir abzuwenden, eine Packung Nudeln aus dem Regal neben sich, die er in den Wagen warf.

»Wenn ich es nicht besser wüsste, würden wir uns jetzt unsterblich ineinander verlieben«, konterte ich. »Da ich aber weder Jennifer Aniston noch Julia Roberts bin, und du allem Anschein nach auch nicht Hugh Grant, befinden wir uns wohl nicht in einer romantischen Komödie und können dieses Szenario demnach ausschließen.«

»Aber auf ein Happy End darf man doch trotzdem hoffen, oder?« Seine Augen leuchteten und er grinste schelmisch.

»Hoffen darf man immer«, gab ich kess zurück. Uuuh, so kannte ich mich ja gar nicht. Ich flirtete. Und ich war gar nicht mal so schlecht darin. Ich wartete noch auf einen weiteren frechen Konter, aber der hübsche Kerl schwieg und ein schüchternes Lächeln zierte dabei seine Lippen. Hübsche Lippen. Hübsche, volle Lippen. Dann lachte er plötzlich laut.

»Naja, dann mal noch viel Spaß bei …« Er schaute in meinen Wagen: Glühwein, Sekt, Lebkuchen, Zimtsterne und vier Adventskalender, denn diese Schokolade mochte ich am liebsten. »Bei den Weihnachtseinkäufen?« Er zog skeptisch eine Augenbraue hoch und kratzte sich am Hinterkopf.

»Danke«, gab ich beschämt zurück. Vielleicht wären ein Bund Suppengemüse, Earl Grey-Tee und ein Lexikon der Kulturwissenschaft etwas stilvoller gewesen, als diese Vorbereitung auf ein Fress- und Saufgelage. Der Einkauf war echt bemitleidenswert und megapeinlich. ICH war bemitleidenswert und megapeinlich!

Ich lief an ihm vorbei Richtung Kasse und hoffte, dass er mir bei meinem Abgang nicht allzu sehr auf den Hintern starrte. Der Inhalt meines Wagens kombiniert mit meiner etwas zu breiten

Kehrseite ... Naja, man musste kein Genie sein, um den Zusammenhang zu erkennen.

»Man sieht sich im Leben immer zweimal«, rief er mir plötzlich hinterher. Ich drehte mich um und sah nur noch, wie er mir zuzwinkerte und dabei breit grinste. Ich wurde rot. Das gab's ja echt nicht. Ich kicherte wie ein Teenie und erntete dabei den verdutzten Blick einer älteren Dame, die gerade das Regal mit den richtig harten Spirituosen begutachtet hatte. Auch sie wollte die Adventszeit wohl unter keinen Umständen nüchtern verbringen.

Richtig so!

Prost!

»Ey Sue, komm heute Abend mit. Bitte!« Natascha nervte mich nun schon seit einer halben Stunde am Telefon und mein Geduldsfaden begann langsam aber sicher zu reißen. »Dieser Arsch von Kevin soll dir nicht die Laune verderben. Er ist es nicht wert. Es ist kurz vor Weihnachten und ich will eine gutgelaunte Sue, mit Stollenkrümeln im Mundwinkel, Senf auf der Jacke und einem ordentlichen Glühweinschwipps. Also geh heute Abend mit mir auf den Weihnachtsmarkt! Bitte!«

Ich brummte.

»Aber es ist so kalt.« Es stimmte, denn selbst in der Wohnung, in der ich meine dicken *Yoda*-Lieblingspantoffeln trug, glichen meine Füße Eisklötzen.

»Als ob ein Weihnachtsmarkt bei 25 Grad Spaß machen würde ...«

Ich brummte wieder. Sie hatte ja Recht, aber ...

»Du weißt, dass ich dich zwingen werde?«

»Ich hasse dich.«

»Ich hol dich um 18 Uhr ab.« Dann legte sie auf, damit ich auch ja keine Chance hatte, Widerworte zu geben.

Na toll!

Wie angedroht, klingelte es um 18 Uhr an meiner Tür und Natascha stand davor. Von der Kälte waren ihre Wangen gerötet und sie rieb ihre behandschuhten Hände aneinander. Sie war die einzige Frau auf dieser Welt, die es schaffte, trotzdem irgendwie heiß auszusehen. Sie trug eine lässige schwarze Beaniemütze, einen roten, taillierten Mantel und – um dem Ganzen die Krone aufzusetzen - umschmeichelte ihr langes blondes Haar geradezu engelsgleich ihr schönes Gesicht. Es war zum verrückt werden! Neben ihr sah ich mit meiner dicken Daunenjacke wie das Michelin-Männchen aus. Das Michelin-Männchen mit explodierter Frisur.

Ich schlüpfte in meine gefütterten Stiefel und griff nach den grünen Ohrenschützern. Eine Mütze war bei mir immer etwas problematisch. Durch meine braunen Locken sah ich, wenn ich die Haare in die Mütze packte, wie ein *Conehead* aus oder wie ein Pudel, wenn ich sie unter der Mütze heraushängen ließ. Beides nicht so schön. Daher bevorzugte ich Ohrenschützer. Und grün war nun mal meine Lieblingsfarbe. Je greller, desto besser.

Wir liefen etwa zehn Minuten die geschmückte und von Lichterketten gesäumte Straße entlang, bis wir den kleinen, gemütlichen Weihnachtsmarkt erreichten. Er war nicht vergleichbar mit den Weihnachtsmärkten in den Großstädten, die eher einem Rummel oder Jahrmarkt glichen. Hier gab es kein Kinderkarussell, kein Dosenwerfen oder Autoscooter. Die wenigen Holzbuden waren dafür besonders schön und bunt geschmückt. Alles leuchtete und glitzerte warm und festlich. Aus kleinen Lautsprechern hörte man knisternd Kinderchöre singen und ein dicker

Weihnachtsmann stand am Eingang und verteilte Schokolade an die kleinen und großen Besucher. Auch ich bekam ein leckeres Stückchen in Form eines Schlittens. Mit einem Happs war es weg. Ich liebte Schokolade einfach zu sehr. Sobald ich hier war, erwachte die Weihnachtsstimmung in mir und ich summte automatisch *Jingle Bells* vor mich hin. Es hatte etwas Magisches. Als würde die schlechte Stimmung direkt beim Durchtreten des leuchtenden Eingangstores von mir abfallen.

Das Gedränge war groß. Vor allem vor den Ständen, an denen es Essen und Getränke gab. Das lag wohl an der Uhrzeit. Alle kamen nach Feierabend mit ordentlich Hunger hier her und stürzten sich auf Bratwürste, Kartoffelpuffer, gebrannte Mandeln und heiße Maronen.

»Ich reserviere uns hier den Stehtisch und du …« Sie kramte hektisch in ihrer Jackentasche und streckte mir einen Fünf-Euroschein entgegen. »Du besorgst uns Sprit!« Ich nickte und ging zu einem Stand ganz in der Nähe. Einige Leute standen bereits davor und warteten, laut miteinander schnatternd und teilweise schon lallend, auf ihre Bestellungen. Irgendwann war auch ich an der Reihe.

»Zwei Glühwein, bitte.«

»Kommt sofort.«

Ich wartete nur wenige Sekunden, ehe mir zwei dampfende Tassen vor die Nase gestellt wurden. Ich reichte die zerknitterten Scheine über den Tresen und nahm das Rückgeld entgegen, was mit behandschuhten Fingern gar nicht so einfach war. Dann nahm ich die beiden Tassen und versuchte, sie ohne größere Verluste zu Natascha zurück zu balancieren.

Es war ein ganz schönes Gedrängel und Geschubse, aber ich wusste mich durchaus durchzusetzen. Nicht umsonst war ich früher auf den ganzen Boygroup-Konzerten gewesen und hatte mich bis in die erste Reihe durchgeschlagen. Irgendeinen Sinn mussten die *Backstreet Boys* und *N'Sync* doch gehabt haben.

»Bitteschön. Kein Tropfen verschüttet.«

»Lecker, danke«, jauchzte Natascha voller Vorfreude. »Der erste Glühwein des Jahres ist immer der Beste.«

»Die nächste Runde besorgst aber du, das da drüben ist ein Kampf!«

»Abgemacht!«

Wir stießen an und verbrannten uns synchron die Zungen. Auch dies war eine Tradition, wenn auch keine angenehme. Lachen mussten wir trotzdem.

»Jetzt sind wir beide single, schon mal darüber nachgedacht?« Ich schaute zu ihr auf und zog eine Augenbraue hoch.

»Und das ist jetzt toll oder was?«

»Naja, besser, als wenn es nur eine wäre. Wir können die Zeit, die wir jetzt haben, gemeinsam verbringen und über unsere Exfreunde ablästern.«

»Stimmt eigentlich.«

»Und außerdem halte ich dich ab jetzt von allen Vollpfosten fern. Regel Nummer eins: Kein BWLer kommt dir mehr ins Haus, geschweige denn ins Bett. Die letzten drei sollten wohl Abschreckung genug gewesen sein.«

»Ist das nicht etwas diskriminierend? Man kann doch nicht alle über einen Kamm scheren.« Ich nippte vorsichtig an meinem Glühwein und stellte zufrieden fest, dass er nun trinkbar war.

»Papperlapapp. Zweitens: Mach dich rar. Nicht immer gleich auf jede Anmache anspringen und dich nach dem ersten Date Hals über Kopf verlieben. Lass die Typen mal ein bisschen um dich werben. Das macht dich auch interessanter.«

Ich nickte und trank meine Tasse leer. Natascha starrte mich perplex an und nahm dann selbst einen großen Schluck, um mitzuhalten.

»Hört sich alles überraschend vernünftig an. Gibt es auch ein Drittens?«

»Das muss ich mir noch überlegen.« Sie zwinkerte mir zu und trank nun auch ihren Glühwein aus.

»Du bist dran.«

Sie verdrehte die Augen, nahm die zwei leeren Tassen und ging zum Stand mit dem leckeren, süßen Heißgetränk. Ich schaute ihr zuerst nach und beobachtete dann die Menschen um mich herum. Ich wollte unangenehmen Überraschungen vorbeugen. Hier auf dem Weihnachtsmarkt traf man eigentlich immer jemanden. Nicht jedes Mal erfreulich, aber der Alkohol machte es erträglich. Jetzt auf einen von Kevins bekloppten Kumpels zu treffen, würde die Stimmung gehörig trüben.

Nach einiger Zeit kam Natascha wieder angelaufen und brachte neben zwei dampfenden Tassen noch eine kleine Schale Erdnüsse mit.

»Die habe ich gerade von der Theke geklaut. Da waren bestimmt schon hundert Finger drin.«

»Egal.«

Ich griff beherzt zu. Die Bakterien wurden danach direkt mit Alkohol abgetötet.

Wir unterhielten uns über die Uni, die letzten Vorlesungen vor Weihnachten und über Hausarbeiten, die wir während der freien Zeit verfassen mussten. Dann trafen wir noch auf einige frühere Klassenkameraden, was eher unfreiwillig komisch war, da einer von ihnen derart betrunken war, dass er von zwei Mädels fast getragen werden musste. Wir beschlossen, nach dieser etwas peinlichen Begegnung unseren Stehtisch aufzugeben und uns etwas umzusehen. Mit dem mittlerweile dritten Glühwein in der Hand schlenderten wir an den Ständen entlang. Wir betrachteten Christbaumschmuck, Weihnachtskrippen und anderen Kitsch und blieben schließlich vor einem Stand mit himmlisch duftenden Bratwürsten stehen.

Als ich gerade umständlich mit dem Handschuh in der Jacke nach meinem Geld fischte, wurde ich plötzlich angerempelt und schüttete mir meinen kompletten Glühwein über meine Jacke.

»Verdammt!«

Als ob das noch nicht genug gewesen wäre, wurde nun auf einmal noch mehr gedrängelt. Ich kam mir vor wie auf einem Rockkonzert. Auf Pogo war ich allerdings so gar nicht vorbereitet. Vor dem Würstchenstand schrien sich zwei Frauen lautstark an und schubsten sich. Der Kerl neben mir befand sich unglücklicherweise zur falschen Zeit am falschen Ort und geriet direkt in die Kampfzone der beiden. Er schaffte es nicht mehr, das Gleichgewicht zu halten, und so ergoss sich auch dessen gesamter Tasseninhalt auf meine Jacke. Das war doch wohl ein schlechter Scherz! Bin ich hier in eine Aufzeichnung der *Versteckten Kamera* geraten, oder was?

»Was zum ...?« Der Mann schaute enttäuscht in seine nun leere Tasse, bevor er den Blick hob und bemerkte, wo der Inhalt gelandet war. Es war ihm sichtlich unangenehm und er rang nach Worten.

»Das tut mir ... das war keine ... ich wurde ...«

Wir sahen uns an und ... verdammt! Ich kannte diesen Kerl.

»Bist du nicht der Typ aus dem Supermarkt?«

Er runzelte die Stirn und auf einmal traf auch ihn die Erkenntnis und seine Augen weiteten sich vor Entsetzen.

»Ich sollte mit den Klischees echt aufhören, oder?«

»Das solltest du wirklich! Und meine Jacke solltest du reinigen lassen.«

Er sah mich ehrlich beschämt an und kratzte sich schüchtern am Hinterkopf.

»Ich sollte mich vielleicht erstmal vorstellen.« Er streckte mir die Hand entgegen. »Ich bin Max.« Ich zog meine klitschnassen Handschuhe aus und schaute auf meine rechte Hand, die von süßen Glühweinspritzern nur so klebte. Ich streckte ihm meinen kleinen Finger hin, den er sogleich ergriff.

»Susanne, aber nenn mich einfach Sue. Schön, dich kennenzulernen.«

Er hielt meinen kleinen Finger und das war einerseits so süß und andererseits so unglaublich lächerlich, dass ich wie ein verliebter Teenie kichern musste. Schon wieder. Es begann, sich zu häufen. Auch er schnaubte belustigt und lächelte dabei so herzlich und süß und wunderschön und ...

»Hey Leute, was geht denn hier ab?« Stimmt, Natascha war ja auch noch da. Das hatte ich kurz verdrängt.

»Ah, Max, das ist Natascha.«

»Hey.«

»Hi.«

Ein seltsames Schweigen breitete sich zwischen uns aus, das ich nutzte, um meine klebrigen Hände an meiner vor Glühwein triefenden Jacke abzuwischen. Das helle Grau meiner Daunenjacke zierte nun ein riesiger dunkelroter Fleck, der sich irgendwie immer weiter auszubreiten schien. Als wäre ich erschossen worden und das Blut würde nun unaufhörlich aus meiner Brust sickern.

»Irgendwie gruselig«, sagte ich und zeigte auf die vermeintliche Verletzung. Max und Natascha nickten.

»Lass uns nach Hause gehen. So kann man sich mit dir nirgends blicken lassen«, sagte Natascha resigniert und ließ keine Widerworte zu.

»Gut, ähm ...« Ich schaute zu Max und fühlte mich plötzlich sehr schüchtern. Was sollte ich nun tun? Hand schütteln? Umarmen? Küsschen links und rechts?

»Warte hier!« Er lief schnell zur Würstchenbude, vorbei an den immer noch keifenden Frauen, und kam mit einer Serviette und einem Kugelschreiber zurück. »Hier, das ist meine Handynummer. Melde dich einfach wegen der Reinigung und so.« Sein *und so* ließ mich rot werden und verlegen grinsen. *Und so* bedeutete, dass da noch mehr war und er die Reinigung nur als Vorwand nutzte. Oder?

Wir verließen den Weihnachtsmarkt und ich konnte das dämliche, breite Grinsen in meinem Gesicht nur schwer verbergen. Gepaart mit dem großen Fleck auf meiner Brust musste ich ziemlich irre aussehen. Wie nach einem Attentat. Nur wirkte ich nicht wie das Opfer. Hoffentlich würden wir auf dem kurzen Nachhauseweg keiner Polizeistreife über den Weg laufen.

»Gib mir mal die Serviette.«

»Mmh?«

»Die Serviette!«

Ich griff wie in Trance in meine Jackentasche und reichte ihr den Fetzen Papier, auf dem seine Telefonnummer geschrieben stand. Sie nahm sie entgegen und steckte sie in ihre Handtasche.

»Hey, was soll das?«

»Regel Nummer zwei: Mach dich rar! Ich kenn dich doch. Du wirst ihm ansonsten heute Abend eine schnulzige SMS schreiben und das ist keine gute Idee.«

»Und was soll ich deiner Meinung nach sonst tun?«

»Nichts.«

»Nichts?«, schrie ich entsetzt. Einige Leute schauten sich nach uns um und wunderten sich mit weit aufgerissen Augen über die hysterisch schreiende, wild mit den Armen fuchtelnde Frau mit dem blutenden Torso.

»Du wartest erst mal ab. Und wenn ein wenig Zeit vergangen ist, gebe ich dir die Nummer zurück. Vertrau mir doch einfach mal!«

»Bis dahin hat er mich vergessen, hat geheiratet und zwei Kinder! Natascha, das sind meine zwei Kinder! Er soll Luke und Lea nicht mit einer anderen Frau bekommen!« Okay, ich war nicht nur irre und etwas betrunken, ich war auch nicht mehr ganz zurechnungsfähig.

»Wenn er die paar Tage nicht warten kann, dann war er nicht der Richtige. Punkt! So einfach ist das.«
»So einfach ist das also?«

»Ja. Vertrau mir!«

Einfacher gesagt als getan, ich hatte nämlich irgendwie das ungute Gefühl, dass mein Leben von dieser Nummer abhing.

Nur noch wenige Tage bis Weihnachten und ich musste dringend noch Geschenke besorgen. Für meine Familie war das zum Glück recht einfach. Ich ging, wie jedes Jahr, in genau zwei Läden: In eine Parfümerie und einen Buchladen. Ich war unsagbar dankbar dafür, eine unkomplizierte Verwandtschaft zu haben. Denn ich genoss die festliche und romantische Weihnachtszeit. Das Geschenkeeinkaufen in überfüllten Einkaufszentren war hingegen eine Zumutung. Darauf konnte ich gut und gerne verzichten.

Ich schnappte mir einen kleinen Korb, der mir direkt am Eingang der Parfümerie von einer netten, übertrieben geschminkten Dame gereicht wurde. Ein Aftershave für meinen Vater. Ein Parfüm für Mama und ein Set mit verschiedenen Nagellacken in diversen Rottönen für meine Patentante. Für Natascha besorgte ich noch ein hübsches Fläschchen Badezusatz, das angenehm nach Rosen roch. Fertig! Ich begab mich zur Kasse, bezahlte mit meiner EC-Karte und bat die nette, ebenso vollkommen überschminkte Verkäuferin darum, alles schön zu verpacken.

Damit war die Hälfte schon mal erledigt und ein Großteil mit Geschenken versorgt. Mit zwei Tüten ausgestattet lief ich in den Buchladen, der nur einige Meter entfernt in der gleichen Einkaufsstraße lag.

Ich hatte mir bereits zuvor einige Notizen gemacht. Im Internet hatte ich recherchiert, welche Bücher momentan auf der Bestsellerliste zu finden waren. Dann musste ich nur noch überlegen, über welche Romane oder Krimis sich meine Großeltern, meine Onkel und meine Cousinen freuen würden. Mit dieser Liste ging ich sofort zum erstbesten Infostand und drückte sie einer Frau mit Dutt und dicker Hornbrille in die Hand. Ohne lange überlegen zu müssen lief sie ein paarmal im Laden hin und her und suchte alle Bücher für mich zusammen. So stellte ich mir den Weihnachtseinkauf vor. Stressfrei.

Überall drängten sich abgehetzte Menschen zwischen den Regalen hindurch.

Genervte Männer mit unzähligen Einkaufstüten standen resigniert und atemlos herum und warteten darauf, dass ihre besseren Hälften mit noch mehr Einkäufen zurückkamen. Die meisten kannten das Spiel wahrscheinlich noch vom letzten Jahr. Warum musste man sich die besinnliche Adventszeit nur so unnötig schwer machen?

Nach einigen Minuten brachte die nette Dame mit mir im Schlepptau einen bunten Stapel Bücher zur Kasse.

»Kann ich die noch irgendwo einpacken lassen?«, fragte ich die Kassiererin, nachdem ich gezahlt hatte.

»Ja, direkt am Ausgang haben wir einen Verpackungsservice eingerichtet. Zeigen sie dort einfach die Rechnung vor. Der Service ist natürlich kostenlos. Ein frohes Weihnachtsfest.«

Ich bedankte mich und ging mit den vollgestopften Tüten zum Ausgang des Ladens. Dort reihte ich mich brav in die Schlange der Wartenden ein. Zwei junge Leute mit Nikolausmützen, wahrscheinlich Studenten, packten dort im Akkord Geschenke ein. Nach gefühlten Stunden war ich endlich an der Reihe. Ich zeigte ungefragt die Quittung vor und blickte direkt in die grün-braunen Augen von Max.

»Du schon wieder. Bist du eine Stalkerin?«, fragte er belustigt und kreuzte die Arme vor der Brust. Ziemlich muskulös. Ich sah ihn das erste Mal ohne Jacke und ich musste zugeben, dass mir gefiel, was ich sah. Ich lief rot an und spürte regelrecht, wie meine Wangen und Ohren anfingen zu glühen.

»Ich wollte dich gerade dasselbe fragen«, antwortete ich frech und etwas selbstsicherer, als ich mich in Wirklichkeit fühlte.

»Mein Gewissen ist rein. Wie du siehst, arbeite ich hier.«

»Dann mach deinen Job und pack bitte diese Bücher hier ein.« Ich leerte die beiden Tüten vor ihm aus.

»Okay ... ich gebe mein bestes, aber meine Kollegin hier ist um einiges talentierter.« Er zeigte mit dem Daumen nach rechts zu einer jungen Frau, die ihm daraufhin mit dem Ellenbogen spielerisch in die Seite stieß. »Dann konzentrier dich und flirte hier nicht mit der Kundschaft!« Ich schaute die beiden mit einem mulmigen Gefühl im Magen an.

Ich könnte mich ohrfeigen. Ich hatte doch kein Patent auf den Typen angemeldet. Klar durfte er mit anderen Frauen rumschäkern. Nur weil wir uns ein paarmal zufällig über den Weg gelaufen waren, hieß das ja noch lange nicht, dass er nun mir allein gehörte. Bis dass der Tod uns scheidet ...

Am liebsten hätte ich über meinen Gedanken gelacht und auch Max fiel wohl auf, dass mein Gesicht von einem nervösen Grinsen geziert wurde. Konnte bitte mal irgendwer mein Hirn daran hindern, so irres Zeug zu denken? Das war ja krank.

»Bist du mit deinen Weihnachtseinkäufen etwa schon fertig?«

»Ähm ja, meine Familie ist ziemlich einfach zufrieden zu stellen.«

»Du hast es gut. Ich habe zwei jüngere Schwestern, die da eindeutig höhere Ansprüche haben.«

»Jüngere Schwestern? Süß. Wie alt sind sie denn?«

»Süß sind die schon lange nicht mehr! 13 und 16, ein schlimmes Alter. Beides!«

»Vielleicht kann ich dir bei der Geschenkeauswahl helfen. Immerhin war ich auch mal in dem Alter.«

»Vielleicht.«

Er zwinkerte mir zu und band eine Schleife um eines der Päckchen.

»So, das sieht doch ganz okay aus, oder?«

»Das ist super, danke.«

In Windeseile verpackte er die restlichen Bücher in weihnachtlichem Papier und sparte nicht an glitzernden Klebesternchen und bunten Schleifen. Ich genoss es, seine großen Hände mit den langen Fingern dabei zu beobachten, wie sie sich elegant bewegten. Sie wirkten grob und robust, arbeiteten aber filigran und sanft. Ich kam nicht umhin, mich zu fragen, was diese Hände wohl noch so alles tun konnten.

Mit geröteten Wangen bemerkte ich, dass Max mit dem Einpacken fertig war, und registrierte die Schlange, die sich mittlerweile hinter mir gebildet hatte.

»Dann geh ich mal, du musst bestimmt weitermachen und ich will dich nicht vom Arbeiten abhalten.«

»Hast du noch Zeit?«

»Ähm, ein wenig.«

»In einer Viertelstunde habe ich Feierabend. Hast du Lust, mich danach zu beraten? Wegen der Geschenke für meine Schwestern und so?«

Er hatte schon wieder *und so* gesagt. Ich grinste.

»Okay!«

»Dann treffen wir uns einfach gleich in dem Café gegenüber.«

Ich wartete wie abgemacht in einem netten, kleinen Café, das leider total überlaufen war. Trotzdem hatte ich den perfekten Platz ergattert. Ein Platz mit Ausblick auf *ihn*. Zwar konnte ich ihn nur von hinten sehen, aber selbst das lohnte sich. Seine Haare waren leicht zerzaust und ließen ihn jungenhaft und frech aussehen. Im Gegensatz dazu stand sein breiter, muskulöser Rücken. Testosteron pur. Er sah richtig sexy aus. Ich wandte beschämt den Blick ab. Jetzt kam ich mir wirklich wie eine Stalkerin vor. Ach egal, wer war ich? Die Jungfrau Maria? Sicherlich nicht. Ich schaute wieder geradeaus durch die Fensterscheibe und beobachtete, wie er mit seiner Kundschaft umging. Wie es schien, war er zu allen sehr nett und zuvorkommend. Man sah es an den Reaktionen der Frauen. Sie lachten und berührten ihn immer wieder wie zufällig an der Schulter oder am Arm. Ging er vielleicht wirklich mit allen so um wie mit mir? War ich nichts Besonderes? Bildete ich mir zu viel ein? Was hatte Natascha gesagt? Ich steigerte mich zu schnell in etwas hinein, ich war zu naiv.

Einige Minuten später sah ich ihn zu dem Café, in dem ich saß, rennen. Ja, er joggte richtig. Er betrat es und ich winkte ihn zu mir herüber. Als er sich mir gegenüber gesetzt hatte, brauchten wir nicht lange in die Karte zu schauen. Wir bestellten uns beide einen Kaffee. Ich trank meinen allerdings mit Zimt und viel Milch. Dadurch schmeckte er nach Weihnachten und das mochte ich richtig gerne. Er zog die Nase kraus und musterte mein Getränk skeptisch.

»Schmeckt das?«

»Klar, willst du mal probieren?«

Er nickte und streckte direkt fordernd die Hand aus. Ich reichte ihm die Tasse und er nippte argwöhnisch daran.

»Gar nicht mal so übel«, gab er zu.

»Sag ich doch.« Ich lächelte und trank nun selbst von meinem Zimt-Milchkaffee. *Indirekter Kuss* schoss es mir durch den Kopf und ich schalt mich gleich danach für meine Gedanken. Ich war doch keine 16 mehr. Auch wenn ich mich im Moment ein wenig so fühlte.

Die Zeit verging wie im Flug. Er erzählte mir von seinen Geschwistern, die wohl beide in der schlimmsten Phase der Pubertät steckten und ihm den letzten Nerv raubten. Ich berichtete von meiner Familie und unseren Plänen an Weihnachten.

»Und welche Interessen haben deine Geschwister?«, fragte ich, denn immerhin sollte ich ihn bei der Auswahl ihrer Weihnachtsgeschenke beraten.

»Interessen? Ich denke, ganz normale, so wie alle Mädels in dem Alter«, antwortete Max und tunkte dabei einen Keks in seinen Kaffee. »Die Kleine, Elena, steht momentan total auf *One Direction*. Diese seltsame Boyband aus Großbritannien. Ich hoffe inständig, dass das nur eine Phase ist. Und Anika, naja, die mag so typisches Girlie-Zeugs. Sie redet nur von Make-Up und Klamotten. Ich kenne mich damit ja nicht so aus«, grinste er verlegen.

»Na komm, wir zahlen, packen zusammen und suchen dann mal was Passendes für deine zwei Süßen.« Ich war fest entschlossen, ihm zu helfen. Aber so ganz selbstlos war ich dann doch nicht. Ich wollte bewusst noch etwas mehr Zeit mit ihm verbringen, um ihn besser kennenzulernen. Er war witzig und irgendwie genau auf meiner Wellenlänge. Es kam selten vor, dass ich mich auf Anhieb so gut mit jemandem verstand.

Wir liefen die Fußgängerzone entlang direkt in Richtung Parfümerie. Die stark überschminkte Frau am Eingang musterte mich belustigt und reichte mir heute bereits zum zweiten Mal einen kleinen Einkaufskorb.

»Ihnen scheint es hier ja zu gefallen«, sagte sie amüsiert.

»Ja, ich überlege, hier einzuziehen«, gab ich ironisch zurück und entlockte ihr damit ein nervöses Kichern. Da ich das Sortiment ja schon einige Stunden zuvor abgecheckt hatte, wusste ich ziemlich genau, wo ich etwas für ein 16-jähriges Mädchen finden konnte.

»Und nun?«, fragte Max sichtlich verwirrt. Er schaute sich um und fühlte sich offensichtlich unwohl zwischen Nagellack, Puder und Badekugeln. Ich griff in ein Regal und zog das neuste Parfüm von Christina Aguilera heraus. Hübsch war es ja. Das Fläschchen war wie eine kurvige Frau geformt und mit einem blumigen Muster und einer Schleife am oberen Ende geschmückt.

»Denkst du, das wäre was für Anika?«, fragte ich.

»Ich habe keine Ahnung. Ist das gut?« Ich sprühte ihm kurzerhand etwas davon auf den Handrücken. Er roch daran, verzog angewidert das Gesicht und winkte ab. »Jaja, das ist perfekt. Sowas trägt man als Teenie und danach nie mehr!« Max bezahlte das Parfüm und dann verließen wir den Laden.

»Und nun?«

»Ich habe eine super Idee!«

Ich griff nach Max' Ärmel und zog ihn hinter mir her. Er lachte und folgte mir bereitwillig. Wir betraten einen kleinen Kiosk, der mit Plakaten von Helene Fischer, DJ Ötzi und einigen Disney-Musicals warb. Eine Frau vor uns stockte ihren Zigarettenvorrat für die Feiertage auf und ein älterer Mann versuchte wohl noch ein letztes Mal in diesem Jahr sein Glück mit einem Lottoschein. Hier drin war es auf neun Quadratmetern gefühlte 40 Grad warm. Ich lockerte meinen Schal und atmete einmal durch. Dann waren wir zum Glück auch schon an der Reihe.

»Wie kann ich Ihnen weiterhelfen?«

»Treten *One Direction* in nächster Zeit irgendwo in der Nähe auf?« Max starrte mich mit weit aufgerissenen Augen an und wollte schon widersprechen. Ich hielt beschwichtigend meinen Zeigefinger gegen die Lippe und beruhigte ihn so ein wenig. Der Kioskbesitzer tippte wild auf einem Computer herum und nach einigen Sekunden nickte er mit dem Kopf.

»Also, so wie es aussieht gehen die nächstes Jahr auf Tournee. Unter anderem mit Auftritten in Köln, Hamburg und München.«

»Das ist doch genial, oder?« Ich stieß Max euphorisch an und freute mich eindeutig mehr als er.

»Ich kann doch meine 13-jährige Schwester nicht alleine nach Köln fahren lassen! Das geht doch nicht. Meine Mum killt mich.«

»Mensch, sie wird natürlich nicht alleine hingehen. Du begleitest sie!«, lachte ich und boxte ihn leicht gegen den Oberarm.

»Ich?«

»Klar!«

»Meinst du, sie würde sich darüber freuen? Ich meine, hallo? Ist das nicht eher peinlich?«

»Quatsch. Sie ist garantiert unglaublich stolz, mit ihren großen, gutaussehenden Bruder zum Konzert gehen zu dürfen. Bestimmt werden all ihre Freundinnen neidisch sein!« Max grinste und wackelte gespielt verführerisch mit den Augenbrauen.

»Gutaussehend, he?« Ich wurde rot und schaute wieder zu dem Kioskbesitzer, der unserer Unterhaltung gelangweilt folgte.

»Und? Was jetzt?«, fragte er leicht genervt.

»Okay, zwei Karten für Köln, bitte.«

Max wirkte wirklich glücklich, als wir mit Geschenktüten bepackt die Fußgängerzone entlangliefen.

»Das war ja einfacher als gedacht«, lachte er. »Ich bin wirklich erleichtert. Die werden sich ja wundern an Heiligabend.« Er lächelte mich an und ich hatte das Gefühl, dass ein ganzer Schwarm Schmetterlinge in meinem Magen wie wild umherflatterte. Ich spürte, wie meine Wangen anfingen zu glühen, und versteckte mein Gesicht etwas mehr in meinem Schal. Verdammt, sah der Kerl gut aus. Mit diesem Lächeln könnte er Eisblöcke zum Schmelzen bringen. Oder mich außer Gefecht setzen. So wie jetzt. Die Kirchenglocken vom Marktplatz rissen mich schlagartig ins Hier und Jetzt zurück.

»Verdammt, ich bin noch mit Natascha verabredet! Und zwar in genau ...« Ich schaute auf die Uhr, die ich am Kirchturm erkennen konnte. »Vor 15 Minuten!«

Viel zu überstürzt verabschiedete ich mich mit zwei Wangenküsschen. Max war etwas überrascht und überfordert.

»Ruf mich an, wegen der Reinigung und so«, rief er mir hinterher.

»Und so« wiederholte ich schmunzelnd für mich selbst. Wieder dieses *und so,* das mehr versprach. So viel mehr.

»Okay, ich melde mich«, sagte ich noch und lief davon.

Als ich zu Hause ankam, saß Natascha schon frierend und schlotternd vor meiner Haustür auf der letzten Treppenstufe. Sie schaute mich bitterböse an und zog geräuschvoll die Nase hoch.

»Sorry! Ich hab die Zeit vergessen«, entschuldigte ich mich, noch bevor sie zu Wort kam.

»Ich bin fast erfroren!«

Drinnen rieb sie sich ekstatisch an der Heizung, während ich eine Flasche Glühwein in einen Topf goss und erhitzte. Wir hatten unsere kleine Weihnachtsfeier etwas vorgezogen, da Natascha dieses Jahr an Weihnachten leider nicht hier sein würde. Schon morgen würde sie mit ihren Eltern in irgendein bayrisches Dorf zu den Großeltern fahren. Das machte mich traurig, weil wir sonst zumindest einen der Feiertage zusammen verbrachten.

Nun lagen wir gemütlich auf meinem Sofa, tranken Glühwein und aßen Spekulatius.

»Wirst du da nicht irre? Was machst du dort denn den lieben langen Tag? Da ist doch nichts außer Wiesen und Bergen.«

»Vielleicht suche ich mir ja einen knackigen Bauernjungen oder einen Ziegenhirten oder was da sonst noch so rumrennt.«

»Apropos heiße Kerle. Bevor du gehst, schickst du mir gefälligst noch die Nummer von Max. Ich habe ihn heute getroffen und ihm versprochen, mich bei ihm zu melden.«

»Was? Du hast ihn schon wieder getroffen?«

»Ja, krass, oder? Und es war schön. Wir haben genau den gleichen Humor und er sieht so verdammt gut aus. Wir haben zusammen Geschenke für seine Geschwister gekauft.«

Ich fuhr fort, ihr von Max vorzuschwärmen und erzählte ihr von den Gesprächen, den *One Direction*-Tickets, seinem Lächeln, seinen leuchtenden Augen.

»Weißt du, ich glaube, das mit uns beiden könnte echt was werden!«

»Dein Wort in Gottes Ohr.«

Später, als ich gerade ins Bett gehen wollte, vibrierte mein Handy und ich bekam endlich die langersehnte SMS von Natascha.

»Finde diese scheiß Serviette nicht mehr. Entweder hab ich mir damit die Nase geputzt oder keine Ahnung ... sie irgendwo hingetan, damit ich sie auch ja wiederfinde. Das war wohl ein Schuss in den Ofen. Ich wünsche dir auf jeden Fall ein schönes Weihnachtsfest und einen guten Rutsch!« Keine zwei Sekunden später vibrierte mein Handy ein weiteres Mal. »Ach, und bevor ich es vergesse: Schau doch zwischen den Jahren mal nach meinen Blumen. Du weißt, Mike und Koffer gehen die ziemlich am Arsch vorbei.«

Mein rechtes Auge begann zu zucken, und wenn mich nicht alles täuschte, bildete sich gerade Schaum vor meinem Mund.

Sonst ging's dem Miststück aber noch gut, ja? Wenn ich die in die Finger bekam ...

Wenn Natascha dachte, dass ich seelenruhig zu Hause Däumchen drehen würde, bis sie sich im neuen Jahr wieder aus ihrem bayerischen Dorf zu mir bequemte, hatte sie sich aber gehörig geschnitten. Verdammt, wer will an Weihnachten schon Single sein? Ich nicht. Also musste ich etwas tun!

Bewaffnet mit meinem Zweitschlüssel lief ich mit stampfenden Schritten zu ihrer WG. Man konnte mir meine Wut garantiert schon von Weitem ansehen. Heute hätte auch die Jacke mit dem großen roten Fleck auf der Brust perfekt zu meiner Stimmung gepasst. Natascha konnte froh sein, knapp 400 Kilometer entfernt irgendwo in den Bergen sicher vor mir zu sein. Ich hätte sie sonst umgebracht!

Ich schloss etwas zögerlich die Wohnungstür auf und stolperte direkt über eine leere Bierflasche. Nataschas WG war ein solches Klischee, dass jeder amerikanische College-Streifen sich eine Scheibe von ihr abschneiden konnte. Mike schleppte seit er hier wohnte jede Woche ein anderes Weib ab, mit der er sich dann lautstark und gerne die ganze Nacht vergnügte. Naja, und Koffer, der hieß eigentlich Christian, sah aber eben genauso aus wie ein Koffer, war ungefähr so hoch wie breit und seine Hobbies bestanden aus Pizza essen und Kiffen. Dagegen wirkte Natascha echt normal. Was schon erschreckend genug war. Nun schien aber keiner von den drei Bewohnern da zu sein. Zumindest war alles ruhig und die Lichter aus. Ich ging etwas gelassener zum Zimmer meiner Freundin und betrat es.

Natascha hatte eindeutig ein kleines Messie-Problem. Wie sollte ich in diesem Chaos denn bitte eine kleine Serviette finden, wenn nicht mal sie selbst wusste, wo sie sie hingetan hatte?

Ich kickte ein paar Dinge zur Seite und schuf mir so einen schmalen Pfad zu ihrem Bett. Ich schaute unter ihrem Laken und unter dem Kopfkissen nach. In ihrem Nachtisch fand ich Kondome, Gleitcreme, einen blauen Vibrator mit der Aufschrift *Happy Birthday* und noch ein paar andere Dinge, von denen ich wünschte, sie nie gesehen zu haben. Nun war es zu spät. Sie hatten sich in mein Gedächtnis eingebrannt. Für immer.

Ich schlug die Schublade zu und schaute mich weiter in ihrem Zimmer um. Ich durchsuchte ihren Kleiderschrank und jede Handtasche, die mir in die Hände fiel. Ich durchwühlte diverse Hosen- und Jackentaschen. Am Ende rutsche ich auf Knien auf dem Boden entlang, in der Hoffnung, etwas unter dem Schrank oder dem Bett zu finden. Nichts. Das konnte ich vergessen. Ich raufte mir die Haare und erhob mich mit knackenden Knien vom klebrigen Teppichboden. Ich wollte gar nicht wissen, was da so klebte. Ich verließ ihr Zimmer und rannte prompt in Mike, der gerade aus seinem gestolpert kam. Er trug eine blinkende Nikolausmütze, an deren Seiten zerzaustes, braunes Haar hervorlugte. Er hatte einen Knutschfleck am Hals und war zu allem Überfluss komplett nackt.

Diese WG war der Horror!

Bevor Mike registrieren konnte, wem er sich gerade in voller Pracht präsentiert hatte, war ich schon fluchtartig aus der Wohnung gestürmt.

Diesen Ausflug hätte ich mir echt sparen können.

Am nächsten Morgen sprang ich überraschend motiviert aus dem Bett. Ich hatte heute nur zwei Vorlesungen. Beide vormittags. Also hatte ich den kompletten restlichen Tag frei. Und das war auch gut so, denn ich hatte einiges vor.

Ich ging duschen, schminkte mich und zog mich dick an. Draußen waren es gut und gerne fünf Grad unter null. Mit meinen obligatorischen grünen Ohrenschützern, meinem dicken roten Wollschal und einem schwarzen Mantel – meine warme Michelin-Männchen-Jacke war wohl nicht mehr zu retten - trottete ich Richtung Uni. Kurz machte ich halt bei meinem Stammcafé. Mit einem Coffee-to-go startete es sich doch gleich viel angenehmer in den Tag. Vor allem, wenn man sich eine Prise Zimt hineinstreute. Mit Weihnachten auf der Zunge ging ich die matschige Straße entlang und war überraschend gut gelaunt, denn ich hatte einen Plan.

Die beiden Vorlesungen in Literatur- und Sprachwissenschaften brachte ich schnell und ohne Zwischenfälle hinter mich. Ich schrieb fleißig mit, machte mir Notizen in meinen Büchern und versuchte, konzentriert zuzuhören. Aber wenn ich ehrlich war, war ich nicht ganz bei der Sache.

Nach der letzten Vorlesung schlug ich die Bücher beschwingt zu, warf alles in meine Tasche und lief in Richtung Fußgängerzone. Ich würde in den Buchladen gehen, Max beim Geschenkeinpacken überraschen, ihn zum Mittagessen einladen und mir nochmal seine Nummer besorgen. Yeah!

Knapp fünfzehn Minuten später betrat ich den Buchladen und ging gezielt zum Einpackstand.

Dort war er nicht. Ich schaute mich verwirrt um. Seltsam. Nur seine Kollegin, die auch schon beim letzten Mal neben ihm gestanden hatte, war da und schon wieder schwer beschäftigt. Ich sollte erst mal warten. Es konnte ja auch sein, dass er kurz auf die Toilette gegangen war.

Ich ging einige Regale entlang, betrachtete Buchrücken und fotografierte zwei Krimis für meine Wunschliste. Als ich mich einige Minuten später wieder nach ihm umsah, war Max immer noch nicht da. Ich gab mir einen Ruck und ging zu dem Einpack-Mädchen.

»Entschuldigung?«

»Bitte hinten anstellen!«, gab sie kurz angebunden zurück und hantierte mit einem blauen Geschenkband herum, das ihr immer wieder aus der Hand rutschte.

»Ich habe gar nichts zum Verpacken, ich habe eine Frage.«

»Kannst du mal den Finger da drauf drücken?«

Ich schaute sie verwirrt an.

»Bitte was?«

»Da!« Sie stierte auf das Paket vor ihr.

»Ach so, natürlich.«

Ich presste meinen Zeigefinger auf das Band und sie zauberte mit nur wenigen Handgriffen eine wunderschöne Schleife. Kurz bevor sie das Kunstwerk festzog, entfernte ich meinen

Finger gerade noch rechtzeitig, sonst wäre ich nun ein Teil des Geschenks. Da, Oma, den Lockenkopf mit dem breiten Hintern und den Ohrenschützern gab's kostenlos dazu. Fröhliche Weihnachten!

Bevor sich die Frau dem nächsten Päckchen zuwenden konnte, musste ich einschreiten.

»Hör mir nur ganz kurz zu, dann bin ich weg.«

»Okay, was gibt's?«

»Dein Kollege hier, kommt der heute nochmal?«

»Welchen meinst du?«

»Da gibt's mehrere?«

»Ja klar.«

»Den Max meine ich, groß, dunkelhaarig …«

»Ach Max! Nee, der kommt nicht mehr.«

»Gar nicht mehr?«

»Gar nicht mehr.«

»Warum das denn?«

»Der hat nur ein paar Tage ausgeholfen.«

»Verdammt!« Er hatte hier nur ausgeholfen? Das hieß also, er arbeitete hier gar nicht richtig. Was machte er den lieben langen Tag? Mit was verdiente er sein Geld? Ich wusste wirklich nichts über ihn! Was sollte ich denn jetzt tun? »Hast du vielleicht seine Nummer?«

»Nein, habe ich nicht.« Sie schaute mich mit einer hochgezogenen Augenbraue an. »Wir haben nur zweimal zusammen gearbeitet. Außerdem habe ich schon einen Freund.«

»Ja, ja, drück's mir doch«, brummte ich leise vor mich hin, bevor ich schlechtgelaunt den Laden verließ.

Auf dem Heimweg war mir noch kälter als heute Morgen. Ach, das war doch alles scheiße. Und Natascha war auch nicht da.

Ich konnte mich also weder bei ihr ausheulen, noch ihr die Schuld an dem ganzen Schlamassel geben. Es war zum Haare raufen.

Als ich um die Ecke bog, sah ich direkt vor meiner Haustür ein knutschendes Pärchen stehen. Seine Hand hatte ihren Hintern fest in Griff. Sie hatte beide Arme um seinen Hals geschlungen. Ich hörte schmatzende Geräusche.

Musste das denn genau vor mir sein? War ich verdammt noch mal der einzige Single auf dieser Welt?

»Nehmt euch 'n Zimmer!«, rief ich den beiden verärgert zu. Ich sah noch ihre verdutzten Gesichter, bevor ich die Tür hinter mir zuknallte.

Ich hatte für heute definitiv genug.

Einige Tage waren seitdem vergangen. Max war weder im Buchladen, noch traf ich ihn zufällig im Supermarkt. Ich hatte auf das Schicksal vertraut und war ewig zwischen den Regalen spazieren gegangen, bis ich mir richtig blöd vorkam. Ich hatte diese traumhafte Vorstellung, dass wir uns einfach begegnen mussten, wenn es sowas wie eine Vorsehung geben sollte.

Aber Fehlanzeige.

Erst lief man sich nahezu jeden Tag über den Weg und rannte sich buchstäblich über den Haufen und nun? Nichts.

Wie ich schon bei unserem ersten Treffen feststellen musste: Ich war nicht Julia Roberts und er nicht Hugh Grant. Das hier war keine romantische Komödie und wir waren auch nicht in Notting Hill.

Ich suchte sogar den Kiosk, in dem wir die *One Direction*-Tickets für seine Schwester gekauft hatten, noch einmal auf und redete wie eine Wahnsinnige auf den unhöflichen Kioskbesitzer ein. Haareraufend und mit Schaum vor dem Mund hatte ich abwechselnd hysterisch gefiept oder wütend gebrüllt. Er wiederum musterte mich gelangweilt und brachte mich mit seinem Schweigen schier um den Verstand. Ich flehte ihn an, er solle in seinem Kassenbericht oder in irgendwelchen Auszügen nach Adressdaten oder zumindest nach einem Nachnamen von Max schauen. Er hatte schließlich mit EC-Karte bezahlt. Da müsste doch irgendetwas hinterlegt sein. Irgendetwas! Ich wollte nur einen verdammten Nachnamen!

Okay, im Nachhinein war ich mir darüber im Klaren, dass der Typ mir keine personenbezogenen Daten geben durfte. Wahrscheinlich hatte er die Infos nicht mal. Aber ich war nun mal verzweifelt und zugegebenermaßen auch etwas irre und unzurechnungsfähig. Wieder einmal der perfekte Moment für meine blutgetränkte Daunenjacke. Ich sollte sie öfter tragen.

Morgen war Heiligabend und meine Laune am Boden. Wenn ich mit diesem Gesichtsausdruck zur Bescherung bei meinen Eltern erscheinen würde, wäre das Fest für alle gelaufen. Ich kickte einen Matschklumpen vor mir her und versaute mir dadurch meine Stiefelspitzen. Klasse! Mein Leben war scheiße. Ich wurde wirklich vom Pech verfolgt.

Ich war das letzte Mal in diesem Jahr an der Uni. Zum Glück war nicht mehr viel zu tun. Ich hatte bereits gestern meine letzte Vorlesung hinter mich gebracht. Lediglich einen kleinen Besprechungstermin bei einem der Dozenten hatte ich soeben noch wahrgenommen. Wegen einer Hausarbeit, die ich zwischen den Jahren schreiben wollte. Oder vielmehr musste.

Ich lief betrübt über den Campus und seufzte laut. Es war ja eh niemand hier. Wer ging am 23. Dezember überhaupt noch zur Uni? Fanden da noch Seminare statt? Wer verließ bei so einem Wetter die warme Wohnung und das kuschelige Bett? Ich war eindeutig der einzige Idiot, der das tat.

»Warum so betrübt?«

Ich erschrak mich beinahe zu Tode und ein Schrei entfuhr meiner Kehle. Ich presste die Hand auf meine linke Brust und mein Atem ging so schnell wie nach einem Dauerlauf. Max stand vor mir, hatte beide Hände lässig in der Hosentasche und schaute mich mit einem schüchternen Grinsen an.

»Max? Was machst du denn hier?« Wie vom Blitz getroffen stand ich da und starrte ihn verdutzt an.

»Freude sieht irgendwie anders aus«, gab er etwas enttäuscht und eingeschnappt zurück.

»Nein, ich freue mich wirklich, ich wundere mich nur. Ich war sogar im Supermarkt und hab Ausschau nach dir gehalten und bei diesem Kiosk-Typen und ... ach, lassen wir das.« Ich schaute ihn beschämt an. Erst jetzt bemerkte ich, wie lächerlich und verzweifelt ich wirken musste. »Ich hätte dich nie hier erwartet.«

Er hob einige Papiere und Unterlagen hoch und zuckte mit den Achseln.

»Ich war im Studienbüro und habe mir ein paar Sachen abgeholt.« Ich schaute ihn verdutzt an. »Ich hatte zwei Wartesemester und beginne im nächsten endlich mein Studium.« Ich zog beide Augenbrauen weit nach oben und spürte wie sich mein Puls beschleunigte. Gleich würde er es sagen. Bitte nicht! Bitte, bitte, bitte ... »Hätte nie gedacht, dass sich so viele auf Medien- und Kommunikationswissenschaften bewerben würden. Wird jetzt echt mal Zeit, dass ich mit dem Studium durchstarte.«

Danke Gott, kein BWLer.

»Oh Gott, dass macht mich gerade so glücklich. Du stehst auf einmal vor mir. Und dann wirst du auch noch hier mit mir studieren. Das ist so krass. Und unerwartet und …« Ich wippte überglücklich und etwas aufgedreht auf den Stiefelspitzen auf und ab und klatschte dabei in die Hände. Meine Wangen fingen trotz frostiger Temperaturen an zu glühen. Ich drohte, vor Euphorie zu platzen.

Doch bevor ich meinen Glückshormon-Monolog fortsetzen konnte, küsste er mich. Einfach so. Mitten auf dem Campus.

Es kam so plötzlich, dass ich meine Augen zuerst geschockt aufriss, bevor ich sie genießerisch schließen konnte. Seine Lippen waren so warm und weich. Es fühlte sich gut an und schmeckte nach mehr. Zögerlich öffnete ich meine Lippen ein wenig und fuhr mit meiner Zunge seine volle Unterlippe entlang. Ihm entfuhr ein Seufzer.

Vollkommen atemlos lösten sich unsere Münder voneinander und ich öffnete langsam meine Augen.

»Zimt«, war das erste, das ich sagen konnte. Er zog eine Augenbraue verführerisch in die Höhe und schmunzelte. »Du hast mich auf den Geschmack gebracht. Milchkaffee mit Zimt ist wirklich lecker.« Ich lächelte und senkte dann etwas schüchtern meinen Blick. Ich war ihm plötzlich so nah. Das ging alles so verdammt schnell. Wobei: Eigentlich hatte ich viel zu lange darauf warten müssen.

»Ich hoffe, ich habe dich nicht zu sehr überrumpelt, aber ich wollte dich einfach nicht nochmal entwischen lassen. Noch mehr schlaflose Nächte überstehe ich nicht«, flüsterte er in mein rechtes Ohr und strich mir mit dem Handrücken über die gerötete Wange. Gerötet von der Kälte oder wegen ihm?

»Natascha meinte, ich darf mich nicht zu früh melden und soll dich zappeln lassen, sonst würde das mit uns eh nichts werden.«

»Du hast mich fast um den Verstand gebracht mit deinen widersprüchlichen Signalen. Ich wusste nie, woran ich bin. Einerseits haben wir uns jedes Mal so unglaublich gut verstanden und die Chemie hat gestimmt, andererseits hast du dich nie bei mir gemeldet. Das war wirklich gemein.«

Ich lachte und wusste in diesem Moment nicht, ob ich Natascha verfluchen oder anbeten sollte. Denn sie hatte mit ihren seltsamen Regeln Recht behalten. Irgendwie zumindest.

»Was machst du morgen?«, fragte er ganz unvermittelt und ich brauchte nicht lange, um zu überlegen.

»Morgen ist Heilig Abend, ich werde also bei meinen Eltern sein. Das ist Pflicht!«

»Und abends? Möchtest du vielleicht, wenn das Familienessen durch ist, noch zu mir kommen und mit mir etwas feiern, oder so?«

»Oder so?« Ich überlegte und kräuselte dabei meine Lippen. Auf Max' Stirn bildeten sich Sorgenfalten und ich bemerkte in diesem Moment, dass mir dieses Spiel Spaß machte. Es bereitete mir tatsächlich Vergnügen, ihn etwas hinzuhalten. Natascha, du hast ein Monster erschaffen!

»Unter einer Bedingung.« Max nickte wie wild und machte große Augen. »Nur, wenn du mit mir Sissi schaust, heiße Schokolade trinkst und wir eng umschlungen auf der Couch kuscheln.«

»Das hört sich gar nicht mal so übel an.« Er lächelte und küsste mich ein weiteres Mal innig. Ein Kuss, der nach Zimt und Weihnachten schmeckte. Ein Zimtsternkuss. Ich schmunzelte.

»Max, bevor ich es vergesse ...« Ich kramte nach meinem Handy, drückte einige Tasten und reichte es ihm. »Bitte gib mir sofort deine Handynummer, bevor ich das schon wieder vergesse und mich zu Hause grün und blau ärgere!«

Er lachte, tippte einige Ziffern und wartete. Ich hörte es in seiner Jackentasche klingeln. Er nickte und gab mir mein Handy zurück.

»Im Notfall kann ich mich jetzt auch bei dir melden. Also falls Natascha dir wieder vorschlägt, mich zu quälen.«

Ich lachte und boxte ihn in die Seite.

Als wir Hand in Hand den Campus verließen, sah ich die ersten Schneeflocken vom Himmel fallen.

Vielleicht stand das diesjährige Fest ja doch unter einem guten Stern.

Das Märchen von den Zimtsternküssen

Jennifer Jäger

»Ich hasse Märchen«, murmelte ich und starrte auf die unzähligen Vorschläge für Platzkarten, die vor mir auf dem Tisch lagen. Silhouetten von Zwergen, Feen, Kronen und Fröschen leuchteten mir in Gold, Silber, Grün und Blau entgegen. Ich hatte nie zuvor etwas Kitschigeres gesehen. Dazu zeigte uns die Hochzeitsplanerin verschiedene Modelle von Schneeflocken-Konfetti. Die junge Frau war von Anfang an Feuer und Flamme für die Idee einer Märchen-Winter-Hochzeit gewesen und seitdem nicht zu bremsen, was die kleinsten und kitschigsten Details der Dekoration und der Zeremonie anbelangte. Für das heutige Meeting hatte sie sich ihre langen blonden Haare zu Locken eingedreht und trug sogar eine goldene Kette mit dem Schriftzug Princess um den stämmigen Hals, während sie selbst sich in einen rosafarbenen Pullover gequetscht hatte. Bei dem Anblick hatte ich mir ein kurzes Kichern nicht verkneifen können.

»Jetzt reiß dich mal zusammen, Belle«, fauchte Mira und setzte im nächsten Moment wieder ihr strahlendes Braut-Lächeln auf. Ich verdrehte die Augen und seufzte. Meine beste Freundin kannte kein Erbarmen, wenn es um ihre Hochzeit ging. Mira deutete mit ihrem schlanken Zeigefinger auf eine der Karten, wobei der Diamant an ihrem Ringfinger im Winterlicht, das durchs Fenster des Cafés fiel, aufblitzte.

»Also, ich mag diese Variante ganz gerne.«

Ich klinkte mich mental aus dem Gespräch aus und sah nach draußen, während die Hochzeitsplanerin intensiv die Vor- und Nachteile des Dornröschen-Motivs erörterte. Mittlerweile hatte es aufgehört zu schneien, aber die Münchner Straßen waren von einer weißen Decke überzogen, die sicherlich direkt schmelzen würde. Wie gerne würde ich jetzt einen Schneespaziergang durch den Park in der Nähe meiner Wohnung machen, aber ich hing hier fest, bis der Bräutigam endlich auftauchte und sich mit seiner Liebsten auf eine Variante der Kitsch-Karten einigte. Der Schnee würde verschwunden sein, noch bevor sie sich für die Serviettenfarbe entschieden hatten.

»Wo bleibt Marcel denn?«, fragte ich und fiel der Hochzeitsplanerin damit ins Wort, was diese mit einem eisigen Lächeln quittierte.

»Er hat mir geschrieben, dass er noch Lukas abholt und deshalb im Stau steht«, erklärte Mira und strich sich eine braune Haarsträhne aus dem Gesicht. »Was meinst du, Belle? Dornröschen oder Sterntaler? Dornröschen war ja ziemlich passiv, aber die Romantik hinter der Geschichte …«

Ich starrte die zwei Karten an, die Mira mir unter die Nase hielt, und tat so, als würde ich ernsthaft darüber nachdenken, welche der beiden Motive darüber entscheiden würde, ob Miras Ehe mit Marcel erfolgreich sein würde. Dabei kreisten meine Gedanken allein um die Tatsache, dass Lukas ebenfalls hier auftauchen würde. Mein Herz begann zu rasen und meine Finger zitterten, weshalb ich sie tief in den Taschen meiner Sweatshirt-Jacke vergrub.

Lukas.

»Also?«, hakte Mira nach und sah mich ungeduldig an. Ich blinzelte und versuchte, meinen Pulsschlag halbwegs unter Kontrolle zu bekommen. »Naja«, setzte ich an und atmete erleichtert auf, als ich sah, wie Marcel das kleine Café betrat. Er strahlte, sobald er seine zukünftige Ehefrau erblickte und winkte hektisch wie ein Kind, das seine Eltern nach einem Ferienwochenende wieder sieht. Dabei verfing er sich mit seinem Arm im Vorhang, der vor der Tür hing, um der kalten Luft das Eindringen zu erschweren. Ich schmunzelte und zwinkerte Marcel ermutigend zu, der mit hochrotem Kopf zu uns stolperte und Mira küsste. Während die zwei sich über die bisherige Auswahl und Miras persönliche Karten-Favoriten unterhielten, fiel mein Blick auf Lukas, der ebenfalls das Café betrat, sich die dunkelblaue Wollmütze vom Kopf zog und seine braunen Haare durchschüttelte. Dabei warf er der Bedienung ein umwerfendes Lächeln zu, was die junge Studentin zu einem albernen Kichern verleitete.

Ich schnaubte ungläubig und funkelte Lukas feindselig an, als dieser sich zu uns setzte. Sofort überprüfte die Hochzeitsplanerin den Sitz ihrer Frisur.

»Es freut mich, dass Sie uns heute ebenfalls wieder beehren«, begrüßte sie Lukas und zwinkerte ihm übertrieben kokett zu.

»Ich würde mir doch niemals eine so wichtige Entscheidung entgehen lassen«, antwortete er. »Und ein weiteres Treffen mit Ihnen schon gar nicht, Frau Zuber.«

Die Hochzeitsplanerin lachte affektiert, was mir ein unterdrücktes Würgegeräusch entlockte. Als würde das Schicksal mich verhöhnen, dröhnten in diesem Moment die ersten Töne von *Last Christmas* aus den Lautsprechern. Es war zum Verrücktwerden. Ausgerechnet Lukas. Mein Blick wanderte zu ihm und gerade, als ich seinem Blick begegnete, zuckten seine Mundwinkel nach oben.

»Ich bin mal rauchen«, entschuldigte ich mich kurzentschlossen.

Ich musste hier raus. Also schnappte ich mir meine Jacke von der Stuhllehne und eilte so elegant wie möglich nach draußen, während ich Lukas´ Blick auf meinem Rücken spürte.

Bloß nicht hinfallen.

Als ich das Café endlich verlassen hatte und mir die eisige Winterluft ins Gesicht schlug, atmete ich erleichtert auf.

Wie ich diesen Kerl hasste. Mit zittrigen Fingern kramte ich in meiner Handtasche nach der Notfall-Zigarettenpackung, die ich immer dabei hatte, und zündete mir eine Kippe an. Mit größter Genugtuung sog ich den Rauch in die Lunge und schloss dabei die Augen, um die Erinnerungen zu verdrängen. Ich zitterte. Lukas machte sich an mich ran, seit wir uns zum ersten Mal begegnet waren. Damals war es erst wenige Wochen her, seit ich erfahren hatte, dass mein damaliger Freund sich mit seiner Arbeitskollegin regelmäßig auf und unter dem Schreibtisch vergnügt hatte. Seitdem hatte ich die Schnauze voll von Männern – und vor allem von Kerlen wie Lukas, die jeder Frau schöne Augen machten und nicht in der Lage waren, über den ersten Sex hinaus zu denken. Leider hatte meine Ablehnung nicht den gewünschten Effekt: Lukas fühlte sich dazu berufen, mich zu knacken und in seine Trophäen-Sammlung einzureihen. Leider war ich mehr als einmal kurz davor, schwach zu werden. Lukas sah definitiv gut aus.

Ich werde mich nie wieder so verarschen lassen.

Mit Lukas war ein gebrochenes Herz vorprogrammiert. Ich war gewarnt worden. Also lautete meine Devise: Abstand wahren. Nicht verlieben. Erst recht nicht in ihn.

Ich schlug die Augen wieder auf und zuckte zusammen, als ich in umwerfende braune Augen sah. Lukas lächelte schüchtern.

»Hey«, sagte er und sofort schlug mein Herz schneller. Nicht schon wieder.

»Hey«, antwortete ich möglichst ablehnend und nahm einen weiteren Zug von der Zigarette.

»Du rauchst?« Es klang wie eine ehrlich interessierte Frage und nicht wie ein Vorwurf.

»Hm.« Mehr wollte ich nicht sagen. Er sollte nicht wissen, dass ich eigentlich zwei Jahre keine Zigarette mehr angefasst hatte, bis ich meinen Freund mit einer anderen auf dem Büroboden erwischt hatte.

»Darf ich dich etwas fragen, Belle?« Als er meinen Namen sagte, lief ein Schauer meinen Körper entlang. Am liebsten wäre ich sofort wieder ins Café gegangen, aber um Miras Willen musste ich mich mit ihm vertragen. Sie war diejenige gewesen, die mich vor seiner Untreue gewarnt hatte. Er fuhr sich mit einer Hand durch die Haare und starrte auf den Boden, wo er mit seiner Fußspitze etwas Schnee zur Seite schob. Ein Teil meines Verstands bemerkte, wie gut er dabei aussah.

»Warum hasst du mich so sehr?«

Vor Schreck ließ ich die Zigarette fallen. Ich hatte mit allem gerechnet, aber nicht mit einer direkten Konfrontation. Mit offenem Mund starrte ich ihn an.

»Also …«, stammelte ich, während mein Gesprächspartner meinem Blick auswich und mit dem Schuh bizarre Figuren in den Schnee zeichnete. Seit wir uns begegnet waren, hatte ich vermieden, längere Konversationen mit ihm zu führen oder auch nur mit ihm in einem Raum zu sein. Er war attraktiv und laut meiner besten Freundin nutzte er das zu gerne aus. Noch war mein Herz nicht bereit dafür. Ich kannte mich gut genug, um zu wissen, dass ein One-Night-Stand mir endgültig den Glauben an die wahre Liebe nehmen würde.

»Alle Frauen liegen mir zu Füßen. Nur du wehrst dich.« Er hob leicht den Kopf und grinste mich an.

Meine Sprachlosigkeit verschwand schlagartig. Mira hatte recht behalten, wobei es mich überraschte, dass er vor mir so offensichtlich mit seinen Eroberungen herumprahlte. Glaubte er wirklich, dass er so Frauen rumkriegen konnte?

»Du …« Ich bohrte Lukas den Zeigefinger in die Brust. »Bist ein eingebildeter Macho. Keine Ahnung, warum Marcel dich zum Trauzeugen ernannt hat.«

»Weil ich gut aussehe?«, mutmaßte er und sein Lächeln wurde breiter. Ich kam nicht umhin, mir vorzustellen, wie der Kerl diesen – zugegebenermaßen niedlichen – Gesichtsausdruck stundenlang vor dem Spiegel geübt hatte.

»Wohl kaum«, konterte ich trocken und trat einen Schritt zurück. Abstand. Ich durfte mich nicht darauf einlassen. »Ich möchte nur, dass meine beste Freundin eine schöne Hochzeit hat. Wenn du mich nicht dauernd anmachst, kann ich dich sogar als Trauzeugen akzeptieren. Sicherlich planst du bereits einen bombastisch männlichen Junggesellenabschied. Aber jetzt hör mir mal ganz genau zu.« Ich machte eine kurze Pause und atmete tief durch. Lukas sah alles andere als begeistert aus. »Zwischen uns wird niemals etwas laufen. Spar dir also deinen Atem für die Hochzeitsplanerin oder das Café-Personal.« Der letzte Satz klang bissiger als beabsichtigt.

»Kätzchen, du bist doch nicht etwa eifersüchtig?«, flüsterte Lukas und zog beide Augenbrauen nach oben. Am liebsten hätte ich ihm für diesen Kosenamen die Augen ausgekratzt. Vor allem, da er mir irgendwie gefiel. Ich funkelte ihn wütend an und stapfte wieder in das Café.

»Was ist das eigentlich mit dir und Lukas?«, fragte Mira und schmunzelte. »Der scheint ja ziemlich auf dich abzufahren.«

»Das beruht nicht auf Gegenseitigkeit.« Ich verschränkte die Arme vor der Brust und sah aus dem Fenster. Mittlerweile hatte das Schneetreiben aufgehört und das Café begann sich zu füllen. Marcel, Lukas und die Hochzeitsplanerin waren geflüchtet, sobald Mira sich für eine zartrosa Tischkarte mit weißer Schneeflocke und Schneewittchen-Silhouette entschieden hatte.

Mira seufzte und ich ahnte, dass sie mich durchschaut hatte.

»Du machst es dem armen Kerl nicht leicht.«

»Armer Kerl?« Ich schnaubte ungläubig. »Der jagt jedem Rock hinterher.«

Ich hoffte, dass Mira die Anspielung verstehen würde. »Ich brauche keinen Aufreißer, der mich verletzt«, fügte ich vorsichtshalber hinzu, woraufhin meine Freundin mir eine Hand auf den Arm legte.

»Das ist nicht wahr«, verteidigte sie den Trauzeugen ihres zukünftigen Mannes. »Er schwärmt Marcel seit Wochen von deinen wunderschönen braunen Haaren und deinen dunklen Augen vor. Zudem weiß er, dass du gerne Thriller liest und Horrorfilme schaust. Er kennt deine Vorliebe für Erdbeeren und weiß, dass du gegen Haselnüsse allergisch bist.«

Bei der Aufzählung spürte ich ein warmes Kribbeln auf meiner Haut.

»Dann ist er ein Jäger, der sich auf seine Beute vorbereitet«, murmelte ich und schüttelte den Kopf. »Mich bekommt er mit dieser Masche nicht. Ich hab die Schnauze erstmal voll. Du hast mich doch vor ihm gewarnt.«

Mit einem übertriebenen Seufzen beugte Mira sich nach vorne und trank einen Schluck heiße Schokolade, ehe sie fortfuhr: »Ja, aber das war ein Fehler. Lukas kam auf mich zu und fragte mich alle möglichen Sachen über dich ... Wir haben viel geredet.« Ich stöhnte und ließ meinen Kopf auf die Tischplatte sinken.

»Du hast dich von ihm einlullen lassen«, warf ich ihr flüsternd vor. Die zukünftige Braut ließ sich davon nicht beeindrucken.

»Glaub mir, Belle: Der Typ tut vielleicht als wäre er ein Casanova, aber er ist eine treue Seele, wenn er sich erst einmal für eine Frau entschieden hat.«

»Aha.« Mehr sagte ich dazu nicht. Ich hatte schon in unzähligen Trauzeugen-Internetforen gelesen, dass Bräute in Hochzeitsvorbereitungen zu übertrieben romantischen Vorstellungen neigten und ihre Trauzeuginnen unbedingt verkuppeln wollten. Ein Aufreißer passte wohl nicht in Miras rosarotes Weltbild, weshalb sie Lukas vehement verteidigte. Irgendwie fand ich das ja sogar süß und wünschte, dass sie diesen Glauben an das Gute im Mann noch lange behalten konnte.

»Kommst du heute Abend mit mir auf den Weihnachtsmarkt?«, fragte Mira hoffnungsvoll. Ich hob den Kopf wieder von der Tischplatte und schmunzelte.

Sie wusste einfach, wann sie im Gespräch mit mir besser das Thema wechselte. »Ich brauche mal ein bisschen Ablenkung vom Hochzeitsstress.«

»Du brauchst Ablenkung?«, jammerte ich theatralisch und legte mir den Handrücken an die Stirn. »Frag mich mal!«

Als Antwort knuffte sie mir gegen den Arm und lachte.

Ich schloss die Hände um die Tasse, trat ungeduldig von einem Fuß auf den anderen und ließ meinen Blick über die Menge schweifen, um einen freien Tisch zu finden. Wie so häufig kam meine beste Freundin zu spät und wir hatten verabredet, dass ich den nächsten freien Platz beanspruchen sollte. Genervt stellte ich mich leicht auf die Zehenspitzen, um einen besseren Überblick zu erhalten.

Der Weihnachtsmarkt war überfüllt, Stimmengewirr und Lebkuchengeruch hingen in der Luft und ich fluchte wieder einmal über die Touristen, die von München angezogen wurden wie verliebte Frauen von Kitschfilmen.

Als ein Tisch frei wurde, steuerte ich zielsicher darauf zu und stellte meine Tasse ab, bevor jemand anderes auf die Idee kam, dort mit einem Getränk sein Revier zu markieren.

»Hey«, ertönte eine wohlbekannte Stimme und ich zuckte vor Schreck so stark zusammen, dass ich gegen meinen Becher stieß und die Hälfte des Inhalts über den sowieso schon klebrigen Tisch verschüttete. Mit wütend funkelnden Augen wirbelte ich herum.

»Du«, murmelte ich und sah in Lukas tiefbraune Augen. Seine dunklen Haare hatte er unter einer Wollmütze versteckt und die Hälfte seines Gesichts war von einem schwarzen Schal verborgen. Trotzdem erkannte ich an den Falten um seinen Augen, dass er lächelte. Schnell wandte ich den Blick ab, aber meinen rasenden Herzschlag und das Kribbeln in meinem Bauch konnte ich nicht mehr aufhalten. Ich schloss kurz die Augen und atmete tief durch.

»Wo ist Mira?«, fragte ich.

»Ich soll dir ausrichten, dass sie nicht kommen kann«, erklärte Lukas und ich registrierte, dass er nicht besonders bekümmert klang. »Sie muss noch irgendetwas erledigen.«

»Dann gehe ich wohl besser wieder.« Ich nippte noch einmal kurz an meinem Getränk und seufzte. »Schade um den Glühwein.«

Ich erstarrte mitten in der Bewegung. Warum hatte ich das gesagt? Heftiger als beabsichtigt knallte ich das Behältnis zurück auf den Tisch und stolperte dann einen Schritt zurück, wobei ich gegen einen massigen Touristen stieß, der gerade dabei war, mit seiner Spiegelreflexkamera ein schlecht beleuchtetes Foto vom alten Rathaus zu schießen. Der Mann bedachte mich mit einem wüsten englischen Ausdruck und einem grimmigen Blick, aber das bekam ich nur halb mit. Viel zu sehr lenkte mich die Tatsache ab, dass ich durch den Ruck gestolpert und letztendlich in Lukas Armen gelandet war, der mich nun so eng an sich presste, dass ich seine Wimpern hätte zählen können, wenn ich nicht zu sehr von den undurchdringlichen Augen abgelenkt worden wäre, die mich erheitert musterten. Für einen kurzen Moment vergaß ich sogar, zu atmen.

»Wir könnten den Abend auch gemeinsam verbringen, jetzt wo wir schon einmal hier sind«, schlug er vor und ließ mich los, was mir einen unsanften und ungewollten Stich in mein Herz versetzte. Ich wusste nicht, wie ich auf diesen Vorschlag reagieren sollte. Einerseits wollte ich aus irgendwelchen Gründen nicht, dass ich mich jetzt schon von Lukas trennen musste, andererseits wusste ich, dass er ein frauenaufreißender Idiot war, mit dem ich keine Minute länger als nötig zusammen sein wollte.

»Ich habe noch viel zu erledigen«, antwortete ich und verschränkte die Arme vor der Brust. »Aber danke für das Angebot.«

Lukas seufzte und senkte den Kopf.

»Ich wünschte wirklich, du wärst nicht so stur, Belle«, flüsterte er und seine raue Stimme ließ mich erschaudern. »Warum können wir uns nicht einfach vertragen und dafür sorgen, dass unsere Freunde eine wunderschöne Hochzeit feiern?«

Ich presste die Lippen zusammen. Der Vorschlag klang vernünftig und auf jeden Außenstehenden würde ich wie eine Bilderbuch-Zicke wirken, wenn ich jetzt einfach ging. Aber Fakt war nun einmal, dass Lukas hier nur eine Masche abzog, um mich in sein persönliches Trophäen-Regal zu stellen. Je schwerer ich es ihm machte, desto größer wurde sein Ehrgeiz und desto ausgeklügelter seine Herangehensweise. Was mit plumpen Anmachen zu Beginn der Hochzeitsplanungen begonnen hatte, war mittlerweile zu einem Plan geworden, den Lukas mit beharrlicher Überzeugung verfolgte. Am meisten ärgerte mich, dass mein Körper durchaus auf seine Methoden ansprang. Mittlerweile dachte ich sogar an ihn, wenn ich einkaufen ging, auf die U-Bahn wartete oder abends im Bett lag. Kurzum: Der süße Typ mit den Welpenaugen war ständig in meinen Gedanken.

Verzweifelt schüttelte ich den Kopf.

»Mira soll die schönste Hochzeit haben, die jemals gefeiert wurde.«

Ich war überrascht, dass meine eigene Stimme so selbstsicher klang. »Aber das bedeutet nicht, dass wir zwei das verliebte Paar spielen müssen, um jedes Heirats-Klischee zu erfüllen. Du bist der Trauzeuge und ich die Trauzeugin, mehr nicht.«

»Du bist Belle und ich das Biest«, konterte Lukas und grinste so breit, dass einer seiner Mundwinkel über dem Schal zum Vorschein kam.

»Das hat sie nicht wirklich …?«, platzte es aus mir hervor und ich lachte so laut, dass sich einige Passanten in der Nähe umdrehten. »Andererseits ist es nur fair. Wenn ich mich in dieses scheussliche gelbe Ballkleid zwängen muss, gehörst du in ein Monsterkostüm.«

»Biest, nicht Monster«, korrigierte Lukas mich und zuckte mit den Schultern. »Mir ist das relativ egal, ist ja nur für einen Abend.«

Ich konnte nicht aufhören zu lachen. Die Vorstellung, wie Lukas in einem Ganzkörper-Fellanzug durch die Kirche stapfte und versuchte, dabei möglichst elegant auszusehen, war einfach zu amüsant. Die Möglichkeit, dass man wie bei Kinderkostümen sein Gesicht unterhalb vom Hals des Kostüms sehen könnte, sorgte dafür, dass ich so heftig lachte, dass ich kaum mehr Luft bekam.

»Miras Liebe zu Märchen nimmt in ihrem Brautwahn wirklich seltsame Züge an«, japste ich schließlich und wischte mir die Lachtränen aus den Augenwinkeln.

»Ich glaube ehrlich gesagt nicht, dass das am Brautwahn liegt«, antwortete Lukas und entlocke mir damit ein weiteres Kichern.

Was tue ich hier?

Abrupt verstummte ich.

»Ihre Märchenliebe macht sie zu einem besonderen Menschen«, flüsterte ich und betrachtete dabei den fünfzehn Meter großen Weihnachtsbaum, den die Stadtverwaltung auf dem Rathaus aufgestellt hatte. Er war zwar nicht mit Weihnachtskugeln, dafür aber mit umso mehr Lichterketten behängt, die in der Dämmerung wie Glühwürmchen leuchteten. Für einen kurzen Moment war ich wie hypnotisiert von dem goldenen Schimmer und dem Duft der Zimtsterne, die neben dem Glühweinstand verkauft wurden, dann riss Lukas Stimme mich aus meiner Trance.

»Das ist wahr.«

Ich blinzelte und brauchte einen Moment um zu realisieren, worauf sich Lukas Aussage bezog. Er starrte nachdenklich auf den Becher, den ich auf den Tisch gestellt hatte, sodass ich sein Gesicht nur von der Seite erkennen konnte. Sein Schal war ein Stück nach unten gerutscht und er kaute nervös auf seiner vollen Unterlippe, während er sich mit einer Hand hinter dem Ohr rieb. In seinen dunkelbraunen Augen spiegelten sich die Lichter des Weihnachtsbaumes und sein Blick war in weite Ferne gerichtet.

Mein Herzschlag beschleunigte sich.

Lass das. So gut sieht er jetzt auch nicht aus.

Ich wusste, dass ich mich selbst belog, und ich hasste ihn dafür, dass er mich dazu gebracht hatte.

»Ich werde dann mal gehen«, sagte ich und drehte mich um, bevor ich es mir anders überlegen konnte. Noch bevor ich den ersten Schritt getan hatte, spürte ich eine Hand an meiner

Schulter und erstarrte. Unter Lukas Berührung kribbelte meine Haut, obwohl mehrere Schichten Kleidung zwischen uns lagen.

»Lass mich dich noch auf einen Glühwein einladen.«

Ich nickte schneller als mein Verstand die Information verarbeiten konnte. Verflucht. So war das nicht geplant gewesen.

»Zimtsterne?« Lukas lachte und in meinen Ohren klang es nach dem schönsten Geräusch, das sie an diesem Abend vernommen hatten. »Wieso Zimtsterne?«

»Meine Mama und ich haben früher immer Zimtsterne gebacken«, erklärte ich. Bei der Erinnerung stahl sich ein Lächeln auf meine Lippen und ein leichter Schmerz in mein Herz. Meine Mutter war vor einigen Jahren verstorben.

»Sie sagte, sie würde für mich die Sterne vom Himmel holen und auf dem Backblech auslegen.« Sofort schoss mir das Blut in die Ohren und ich kniff die Lippen zusammen.

Warum habe ich das gesagt? Das klingt total bescheuert.

»Das ist eine schöne Geschichte«, antwortete Lukas und zwinkerte mir verschwörerisch zu.

»Jetzt darf ich eine Frage stellen«, wich ich schnell aus. Wir spielten dieses Spiel seit knapp einer Stunde und ich hatte schnell Gefallen daran gefunden.

»Also?«, fragte ich und hob beide Augenbrauen nach oben. »Wie viele?«

»Wie viele *was*?« Er sah mich an, als hätte ich ihn nach der Farbe seiner Unterwäsche gefragt. Bedeutungsvoll hob ich meine Augenbrauen noch höher und warf einer vorbeistolpernden Blondine mit verboten tiefem Dekolleté einen kurzen Blick zu. Lukas stutze.

Eigentlich wollte ich seine Antwort gar nicht wissen, aber der Alkohol hatte die Kontrolle über mein Mundwerk gewonnen.

Der sonst so selbstbewusste Mann kaute auf seiner Unterlippe herum und wirkte alles andere als glücklich. Sicher hatte er sich den Abend anders vorgestellt. Diese Erkenntnis löste in mir ein Glücksgefühl aus.

Endlich habe ich die Kontrolle.

»Ich …«, fing Lukas an, überlegte es sich dann anders und starrte in seinen Glühweinbecher. Seine Wangen waren von der Kälte und dem Alkohol gerötet und ich hoffte, dass auch sein Unbehagen zu dieser Gesichtsfärbung beitrug. Irgendwie sah er sogar noch niedlicher aus, wenn er nach Worten rang, als wenn er den selbstbewussten Macho spielte. Er sah kurz auf.

»Ja?«, hakte ich unbarmherzig nach, wobei ich ihn mit meinen Augen fixierte und einen Mundwinkel spöttisch nach oben zog. Sofort senkte Lukas wieder den Blick und trank einen Schluck, dann stellte er den Becher ab, lehnte sich nach vorne und stützte sich mit einem Ellbogen auf dem Tisch auf.

»Warum willst du das wissen?«, flüsterte er so leise, dass die Weihnachtsmusik und das Stimmengewirr der Menschenmenge ihn fast übertönten. Ich rückte ein Stück näher an ihn heran und genoss, wie er mich intensiv musterte, während meine Vernunft sämtliche Alarmglocken aktivierte. Ein weiterer Schluck Glühwein brachte sie zum Verstummen.

»Ich wüsste gerne, wie erfahren du wirklich bist«, murmelte ich mehr zu mir selbst denn als Antwort.

Habe ich das gerade gesagt? Scheiße.

»Zu erfahren.« Bei Lukas Tonfall blieb mir das Lachen im Hals stecken. »Ich habe zu viele Frauen verletzt, Belle. Ich bin vielleicht erst 26, aber mein bester Freund wird bald heiraten. Das klingt super dämlich, aber seit diesen Hochzeitsvorbereitungen wird mir immer klarer, dass ich nicht ewig so weitermachen kann. Eigentlich möchte ich auch eine Frau und Kinder und … Ach scheiße, ich hol mir noch was zu trinken.«

Er trank den letzten Rest Glühwein und drehte sich zum Stand, um Nachschub zu besorgen. Ich blieb verdutzt zurück und fühlte mich mit einem Schlag wieder nüchtern.

Das Gespräch war plötzlich in eine allzu ernste Richtung gelaufen, die ich nicht beabsichtigt hatte. Ich hätte niemals gedacht, dass dieser Typ sich bereits jetzt Sorgen um seine Zukunft machte. Ich selbst war erst 23 und hatte mir trotz Miras Hochzeit keine Gedanken um eine eigene Familienplanung gemacht, was wohl hauptsächlich mein untreuer Exfreund zu verschulden hatte.

Lukas kam zurück und riss mich mit seinem charmanten Lächeln aus den Gedanken.

»Hier, für dich. Aber alkoholfrei.« Ich nahm den Becher dankend an und beobachtete peinlich berührt den Dampf, der aufstieg und sich in der kühlen Nachtluft verlor. Mittlerweile hatte sich die Menschenmenge gelichtet und die ersten Verkaufsstände schlossen ihre Läden. Der Geruch von gebrannten Mandeln lag noch immer in der Luft und die Lichter des Weihnachtsbaumes funkelten mit den Sternen um die Wette. Ich seufzte und lächelte Lukas an.

»Du darfst nicht so streng mit dir sein«, sagte ich und roch mit geschlossenen Augen an dem süßen Kinderpunsch. »Es ist nie zu spät, um sich zu ändern.«

Mir schoss das Blut ins Gesicht.

Warum sage ich sowas?

»Meinst du wirklich?« Lukas klang hoffnungsvoll und beugte sich näher zu mir. Meine Knie wurden weich und ich konnte nichts anderes tun, als in seine braunen Augen zu blicken. Wie seine Lippen wohl schmeckten? Ich wollte den Abstand zwischen uns überbrücken und es herausfinden.

Mein Verstand arbeitete gegen mich und trommelte immer wieder auf mich ein: tu es nicht!

Während mein Körper mich weiter zu Lukas zog, schrie meine Vernunft mir diesen Satz zu und wollte mich warnen. Schließlich gewann der Schmerz über vergangene Enttäuschungen und das Verlangen, seine weichen Lippen zu berühren, versiegte. Abrupt wandte ich mich zur Seite und Lukas räusperte sich peinlich berührt, während mein Herz laut pochte und meine Finger zitterten. Fieberhaft überlegte ich, wie ich mich am elegantesten aus dieser Situation retten könnte, als mir jemand anderes zuvor kam.

»Das ist jetzt nicht dein Ernst!« Eine weibliche Stimme, so schrill, dass ich zusammenzuckte, als wäre ich geohrfeigt worden. Sekunden später hatte Lukas einen Handabdruck im Gesicht. Ein junges Mädchen stand wutschnaubend vor ihm und funkelte ihn an, als würde sie ihm am liebsten noch eine verpassen. Die umstehenden Menschen senkten entweder peinlich berührt den Blick oder gafften völlig ungeniert. Ich konnte mich nicht entscheiden, welchem Verhalten ich mich anschließen sollte und blickte abwechselnd zwischen meinen Schuhspitzen und der Furie hin und her. Sie hatte die Hände in die Hüfte gestemmt und die vollen Lippen zusammengepresst. Ihre schimmernden roten Haare fielen ihr in langen Wellen über die teure Designerjacke, ihre schlanken Beine steckten in einer Markenjeans und ihre Füße in flauschigen Boots, die so viel wert waren, dass ich davon eine ganze Monatsmiete bezahlen könnte.

»Wer ist das?«, verlangte die Rothaarige zu wissen und deutete mit ihrem Zeigefinger auf mich. Lukas sah so verdutzt drein, dass ich fast Mitleid mit ihm hatte. Aber nur fast. Er setzte zu einer Antwort an, aber die junge Frau fiel ihm ins Wort.

»Du hast gesagt, dass du dich meldest.« Sie kniff die Augen zusammen und wartete gespannt auf seine Verteidigung. Er zuckte kurz mit den Schultern, legte eine Hand in den Nacken und setzte ein schiefes Grinsen auf.

»Das war wohl gelogen.«

Mir fiel ebenso wie Lukas Verflossener die Kinnlade herunter. So viel Dreistigkeit und Ehrlichkeit hatte ich ihm gar nicht zugetraut. Andererseits hatte er einige Gläser Glühwein getrunken.

Die junge Frau schnaubte, drehte sich wortlos um und stöckelte davon. Als sie einige Meter entfernt war, warf sie einen Blick über die Schulter.

»Melde dich nie wieder bei mir!«

Ein letztes Schnauben, dann war sie in der Menge verschwunden.

»Das hatte ich auch nicht vor«, flüsterte Lukas und sah mich so traurig an, dass mir kurz der Atem stockte. »Es tut mir leid, dass du das miterleben musstest.«

Ich wollte zu einer schnippischen Antwort ansetzen, aber Lukas gequälter Blick hielt mich davon ab.

»Wer war das?«, fragte ich und bemühte mich, nicht wie eine eifersüchtige Ehefrau zu klingen.

»Julia«, antwortete er und ich merkte, wie mir der Name einen Stich ins Herz versetzte.

Ich hatte immer gewusst, dass Lukas kein unbeschriebenes Blatt war, aber sich mit einer seiner Affären konfrontiert zu sehen, war noch einmal etwas anderes. Ich trat einen Schritt zurück und nickte, als würde ich verstehen, dabei kapierte ich gar nichts mehr.

»Dein Gerede vorhin war bloß eine Masche, um mich rumzukriegen, richtig?« Dieses Mal sprach ich so leise, dass Lukas die Stirn runzelte.

»Was hast du gesagt?«, fragte er nach und näherte sich, woraufhin ich ihm auswich.

Mit bebendem Herzen holte ich Luft.

Was habe ich auch anderes erwartet? Ich wusste es.

»Ich gehe.«

Dieses Mal hielt Lukas mich nicht auf.

»Und du hast seitdem nicht mehr mit ihm geredet?«, fragte Mira entgeistert. »Morgen ist meine Hochzeit. Wehe, ihr streitet euch in der Kirche!«

Wenn das deine einzige Angst ist.

»Keine Sorge, wir sind beide erwachsen«, beruhigte ich meine Freundin und half ihr dabei, den Reißverschluss des Brautkleides zu öffnen. Dass der Casanova mir seit dem Vorfall mehrere Nachrichten geschickt hatte, erwähnte ich nicht. Der Streit mit dieser Julia kam mir wie ein Zeichen vor, die Finger von diesem Mann zu lassen. Selbst wenn er sich ändern wollte, konnte mir niemand garantieren, dass er nicht bei der nächsten Gelegenheit wieder rückfällig wurde.

»Ich finde es so toll von dir, dass du heute Nacht bei mir schläfst«, wechselte die zukünftige Braut das Thema, während sie aus dem weißen Stoff schlüpfte. »Ich bin so nervös. Kannst du dir vorstellen, dass ich morgen schon heiraten werde? MORGEN!«

Ich hängte das Kleid sorgfältig in den Schrank und Mira warf sich einen von Marcels Pullovern über. Ihr Verlobter musste die Nacht im Hotel verbringen, damit er nicht zufällig das Brautkleid zu früh sah.

»Ich finde verrückt, dass du mit 24 überhaupt schon heiratest«, antwortete ich, bevor ich genauer darüber nachdenken konnte. Innerlich wappnete ich mich bereits gegen einen beleidigten Ausbruch, doch meine beste Freundin lächelte nur und fuhr mir durch das lange, glatte Haar.

»Du wirst schon sehen.«

Sie warf einen Blick auf die Uhr und zwinkerte mir verschwörerisch zu. In diesem Augenblick klingelte es. Der Ton war so schrill und durchdringend, dass ich zusammenzuckte und Mira verstört ansah.

Woher weiß sie ...?

»Hat Marcel etwas vergessen?«, fragte ich, während sich in meinem Magen ein ungutes Gefühl ausbreitete. Ich kannte dieses Funkeln in Miras Augen zu gut.

»Geh besser nachschauen«, antwortete sie und grinste so breit, dass ich noch misstrauischer wurde.

»So schaust du nur, wenn du etwas ausgeheckt hast«, bemerkte ich und kniff misstrauisch die Augen zusammen. »Was ist es?«

Sofort hob Mira abwehrend die Arme und ihre Mundwinkel wanderten noch weiter nach oben.

»Nichts. Mach einfach auf.«

Ich seufzte, ging zur Tür und überlegte gleichzeitig, was sie dieses Mal geplant haben könnte. Morgen war ihre Hochzeit, demnach konnte es nur etwas mit Märchen oder Weihnachten zu tun haben – beides Themengebiete, auf die ich gerade ganz gut verzichten konnte. Vor allem, da bei jedem Atemzug die Sehnsucht nach Lukas´ Lachen an meinem Herzen nagte.

Ich griff nach der Klinke, atmete tief ein und öffnete die Tür. Als ich mein Gegenüber erkannte, blieb mir für einen Augenblick die Luft weg. Lukas sah mich aus großen braunen Augen entschuldigend an.

»Mira sagte, dass du hier bist.«

Als würde das alles erklären. Als würde dieser Satz etwas daran ändern, dass er ein Aufreißer war, von dem ich nichts mehr wissen wollte. Mit größter Mühe zwang ich mich zur Ruhe, trotzdem bebte meine Stimme, als ich sprach.

»Aha.«

Lukas streckte mir die Arme entgegen und ich betrachtete die kitschige rot-grüne Tüte mit großem Argwohn.

»Das ist für dich«, versuchte Lukas erneut mit mir ins Gespräch zu kommen. Ich schüttelte den Kopf und steckte meine Hände in die Hosentaschen. Dafür war ich nicht bereit.

»Danke, ich brauche nichts.«

Zu meinem Unmut stellte ich fest, dass ich nicht so abweisend klang, wie ich gerne würde.

»Ich bin mal kurz an der Tankstelle und hole Pizza«, flötete Mira und wirbelte schneller an uns vorbei, als ich reagieren konnte. Sie trug eine Jogginghose, Marcels Pullover und darüber seine alte Winterjacke. Ein Outfit, mit dem sie niemals freiwillig das Haus verlassen hätte.

»Sie mag nicht mal Pizza«, murmelte ich ungläubig. Lukas betrat die Wohnung, schloss die Haustür hinter sich und lächelte.

»Ich dachte, dass sie besser planen könnte«, gestand er. »Sonst hätte ich mich niemals auf diese Abmachung eingelassen.«

Natürlich hatten die zwei dieses Treffen arrangiert. Eigentlich wollte ich deshalb sauer sein, aber ich konnte nicht.

»Ich habe ihr von unserem Abend erzählt.« Er zog schuldbewusst den Kopf ein und setzte ein schiefes Lächeln auf.

»Unserem Abend?«, wiederholte ich ungläubig. Ich konnte nicht fassen, dass er diesen wenigen Stunden so viel Bedeutung beigemessen hatte. Dieser Kerl, der Frauen nach einer Nacht schon wieder vergaß, wie ich es an jenem Abend aus erster Hand erfahren hatte. Bei dem Gedanken an Julia kochte erneut Wut in mir hoch.

»Der Weihnachtsmarkt. Der Abend, an dem wir …« Lukas verstummte und ließ die Schultern hängen. Der Blick aus seinen braunen Augen war traurig und sehnsuchtsvoll. »Wahrscheinlich habe ich mir das alles nur eingebildet, oder? Ich war so verzweifelt auf der Suche …«

Mit einem fassungslosen Lächeln schüttelte er den Kopf.

»Tut mir leid, dass ich euch gestört habe. Wir sehen uns morgen bei der Hochzeit.«

Er wandte sich um und griff nach der Klinke. Etwas in mir wollte ihn zurückhalten, aber ich blieb regungslos stehen und starrte auf seine breite Schultern und die braunen, wirren Haare. Als die Tür hinter ihm ins Schloss fiel, spürte ich, dass ich weinte und meine Knie zitterten. Verdammter Mist.

Mira hatte dafür gesorgt, dass die Kirche aussah, als würde heute ein Mitglied der britischen Adelsfamilie heiraten. Kunstschnee verzierte die goldenen Kronleuchter, ein roter Teppich war im Mittelgang verlegt und die Bänke waren mit Papierrosen geschmückt, die kunstvoll aus Märchenbuchseiten angefertigt worden waren.

Beim Vorbeigehen erhaschte ich einen Blick auf die bunten Illustrationen und fragte mich, wie Mira es übers Herz gebracht hatte, die Bücher für Dekozwecke zu verwenden. Wenn ich es nicht schon längst vorher geahnt hätte, wäre dies der endgültige Beweis dafür, dass ihr die Hochzeit wichtiger war als alles andere.

Ich zupfte den überdimensionalen Reifrock zurecht. Schon nach wenigen Stunden ging er mir auf die Nerven und ich wusste nicht, wie ich den ganzen Tag in diesem Albtraum aus Tüll und Seide überstehen sollte.

Tief durchatmen.

Der schlimmste Moment stand mir noch bevor. Seit seinem Auftritt gestern hatte Lukas noch mehrmals versucht, mich anzurufen, aber die Vernunft in mir war hart geblieben und hatte mich schließlich sogar dazu gebracht, mein Handy auszuschalten. Mira war darüber alles andere als begeistert und hatte mir gedroht, unsere Freundschaft zu beenden, falls heute vor den Gästen ein Streit zwischen dem Biest und seiner Liebe entstehen sollte.

Das Eheglück meiner Freundin war mir allerdings auch wichtiger als eine Konfrontation mit einem Kerl, der mich ins Bett kriegen wollte. Zumindest redete ich mir das ein. Vor allem, als die Gäste eintrafen und ich mich immer häufiger dabei ertappte, wie meine Augen zum Eingang wanderten, um nach einem muskulösen Mann im Tierfell zu suchen.

Lächerlich.

In diesem Moment setzte Musik ein. Mit einem Lied, das nicht geplant war.

Mira wird durchdrehen.

Meine Trauzeugin-Reflexe erwiesen sich als absolut unzuverlässig. Statt loszustürmen und das gewünschte Disney-Lied einzufordern, blieb ich wie angewurzelt stehen und starrte auf den Eingang.

Die Anwesenden wandten sich nach dem riesigen Kopf des Biests um, welcher dank seiner schieren Größe alles andere überragte. Das Biest ging zielstrebig auf mich zu und die Menschen wichen zurück, als wären sie Teil eines schlecht inszenierten Kitschfilms. Ich schluckte.

Das ist bitte nicht sein Ernst.

In der einen Hand trug er eine Rose und als er näher kam, bemerkte ich, dass sie nur noch ein Blütenblatt hatte.

Jetzt wird es absurd.

Plötzlich brach ein Flüstern in der Kirche los. In allen Ecken wurde gestaunt und geseufzt, die Frauen, die den Film kannten, blinzelten Tränen aus ihren Augenwinkeln. Und alles, was ich tun konnte, war weiterhin die leblosen Glasaugen des Kostüms anzustarren. Ich wusste, dass ein Blick in seine braunen Augen genügen würde, um mich schreiend davonrennen zu lassen. Nicht einmal die Tatsache, dass sein Gesicht aus dem Hals eines Plüschkostüms ragte, konnte etwas daran ändern.

Schließlich stand er direkt vor mir, ich konnte sein Aftershave riechen und wusste, dass ich ihn ansehen musste. Also tat ich es.

»Das Biest muss wahre Liebe finden, bevor das letzte Blatt der Rose fällt«, flüsterte er und jagte mir mit seiner tiefen Stimme einen Schauer über den Rücken.

»Hast du gerade einen Disney-Film zitiert?« Mehr brachte ich nicht hervor. Hilfesuchend glitt mein Blick über die Schulter und in der Tür sah ich Mira, die beide Daumen nach oben reckte.

Sie besaß tatsächlich den Nerv, mein persönliches Liebesdrama mit in ihre Hochzeitsinszenierung einzubeziehen. Das bedeutete allerdings auch, dass sie wirklich an eine mögliche Zukunft zwischen mir und dem Casanova glaubte. Niemals würde sie zulassen, dass ihre Hochzeitszeremonie mit einer Liebesgeschichte begann, die durch einen Treuebruch endete.

»Hier.« Verdutzt starrte ich auf die kleine Box, die er mir entgegenhielt. Als ich nicht reagierte, öffnete er den Deckel.

»Zimtsterne?« Mehr brachte ich nicht hervor, ein dicker Kloß hatte sich in meinem Hals gebildet. Sofort färbte sich Lukas Gesicht rot und er wich meinen Blick aus. Das Gebäck war an den Ecken zu braun und die Sternform nur mit viel Mühe zu erkennen.

»Du … hattest doch erzählt, dass … Ich habe sie selbst gebacken … Deine Mutter …« Er stockte, ebenso wie mein Atem, denn ich konnte nicht glauben, dass er sich wirklich an diese kleine Geschichte erinnert hatte. »Ich möchte dir auch die Sterne vom Himmel holen.«

Hat er das gerade wirklich gesagt? Hat er diese Zimtsterne für mich gebacken?

Schuldbewusst sah er auf seine Kreation herab.

»Sie schmecken vermutlich grauenvoll«, murmelte er bedrückt. Bevor ich genauer darüber nachdachte, griff ich zu und steckte mir einen Zimtstern in den Mund. Leider konnte ich Lukas nicht widersprechen: sie waren steinhart und schmeckten ausschließlich nach Zimt. Trotzdem kaute ich und setzte ein möglichst überzeugendes glückliches Gesicht auf, denn aus einem seltsamen Grund wollte ich den glücklosen Bäcker lächeln sehen.

»Sie schmecken hervorragend.«

Skeptisch nahm Lukas sich ebenfalls ein Gebäckstück, doch schon nach dem ersten Bissen verzog er das Gesicht. Ich hörte, wie einige Gäste kicherten und konnte es ihnen nicht verdenken. Es musste seltsam aussehen, wie das Biest und seine Auserwählte vor dem Altar standen und Zimtsterne aßen.

»Du hast gelogen«, stellte er fest. Dann lachte er und sein Lachen ging mir unter die Haut und ließ meinen ganzen Körper erbeben. Als Lukas das bemerkte, verstummte er. Vorsichtig legte er die Rose und die Keksverpackung auf dem Ringtisch ab und überbrückte den Abschnitt zwischen uns. Dieses Mal wich ich nicht zurück. Der Schmerz in meinem Innern war nicht vergessen, aber es war, als stammte er aus einem anderen Leben. Er zählte nicht mehr. Alles, was jetzt von Bedeutung war, war dieser Moment. Jener Augenblick, in dem ich in seine Augen sah, seine Hand auf meiner Wange spürte und die ganze Hochzeitsgesellschaft vor Vorfreude jauchzte. Vereinzelt gab es euphorische Zurufe.

»KÜSS SIE DOCH!«

Lukas und ich lächelten.

»Weißt du, wie Zimtsternküsse schmecken?«, raunte Lukas in mein Ohr.

Fünf Sekunden später wusste ich es.

Sternenglück

Stefanie Bender

Paula liebte den Winter. Ganz besonders mochte sie die eisigen Tage, an denen die Sonne es schaffte, sich durch die grauen Schneewolken zu kämpfen. Dann funkelte der Schnee wie tausend Diamanten und der gefrorene See glitzerte mit ihren Augen um die Wette. Auch beobachtete sie gerne die Sperlinge, die bei ihrem zwitschernden Miteinander den frisch gefallenen Schnee auf den Zweigen der Sträucher zum Rieseln brachten. Erst als ihre Fußzehen und Finger zu schmerzen begangen, machte sich Paula durchgefroren auf den Weg nach Hause. Dort packte sie Mutter in eine warme Wolldecke und gab ihr aufgebrühten Tee zu trinken.

Ja, dies waren Paulas Lieblingstage. Und heute war so ein Tag. Es war der Morgen des 24ten Dezembers 1884.

Paulas Familie besaß nicht viel. Der abgelegene Hof, auf dem sie lebten, hatte Großvater seinem einzigen Kind hinterlassen - ihrer Mutter. Paula mochte ihr zu Hause genau so wie es war, auch wenn in der kalten Jahreszeit der Wind eisig durch die Dielen fegte. Philip, Paulas älterer Bruder, trug die Verantwortung für die Hoftiere, um die er sich aufopfernd kümmerte. Dafür liebte ihn Paula von ganzem Herzen. Philip verdankte sie auch ihre Liebe zu Kaninchen. *Neun Jahre war es nun her, als er ein kleines Kaninchen vor dem Kochtopf gerettet hatte. Vater hatte den kleinen Hasen bereits an den Ohren gepackt, als die kleine Paula bitterlich zu weinen begonnen hatte. Ihr Bruder aber hatte rasch zwei Hühner geschnappt und sie ohne viele Worte gegen das Tierchen ausgetauscht. Vater hatte zornig die Stirn gekräuselt, jedoch geschwiegen, als Philip Paula das braune Fellknäuel in die Arme gedrückt und gedroht hatte:* »Und wehe du kümmerst dich nicht um ihn!« *Mit Tränen der Freude in den Augen hatte das Mädchen brav zur Antwort genickt.*

»Jetzt braucht er noch einen Namen.«

»Franzikus«, schoss es sofort aus Paulas Mund. An diesem Abend gab es Hähnchenschenkel zum Abendessen.

Ab diesem Tag züchtete die mittlerweile heranwachsende junge Frau Kaninchen, die alle auf den Namen Franzikus hörten.

Paula rannte durch den knöcheltiefen Schnee hinüber zur Scheune, um ihrem alten Liebling Franzikus der Siebte und seinen Brüdern die tägliche Portion Salat zu füttern. Sie hoffte auf Philip zu treffen, der die Hühner und Pferde zu dieser Uhrzeit versorgte. Das Mädchen war so aufgeregt, so voller Vorfreude auf den kommenden Abend, dass sie ihr Hochgefühl mit jemandem teilen wollte. Paula wollte Philip von den Lichtern erzählen, die Mutter ganz bestimmt in der ganzen Stube verteilen würde. Zweifellos würde es wieder nach frischem Gebäck duften und die Geschenke wären hübsch eingepackt, auf dem großen Tisch vor dem Kamin liegend - bereit zur großen Bescherung. Hmm, sie nahm bereits den süßen Duft der Backwaren wahr. Vielleicht war in diesem Jahr genug Geld übrig geblieben, um die einen oder anderen Gewürze aus der Stadt zu besorgen und wenn, dann hatte ihre Mutter gewiss Zimtsterne für sie gebacken. Und wenn sie die Augen schloss und sich auf ihre Erinnerungen konzentrierte, dann roch sie auch die Mettensau mit frischen Kartoffelklößen. Am späten Abend dann würden Tante Johanna und Onkel Jakob zu Besuch kommen. Alle würden sie singen und fröhlich sein. Ein wundervoller Familienabend stand bevor, etwas für das sie niemals zu alt sein würde. Weihnachten, ja, es war Weihnachten!

Der Schuppen war verlassen. Die Hühner pickten am Boden nach ihren Körnern, Franzikus der Siebte und seine Artgenossen hatten sich zusammengekuschelt und schliefen. Philips Mistgabel hing sorgfältig in der Halterung an der Wand, seine Arbeitsstiefel standen feinsäuberlich darunter. Es sah ganz danach aus, dass er den Schuppen noch gar nicht betreten hatte. »Philip?«, rief Paula durch den Holzschuppen in der Hoffnung, ihr Bruder würde sich in einer Ecke verstecken, um sie zu erschrecken. »Phil, bist du hier?« Nichts. Nur eines der Kaninchen erhob kurz den Kopf, wackelte ein wenig neugierig mit der Nase, bevor es sich wieder an das Fell seines Freundes kuschelte.

Vielleicht war Philip gemeinsam mit Vater in die Stadt gefahren, um noch einige Besorgungen zu machen. Ja, vielleicht besorgten sie ihr heiß geliebtes Zimtgewürz, damit Mutter noch kurz vor dem Heiligen Abend Zimtsterne backen konnte. Paula kräuselte die Stirn. Sie erinnerte sich an Mutters Worte am frühen Morgen, die sie im Halbschlaf vernommen hatte: »Seid vorsichtig und kommt rasch wieder.« Paula war enttäuscht. Warum hatte Philip ihr nichts von dem Ausflug erzählt? Sonst teilte er doch jedes Geheimnis mit ihr. Traurig schloss Paula die Schuppentüre hinter sich. Tränen traten ihr in die Augen. So gerne wäre sie mit in die Stadt gefahren. Viel zu selten hatte sie die Möglichkeit, die vielen Häuser und die asphaltierten Straßen zu bewundern. Und heute war auch noch Weihnachten.

Zur Weihnachtszeit waren die Städte in ein glitzerndes Lichtermeer getaucht. Warme Feuer brannten im Freien und der Geruch von deftigen Speisen, warmen Getränken und Zucker schwängerte die Luft. So und nicht anders hatte es Paulas Onkel schon oft berichtet. Zwar lebte auch er nicht in der Stadt, doch verdiente er dort in einer kleinen Firma genug Geld, um Paula jedes Jahr ein tolles Weihnachtsgeschenk mitzubringen. Im letzten Jahr war es eine feine Halskette gewesen. Wenigstens einer in der Familie hatte bemerkt, dass Paula schon lange kein kleines Mädchen mehr war. Sie war bereits sechzehn. Sechzehn Jahre. Manche Mädchen waren in diesem Alter bereits verheiratet und sie durfte nicht einmal mit in die Stadt.

»Ich möchte auch die Lichter sehen und die strahlenden Bäume!«, sagte sie laut, doch außer Franzikus und ein paar aufgescheuchten Hühnern reagierte niemand. »Und ... und ich möchte endlich jemanden kennenlernen.« Ihre letzten Worte waren ein zartes Flüstern, dass nicht mal die Hasen wahrnahmen.

Auf einmal überkam Paula eine seltsame Angst, als sie an Mutters Worte dachte und gleichzeitig freute sie sich mehr denn je auf den bevorstehenden Abend. Sie schloss die Augen und horchte in sich hinein. Sorge und Neugierde mischten sich. Heftig schlug ihr Herz in der Brust und ohne Vorwarnung füllten sich ihre geschlossenen Lider mit Tränen.

Alles in ihr drängte sie zurück ins Haus, um aus Mutters Mund zu hören, dass alles in Ordnung war und sich Vater und Phil bereits auf dem Rückweg befanden.

Paula trat aus der Scheune und wandte sich Richtung Haus, als ihr plötzlich im Schnee etwas auffiel: Spuren! Das waren Wagenspuren! Vater und Philip waren mit dem Planwagen hinausgefahren, anstatt mit den Pferden, um wie gewohnt in die Stadt zu reiten.

Die entfachte Neugierde drängte den Wunsch nach der warmen Stube weit fort. Als sie sicher war, dass Mutter sie nicht durch das kleine Küchenfenster beobachtete, folgte sie den Wagenspuren mit großen Schritten.

Eine Zeitlang führte ihr Weg entlang der Schotterstraße, immer weiter von zu Hause fort. Das Mädchen lief, ohne sich umzudrehen, bis die Spuren einen Bogen machten und sie in den Wald lotsten. Paula blieb stehen. Große, grüne, vor Neugier und Ehrfurcht strahlende Augen blickten in die Dunkelheit des Forstes. Die Bäume waren so hoch, dass es aussah, als würden ihre Kronen im Himmel aneinanderstoßen.

»Gehe niemals allein in den Wald, kleine Paula. Hast du verstanden?«

»Aber warum, Vater?«

»Weil es dort gefährlich ist. Der Wald ist ein Labyrinth. Allein findest du nie wieder zurück nach Hause. Schau dir meine Hand an und sag mir, was du siehst.«

»Eine Hand mit vier Fingern.«

»Genauso ist es mein Liebling. Einst zog mich die Neugierde in einen dunklen Wald im tiefsten Winter. Ich verirrte mich und die Kälte brachte mich fast um. Dies hier ist meine Erinnerung und eine Warnung.«

Vaters Mahnung lag schon viele Jahre zurück, doch erinnerte sie sich noch genau an seine Worte und an die Hand, die ohne den Ringfinger gruselig aussah. Sie hatte auf seinem Schoß gesessen, während er ihr Kinn fest in der großen, verstümmelten Hand hielt. Er sah besorgt aus und lächelte erst wieder, als Paula ihm hoch und heilig versprochen hatte, sich an das Verbot zu halten. Dann gab er ihr einen Kuss auf die

Stirn und ließ sie hinunter auf den Boden, wo sie mit Franzikus gespielt hatte.

Als sie den ersten Schritt in das verschneite Unterholz tat, regte sich ihr schlechtes Gewissen.

Allein findest du nie wieder zurück nach Hause.

Da Vater und Philip sich ebenfalls im Wald aufhielten, musste sie sich keine Gedanken machen; gemeinsam würden sie den Weg finden. Außerdem war sie beinahe erwachsen und gruselte sich schon lange nicht mehr vor dunklen Wäldern. Paula raffte ihre Röcke und trat mutig in den verschneiten Forst.

Der in den letzten Stunden gefallene Schnee bedeckte Moos und Blätter. Stille hatte sich wie eine Eisdecke über den Wald gelegt, während Paula begeistert unter dem Blätterdach hindurch lief. Der Wald war so märchenhaft. Warum nur hatte Vater sie vor ihm gewarnt? Es war eine Schande, dass sie diese Schönheit erst jetzt kennenlernen durfte. Während Paula den Wagenspuren immer tiefer in den Wald folgte, ignorierte sie das kalte Nass in ihren Stiefeln, die dem wadenhohen Schnee nicht mehr standhalten konnten. Je tiefer sie in das Unterholz drang, desto unheimlicher wurde der märchenhaft verschneite Ort. Was hatte die Männer nur dazu getrieben, so weit vom Wege abzukommen? Eine innere Unruhe trieb die junge Frau voran. Schneller und schneller rannte sie durch den Schnee, ohne sich umzudrehen. Ein Rascheln – ein Knacken – Paula wandte sich um. Mit zusammengekniffenen Augen sah sie in das Gestrüpp - nichts, Paula war allein. Mutterseelenallein. Als ihr Herz anfing, vor aufkommender Furcht rascher zu schlagen, nahm sie ihren Weg wieder auf. Ihr Blick haftete dabei an den Wagenspuren, aus Angst sie könnten entschwinden. Tief im Forst standen die Bäume dichter beisammen. Ihre Kronen ragten hoch in den Himmel und verwehrten Paula die Sicht zum dämmrigen Firmament. Auch die Büsche mehrten sich und die feinen Zweige zupften an ihrem Kleid, als wollten sie die junge Frau zum Stehenbleiben bewegen. Sie schlug nach den spitzen Trieben und beschleunigte ihre Schritte. Es war unmöglich, dass Vaters alter Planwagen durch die Zwischenräume der Bäume und den tiefen Schnee hindurch gekommen war, ohne stecken zu bleiben.

Ein kalter Schleier aus Nebel legte sich um den Wald. Eng umschlangen Paulas Arme ihren dünnen Körper. »Vater?«, rief sie halblaut in den Wald hinein. »Phil, Vater, wo seid ihr? Ich habe Angst!« Jetzt spürte sie die schmerzende Kälte in ihren Stiefeln. Sie versuchte die Zehen zu bewegen, doch es tat so weh, dass sie sofort innehielt.

Ein Krächzen erklang. Paula zuckte zusammen. Das Geräusch wiederholte sich. Immer und immer wieder. Es war der Laut einer Axt, die sich tief in die Rinde eines Baumes bohrte. Vater und Phil mussten ganz in der Nähe sein. Paula folgte dem Geräusch bis zu seiner Quelle. Dort suchte sie hinter einem Vogelbeerstrauch Deckung.

Vater holte aus - die Axt drang knirschend in den dicken Stamm der Tanne. Noch stand sie fest und stark, durch ihre Wurzeln im Boden verwachsen, doch Vater würde nur wenige Schläge benötigen, um sie zu Fall zu bringen. Er wischte sich den Schweiß von der Stirn und gab die Axt an Philip weiter, der auf die gleiche Art das Werkzeug schwang. Wieder knirschte das Holz. Was hatten sie bloß mit solch einem Nadelbaum vor? Vater hatte noch nie eine Tanne zum Feuern genutzt. Eine Weile stand sie da - versteckt hinter dem Strauch und überlegte, wann sie hervorkommen sollte. Würde es Schelte geben? Sie war von zu Hause fortgelaufen, hinein in den verbotenen Wald. Mutter war gewiss schon in Sorge und wütend obendrein. Es war düster geworden. Bald würde die Nacht hereinbrechen und jegliches Licht, das durch die Baumkronen drang, verschlucken. Schelte hin oder her, Paula hatte Angst. Just in dem Moment, als sie sich vom Stamm entfernen und zu ihrer Familie laufen wollte, hörte sie Schritte. Der Schnee knirschte unter fremden Füßen. Jemand war hier. Paulas Herz fing an, schneller zu schlagen. Ihre Furcht leistete sich einen bitteren Kampf mit ihrer Neugierde. Zitternd beobachtete sie das gegenüberliegende Gebüsch. Die Äste bewegten sich, als würde sich dahinter etwas verbergen. Hoffentlich nur ein Tier. Hoffentlich ein ungefährliches Tier. Dicht schlich sie an das Gestrüpp heran und bog ganz leise die Zweige auseinander, um durch das Blätterwerk zu lugen.

Ein erstickter Schrei entrann Paulas Kehle. Verschreckt taumelte sie zurück und stürzte rücklings in den Schnee.

Die finstere Gestalt trat auf sie zu. Nur noch wenige Schritte und sie hatte Paula erreicht. Sie wollte um Hilfe rufen, doch kein Laut kam über ihre Lippen. Ungeschickt versuchte sie sich auf die Seite zu rollen, um wieder auf die Beine zu kommen. Aber das Gemisch aus Blättern und Schnee war schlüpfrig und brachte sie erneut zu Fall.

Paula rührte sich nicht. Erstarrt vor Angst blieb sie liegen und wartete darauf, dass etwas passierte. Die schattenhaften Umrisse ergaben nach und nach ein Bild im Dämmerlicht. Kein Tier hatte ihr aufgelauert, sondern ein dunkel gekleideter, schlaksiger Mann.

Paulas Gedanken überschlugen sich. Dann versuchte sie sich zu konzentrieren, um endlich Vater um Hilfe zu rufen, doch - das Krächzen, es hatte aufgehört - die Axt schlug nicht mehr auf den Baumstamm ein. Waren Vater und Philip etwa ohne sie weitergefahren?

Der Fremde hatte sie erreicht. Er beugte sich zu ihr hinunter und reichte Paula seine Hand. Die junge Frau blickte starr auf die schmalen Finger des unbekannten Mannes. Was sollte sie nur tun? Es fühlte sich an, als wären unendliche Minuten vergangen, als ihr Gegenüber endlich etwas sagte.

»Darf ich dir helfen?«

Jetzt sah Paula hinauf. Der Fremde war in einen dunklen, ärmellosen Umhang mit großer runder Kapuze gehüllt. Just in dem Moment, in dem Paula losschreien wollte, schlug er die Haube zurück. Sein halblanges blondes Haar war zerzaust und umrahmte ein markantes Gesicht. Von ihrer Perspektive aus sah er groß aus. Auch glaubte sie, dass kaum ein Gramm Fett auf seinen Rippen lag, so schmal sah er trotz des Umhangs im Dämmerlicht aus. Seine Augen leuchteten, doch war es zu dunkel, um ihre Farbe zu deuten.

»Lady?«, fragte er mit einer sanften Stimme, die ihr eine Gänsehaut über die Arme jagte. *Hatte er sie gerade Lady genannt?* Instinktiv ergriff sie die Hand des Fremden. Beinahe zuckte sie zurück, als sie die Wärme seiner Haut spürte. Eisig war es im Wald, wie konnten sich seine Hände so warm anfühlen? Er zog sie mit Leichtigkeit zu sich hinauf. Beschämt sah Paula zu Boden. Sie spürte, dass er lächelte und ihr Herz machte einen Sprung.

»Ich danke Ihnen«, flüsterte sie.

»Nichts gibt es zu danken. Doch was machst du hier draußen, allein in einem verschneiten Wald?«

»Ich ... ich habe mich verlaufen.«

Er erwiderte nichts, sah sie nur an, sein Lächeln, eingemeißelt auf seinem hübschen Gesicht.

»Ich war auf der Suche nach meinem Vater und meinem Bruder. Sie sind mit dem Planwagen Richtung Stadt unterwegs«, sie stockte kurz, »zumindest glaube ich das.«

»Aber warum bist du dem Wagen gefolgt?«

Es war Paula unangenehm zu antworten. Er musste sie für ein kleines, naives Mädchen halten. Und er würde Recht behalten, nichts anderes war sie gewesen, als sie aus Neugier und Eifersucht ihrem Vater und Bruder in den Wald nachgelaufen war.

»Ich ... ich dachte, er führt mich in die Stadt.«

»Ah, du möchtest die Lichter der großen Stadt sehen!«

»Ja. Aber woher wissen Sie ...«

»Jeder, der sie nicht kennt, möchte in die Stadt. Vor allem in der Weihnachtszeit. Ich muss zugeben, sie ist wirklich hübsch. Doch gibt es wahrlich schönere Orte.«

»Sie waren schon einmal dort?«, fragte Paula, während ihr Herz vor Aufregung hüpfte.

Der kurz aufgekeimte Ärger, dass der Fremde sie einfach duzte, war längst vergessen. Dieser junge, gutaussehende Mann kannte die Stadt!

Sie sah ihn im Zwielicht schmunzeln.

»Ich kenne sie nicht nur, verehrte Lady, ich lebe dort.«

»Sie ...? Wirklich?«

»Ach!«, er winkte ab, dann öffnete er seinen Mantel, nahm ihn ab und warf ihn über Paulas Schultern. Paula war klein und ein Stück des Mantels hing im Schnee. Doch sie war froh über diese Geste und zog den Stoff enger um ihre Brust. Dann reichte er ihr noch etwas. Fäustlinge! Gefütterte Fäustlinge, noch warm von seinen eigenen Händen.

»Wenn man dort lebt, ist sie weniger aufregend. Glaub mir.«

»Spricht man dort die Frauen mit Lady und du an?«

»Oh nein. Ganz und gar nicht. Eine reine Angewohnheit. Mein Onkel stammt aus England.«

»Oh!«

Paula kam aus dem Staunen über diesen Mann nicht mehr heraus.

»Und nun, hübsche Lady, soll ich dich in die Stadt geleiten oder nach Hause? Ich nehme an, du stammst aus einem der nahen kleinen Dörfer im Osten?«

Paula sah beschämt zu Boden. So gerne hätte sie ihm gesagt, er solle sie in die Stadt führen und helfen, ihren Vater zu finden. Doch sie fror trotz seines Mantels fürchterlich. Sie wollte nur noch in die warme Stube.

»Vielleicht könnten Sie mir ein anderes Mal die Stadt zeigen.«

Paula stockte der Atem. Was hatte sie soeben gesagt? Hatte sie ihn um ein weiteres Treffen gebeten? Wo nur waren ihre Manieren geblieben? Wo ihre Vorsicht? Der Fremde lachte fröhlich.

»Sehr gerne«, antwortete er. »Zuvor aber geleite ich dich nach Hause. Es wird Zeit, dass du ins Warme kommst.«

Paula zeigte in die Richtung, aus der sie gekommen war. Dann aber erinnerte sie sich, dass ihr Vater und ihr Bruder ja ganz in der Nähe waren.

»Vielleicht sollte ich lieber zu meinem Vater gehen. Er ist dort drüben mit meinem Bruder. Sie haben einen Baum gefällt.«

»Dort drüben?«, der Fremde ging ein paar Schritte in die Richtung, in die sie gezeigt hatte. Er sah sich um, bog Zweige auseinander, um hinter die Büsche zu sehen. Doch dann schüttelte er den Kopf.

»Dort ist niemand, hübsche Lady.«

»Aber ich habe ihn selbst gesehen.« Schnellen Schrittes stapfte Paula zu dem Fremden, doch auch sie konnte niemanden mehr sehen, weder ihren Vater, noch Philip, noch den Wagen. Auch die Spuren im Schnee waren verschwunden. Wie konnte das sein? Hatten sie so schnell den Baum auf den Wagen gepackt? Wie viel Zeit war verstrichen, seit der Fremde sie so erschreckt hatte?

Tröstend legte er ihr eine Hand auf die Schulter.

»Hab keine Angst. In diesem Wald sind schon ganz andere seltsame Dinge geschehen.«

Mit großen Augen sah Paula den Fremden an. Wenn er sie damit beruhigen wollte, hatte er es keinesfalls geschafft.

»Nun komm. Ich begleite dich nach Hause.«

Sie nickte und erklärte: »Ich wohne auf einem Hof, einige Kilometer abseits des Stadtvorortes. Es ist nichts Besonderes.«

»Natürlich ist es das«, meinte er, »Es ist dein zu Hause!«

Paula lächelte. Trotz der Kälte um sie herum wurde ihr warm ums Herz. »Ich heiße Paula«, sagte sie.

»Mein Name ist William - nach meinem Onkel.«

Ein wundervoller Name, dachte Paula, sprach es aber nicht aus. Stattdessen hakte sie sich unter und folgte ihm. Dabei bemerkte sie nicht, dass er eine andere Richtung wählte, als die, aus der sie gekommen war.

»Kennst du die Geschichte des gelben Männleins?«

Sie schüttelte den Kopf.

»Bist du ein Geschichtenerzähler? Die soll es zuhauf in den großen Städten geben.«

Wieder erklang dieses wohlige Lachen.

»Oh nein. Ich bin eher schlecht im Geschichten erzählen. Ich wollte nur die Stille durchbrechen.«

»Erzähle sie mir, William, die Geschichte.«

»Einst soll es ein buckeliges Männlein gegeben haben, mit einer Hakennase und langen dünnen Fingern, aus denen spitze Nägel wuchsen. Sein blasses Gesicht mit den eingefallenen Wangen wurde von abstehenden Ohren umrandet. Auf seinem Kopf befanden sich nur noch wenige, gelb schimmernde Haare. Durch seine Lippen - kaum

mehr als ein Strich - lugten gelbliche Zähne hervor, die nicht weniger scharf aussahen wie seine schwarzen Fingernägel.

»Du willst mir Angst machen.«

»Nein, die Geschichte ist wundervoll und ist passend zu Weihnachten.«

Weihnachten! Es war Weihnachten. Beinahe hätte sie es vergessen. Wie spät war es nur? War die Stube schon geschmückt? Sie hatte Mutter doch versprochen zu helfen. Was, wenn Vater und Philip schon längst zu Hause waren. Sie würden umkommen vor Sorge, wenn sie bemerkten, dass Paula sich nicht auf dem Hof aufhielt. Aber sie schwieg und lauschte weiter Williams Worten. Er brachte sie schon bald nach Hause, da war sie sich sicher.

»Was tat das Männlein hier im Wald?«, fragte Paula, als William nicht weiter sprach.

»Es war ein Goblin und er sammelte Tränen.«

»Tränen?«

»Ja, Tränen.«

»In Wirklichkeit waren es Sterne, die vom Himmel gefallen waren. Doch der Goblin nannte die Sterne Tränen.«

»Aber wie können Sterne nur vom Himmel fallen?«

»Wenn der Himmel weint, fallen sie auf die Erde. Und das Männlein war dazu da, sie wieder einzusammeln.«

»Einzusammeln? Warum?«

»Weil die Tränen dem Himmel gehören.«

»Nein, das meinte ich nicht. Ich möchte wissen, warum der Himmel weinen muss?«

»Es war Weihnachten.«

»Das verstehe ich nicht«

»Das Jahr geht zu Ende. Der Himmel weint über die Sünden und Bosheit der Menschen.«

»Bist du dir da sicher? Weihnachten ist das Fest der Liebe. Der Himmel sollte strahlen, denn die Erde lacht ihm mit all seinen Lichtern entgegen. Wenn der Goblin dem Himmel seine Tränen zurückgegeben hat, dann hat er ihm die Trauer, die er sich von der Seele geweint hat, auch zurückgebracht. Ob das richtig war?«

»Der Goblin tat nur seine Arbeit. Er war ein Sternensammler.«

Paula spürte etwas Kaltes auf der Nase. Eine Schneeflocke. Es hatte wieder angefangen zu schneien. William musste ihre Furcht bemerkt haben.

»Hab keine Angst, schöne Paula. Wir sind schon bald zu Hause.«

Sie blickte sich um. Dunkel war es geworden. Nur der Mond erhellte den Schnee, der ihnen wenig Licht spendete. Waren sie überhaupt auf dem rechten Weg? Sie waren schon so lange unterwegs. Niemals gingen sie den Weg, den auch sie hierher genommen hatte.

»Während der Sternensammler die Tränen einsammelte«, fuhr William fort, »traf er auf ein Mädchen, das sich im Wald verirrt hatte.«

Paula lachte bitter.

»Das ist nicht lustig.«

»Ich erzähle eine Geschichte. Willst du sie nun hören?«

Paula nickte im Dunkeln und William fuhr fort.

»Gemeinsam fanden sie alle gefallenen Tränen des Himmels und verstauten sie im Rucksack, den sie danach fest zubanden, damit keine Träne mehr verloren ging. Das Mädchen half dem Goblin die Tasche zu schultern, als dieser plötzlich loshastete. Sie stolperte und blieb verdutzt zurück. Ihr Erstaunen verflog noch in der gleichen Sekunde. ‚He!‘, rief sie ihm wütend hinterher, doch das Männchen hörte sie nicht. Sie rannte hinterher. Schon nach wenigen Metern hatte sie den Sammler eingeholt. Sie packte ihn am Rucksack und riss ihn zurück.

‚Du wolltest mich an den Waldrand bringen!', ‚Ach so, ja …', stotterte der Goblin verlegen, ‚ich bringe zuerst die Sterne zurück. Die sind erst mal wichtiger.'

›Oh nein, sind sie nicht!‹

›Sind sie wohl!‹

›Wie kannst du sicher sein, dass es das Richtige ist, was du tust? Wer hat dir gesagt, dass du sie zurückbringen musst? Hast du schon mal daran gedacht, dass der Himmel die Tränen der Erde vielleicht sogar schenken wollte? Vielleicht weint ja der Himmel die Sternentränen, damit es wieder Platz für neue Sterne gibt. Vielleicht sind es Geschenke an die Menschheit, schließlich ist Weihnachten! Und du redest immer nur von Trauer, doch Tränen können auch Glück bedeuten. Gib sie dem Himmel nicht zurück. Sie sind Geschenke, die vom rechten Weg abgekommen sind. Warum sollten sie sonst in diesem Wald herumliegen?‹

›Ja, es sind Geschenke. Geschenke für mich!', schrie der Goblin sie an und schlug ihre Hand davon. ‚Du nimmst sie mir nicht weg! Niemals!‹

Jetzt war es das Mädchen, das stutzte und den Sternensammler überrascht ansah, doch dieser blickte nur verzweifelt zu ihr hinauf. Auf einmal hatte sie eine Idee: ›Weißt du, was wir machen? Wir nehmen die Sterne und verteilen sie im Dorf. Nein, besser wir gehen dort oben auf den Hügel und lassen sie ins Tal fallen. Ihren richtigen Weg werden sie dann selbst wieder finden.‹ Das Mädchen deutete auf die kleine Anhöhe hinter dem See und war ganz aufgeregt, den Menschen eine Freude machen zu können. Der Goblin jedoch freute sich keineswegs: ‚NIEMALS! Du wirst sie mir nicht wegnehmen! Die sind alle mir, mir allein - also ich alleine muss sie jetzt zurückbringen.‹

›Musst du gar nicht. Das sind Geschenke des Himmels. Wir müssen sie mit anderen Menschen teilen!‹ Das Mädchen griff nach der Tasche auf seinem Rücken – da schlug der Goblin zu. Seine Krallen *streiften ihre Haut. Sie schrie auf und ließ den Rucksack fallen. Geistesgegenwärtig reagierte der Sammler. Er riss die Tasche an sich und rannte davon.*

Dies war der Moment, in dem es dem Mädchen voller Entsetzen bewusst wurde: Der Goblin war keinesfalls ein Sternensammler! Dieses böse Männlein war ein Tränendieb! Das Mädchen rappelte sich auf und setzte dem Dieb nach. Jemand musste schließlich die Sterne retten!

Paula war erstaunt, wie gut William die verschiedenen Stimmen beherrschte, um die Geschichte lebendig zu halten. Sie vergaß die Kälte und wie lang der Weg war und sie vergaß auch die Furcht, William könnte ihr nichts Gutes wollen.

»Und was ist dann geschehen?«, wollte sie wissen.

»Das Mädchen holte den Goblin auf Höhe eines Sees ein. Er hatte auf seinem Weg einen Stern verloren, den sie sich im Rennen vom Boden angelte und mit einem gezielten Wurf nach vorne schleuderte. Das Geschoss traf sein Ziel. Der Tränendieb stürzte nach vorne und landete unsanft auf dem Boden. Der Rucksack landete nur einen Meter vor ihm und ehe er sich versah, saß sie auf seinem Rücken. Sie bog dem hässlichen Männlein die Arme auf den Rücken und drohte ihm:

Du wirst nie wieder dem Himmel die Sterne klauen, hast du verstanden?‹ Der Goblin versuchte sich zu befreien, doch das Mädchen war größer und stärker. Sie nahm ihm die Luft zum Atmen, als ihre Knie auf seine Rippen drückten. ›Hast du gehört was ich gesagt habe? Du wirst nie wieder ein Geschenk anfassen oder eine Träne, die dir nicht gehört!‹

›Aber die glänzen so schön!‹, schrie das böse Männlein.

Das Mädchen hatte die Hand bereits zur Faust geballt, um dem Dieb eine Kopfnuss zu geben, doch sie hielt inne.

›Tu mir nicht weh!‹, flehte das Männlein auf dem Boden. ›Nein‹, sprach sie versöhnlich. 7Ich werde dir nicht weh tun, ich mache dir

sogar ein Geschenk.‹ Sie ließ den Dieb los und öffnete dessen Rucksack. Ein kleiner Stern, der so sehr funkelte wie tausend Schneekristalle, kam zum Vorschein. ›Hier, ein Geschenk des Himmels. Eine Träne für einen Dieb.‹ Der Goblin schwieg. Das Mädchen sah seine schmalen Lippen beben und das Glänzen in seinen hässlichen, gelben Augen. Mit seinen langen Fingern packte er den Stern, drückte ihn fest an seine Brust, dann stand er auf und floh in die Dunkelheit des Waldes.«

»Ich habe Angst«, sagte Paula in die kurze Stille, die sich ergeben hatte. »Angst?«, fragte William. »Wovor?«

Sie ließ seinen Arm los.

»Du bringst mich nicht nach Hause!« Ihre Stimme wurde lauter. Ihr ganzer Körper bebte.

»Wohin sollte ich dich sonst bringen, hübsche Lady.«

»Ich ... Ich weiß es nicht. Doch ist dies nicht der Weg, den ich gekommen bin. Du entführst mich!«

»Oh, gewiss. Und mache dich mit einem alten Märchen gefügig!«

»Tust du das?«, hauchte Paula.

»Um Himmels Willen, nein. Das war ein Spaß. Wir gehen einen anderen Weg, da gebe ich dir Recht. Doch habe ich diesen gewählt, damit wir in der Dunkelheit nicht noch in Hasenlöcher treten.«

Paula schluckte. Konnte sie ihm trauen? Er war so höflich, so ... Nicht einmal in Gedanken konnte sie erklären, was sie für diesen Fremden empfand. Es war mehr als nur gefährlich ihm zu vertrauen. Vielleicht würde sie nie nach Hause gelangen. Da erzählte er weiter.

»Das Mädchen kniete am See und öffnete den Sternenrucksack. Ein Lichterglanz, unbeschreiblich schön und einzigartig. Kurz konnte sie den Sternendieb verstehen. Das Gefühl, diesen Schatz -

die Tränen des Himmels - behalten zu wollen, war mächtig. Sie war verliebt, verloren im Anblick der Sterne. So viele funkelnde Geschenke, so viel Glück. Sie wollte es behalten. Vielleicht würde sie ihrer Mutter und ihrem Vater etwas geben, vielleicht auch ihrem Bruder, aber die restlichen Sterne würden ihr gehören. Ihr allein. Niemand würde sie sehen. Sie würde sie in ihrem Zimmer unter dem Bett verstecken und sie abends vor dem Schlafengehen herausholen, um sie anzusehen. Sie waren schöner als der Schnee, der in der Sonne glänzte. Und sie gehörten alle ihr. Das Mädchen presste die Lider zusammen und schüttelte sich. Was war nur in sie gefahren? Mit einem Ruck stand sie auf, nahm die Tasche an zwei Enden und rüttelte sie mit großer Kraft. Drei Dutzend glücklich glänzender Tränen fielen mit einem hellen Ton auf das Eis des gefrorenen Sees und sprangen kaum einen Augenblick später hinauf in den Himmel, wo sie sich in alle Himmelsrichtungen verteilten und als Sternschnuppen auf eine weite Reise gingen.«

»Da ist sie!«, hörte Paula dumpf, wie im Traum, eine bekannte Stimme.

William drückte sie von sich. Was war nur geschehen. War die wundervolle Geschichte denn schon zu Ende?

»Los geh«, forderte William sie auf.

Taumelnd lief sie ihrem Vater entgegen. Bevor sie in den Schnee fallen konnte, fing er sie auf. Eine warme Decke legte sich um ihre Schultern. Sie sah noch, wie sich die Blicke von Vater und William trafen, dann fiel sie in einen tiefen Schlaf.

Als sie erwachte, saß William auf der Bettkante und strich ihr eine Haarsträhne aus der Stirn.

»Da bist du ja endlich wieder, hübsche Lady. Ich dachte schon, du würdest Weihnachten verschlafen.«

Paulas Beine waren weich, doch sie fühlte sich wohl in ihrer Haut. William hielt sie schützend in seinen Armen. Hoffentlich sah Vater sie so nicht. Er würde dies nicht gutheißen. Ein fremder Mann in Paulas Zimmer!

»Wir haben es noch rechtzeitig auf den Hof geschafft. Ich hatte große Angst um dich. Die Kälte hielt dich bereits fest in ihren Klauen.«

»Wie du sprichst ... Ich wünschte, du würdest niemals damit aufhören.«

»Oh, ich glaube, dein Vater würde mir den Mund verbieten.« »Er würde dir vor allem verbieten, dieses Zimmer zu betreten.«

William lachte. Es war dieses Lachen, das sie liebte. Wärmend, ehrlich und rein.

»Was ist?«

»Verzeih mir, schöne Lady, doch dein Vater kennt mich seit Langem. Ich arbeite im Gewürzladen meines Vaters, den er regelmäßig aufsucht. Hat er denn nie von mir erzählt?«

»Er redet nicht viel von seinen Besuchen in der Stadt. Aber sag mir, warum warst du heute alleine im Wald?«

Er räusperte sich.

»Ich bin gerne im Wald. Egal ob im Sommer oder im Winter. Ich finde ihn wundervoll und bei jedem meiner Besuche erzählt er mir neue Geschichten.«

»Geschichten von gefallenen Tränen?« Als sie das aussprach, fing Williams Gesicht wieder an zu strahlen.

»Hier«, sagte er und legte Paula etwas in die Hand. »Ich habe eine der Tränen für dich aufgehoben.«

Paula umfasste einen handgefertigten hölzernen Stern. Er sah beinahe so aus, wie die Sterne in den Fenstern der Geschäfte in der großen Stadt.

»Du bist ein Tränendieb.«

Er schüttelte den Kopf. »Eher ein Tränenschnitzer.«

»Warum hat diese Träne ein Loch an einer Stelle?«

Da wurde William wieder ernst.

»Hübsche Paula«, sagte er, »Ich war auch im Wald, da ich deinem Vater half, die schönste aller Tannen zu finden. Er wollte mich danach noch nach Hause fahren, doch ich lehnte ab, da ich ein wenig spazieren gehen wollte. Welch ein Glück, nicht wahr? Sonst hätten wir uns nie getroffen.«

»Und ich wäre vielleicht erfroren. Aber … Dann habe ich mir nicht eingebildet, dass Vater mit Philip im Wald war?«

»Nein, dass hast du nicht. Nachdem sie die Tanne auf den Wagen geladen hatten, sind sie sehr schnell nach Hause gefahren, um dem aufkommenden Schneetreiben zu entgehen. Doch als deine Mutter ihnen sagte, dass sie dich nicht auf dem Hof finden kann, drehten sie sofort wieder um, um dich zu suchen.«

Eine kurze Pause entstand, in der Paula mit den Tränen kämpfte. Wie konnte sie nur so dumm gewesen sein und alleine bei diesen Temperaturen in den Wald laufen? Sie schluckte schwer, dann fragte sie: »Was ist nun mit dem Stern? Warum dieses Loch?«

Er reichte ihr die Hand.

»Bitte, steh auf wundervolle Paula, dann wirst du verstehen.«

Gemeinsam begaben sie sich auf den Weg in die Stube, doch auf einmal blieb Paula stehen.

»Was ist?«, fragte William.

»Warum hast du mir diese Geschichte erzählt?«

Er nahm ihre Hände in die seinen und erklärte:

»Mein Onkel sagte einst: *Lausche in dunklen Zeiten einem Märchen und die Gegenwart rückt in weite Ferne. Worte und Bilder lassen die Eiszapfen in deiner Seele schmelzen und in deinem Herzen findet Hoffnung ein zuhaus.*

Es war wie im Traum. Paulas Herz machte einen Sprung, als sie in die Wohnstube trat und sah, was dort auf dem großen Tisch in der Mitte des Zimmers stand. Sie sah nicht die Kerzen, nicht den Braten, auch die Geschenke nahm sie nicht wahr. Sie hatte nur Augen für sie: die Tanne aus dem Wald. Mit Lichtern war sie geschmückt und mit Gebäck, Nüssen und rotbackigen Äpfeln behangen.

»Ein Weihnachtsbaum!«, rief sie voller Freude. So sah sie also aus, die beliebte neue Tradition, von denen die Leute aus der Stadt schwärmten. So etwas Schönes hatte sie noch nie gesehen. Ihr Vater kam zu ihr und nahm sie in die Arme. »Frohe Weihnachten, Paula. Ich hoffe, dir gefällt unser erster eigener Christbaum.«

Die junge Frau schmiegte sich an ihn. »Er ist wundervoll, Vater!« Alle lagen sich in den Armen. Sogar William wurde geherzt, als würde er zur Familie gehören. Paula hörte, wie Vater ihm zuflüsterte:

»Danke, dass du meine Tochter sicher nach Hause gebracht hast.« William antwortete nur mit einem kurzen Nicken und seinem einzigartigen Lächeln. »Trotzdem heiße ich es nicht für gut, dass du dich mit ihr alleine im Wald herumgetrieben hast.«

Auf einmal stand Mutter neben Paula und lenkte sie ab. Unter ihrer Nase erschien ein duftendes Stück Gebäck. Ein Zimtstern!

»Wann hast du die nur gebacken, Mutter?«

»Du hast lange geschlafen. Und William brachte Vater dein Lieblingsgewürz mit in den Wald.«

»Das ist das schönste Weihnachten, dass ich je hatte.«

»Das hast du als Kind öfter gesagt.«

»Ja, aber als Erwachsene ist alles etwas anders.«

Mutter zog die Augenbrauen in die Höhe und nickte.

Paula nahm sich ein Gebäckstück, biss hinein und schloss genussvoll die Augen. Da nahm William sie von hinten an den Hüften und drehte sie zu sich. Er sah sie ernst an, dann wanderte sein Blick zu ihrem Vater.

»Ich muss Ihnen gestehen, dass ich mir für die Zukunft durchaus vorstellen kann, mich öfter mit Ihrer Tochter im Wald herumzutreiben.«

Vater blies die Wangen auf.

»Aber ... Also ... Vorlauter Bengel! Ich ...« und William beugte sich zu Paula hinunter und küsste sie zärtlich auf den noch mit Zimt und Zucker gefüllten Mund. Tausende Schmetterlinge flatterten durch Paulas Körper und schenkten ihr eine unbekannte, wohltuende Wärme.

Nur widerwillig löste sie sich von ihrem William und sah in die Gesichter ihrer Familie. Mutter lächelte milde, Vater und Bruder standen mit verschränkten Armen in der Stube und musterten die jungen Menschen kritisch. Niemand aber sagte ein Wort.

Paula machte einen Schritt auf den Weihnachtsbaum zu. Zählte die zahlreichen Gebäckstücke und Kerzen daran, dann blieb ihr Blick am oberen Punkt der Tanne hängen. Da wurde ihr auf einmal klar - etwas fehlte. Sie rückte einen Schemel an den Tisch heran und stieg hinauf. Vor Verliebtheit berauscht und den Geschmack des Zimtsternkusses noch immer auf den Lippen, setzte sie den hölzernen Stern auf die Spitze des Baums. William trat heran, umfing ihre Hüften und hob sie herunter.

»Frohe Weihnachten, hübsche Lady!«, flüsterte er in ihr Haar.

»Frohe Weihnachten, Sternensammler«, sprach sie mit vor Glück glänzenden Augen zu William. Dann griff er liebevoll nach ihrem Kinn und hob ihren Kopf an. Und ihre Lippen be-

90

rührten sich zärtlich, während über ihren Köpfen die Tränen des Himmels um die Wette leuchteten.

Weihnachten für Fortgeschrittene

Stefanie Mühlsteph

Der Duft von gerösteten Maronen, gebrannten Mandeln und der würzigen Süße von Glühwein lag in der Luft. Menschen verweilten an Ständen, lachten, schwatzten und genossen die kitschige Atmosphäre. Küsse wurden getauscht und Schwüre, die im Gefecht der Herzen für einzig und wahr gehalten wurden. Weihnachten war das Fest der Besinnlichkeit, der Ruhe und Liebe.

Und der Kalorien.

Ich biss in eine schokoladenüberzogene Lebkuchenbrezel und ließ mich mit eiserner Selbstdisziplin am Weihnachtsmarkt vorbeitreiben, der mich mit all seinen Reizen und Düften zu verführen suchte. Ich würde standhaft bleiben. Das hatte ich mir im September geschworen, als ich bei über zwanzig Grad schon Spekulatius in den Supermärkten entdeckt hatte.

Dieses Jahr würde alles anders werden.

Im militärisch steifen Paradeschritt marschierte ich auf den uringelben Bau der Elektrotechniker zu, der sogar in den Siebzigern keinen Preis für moderne Architektur errungen hätte. Jetzt war es einfach nur noch ein hässliches Gebäude mit Flachdach, ohne einen Anflug von kreativer Gestaltung.

Das Hans-Busch-Institut, auch liebevoll S3|06 genannt, war die Partymeile der Elektrotechniker von Darmstadt – wenn es denn so etwas wie Party für diese studentische Gattung gab.

Schwungvoll öffnete ich die Tür und wurde sogleich von den strafenden Blicken der Automatenkaffeetrinker durchbohrt. Wenn Elektrotechniker eines waren, dann lichtscheue Frostbeulen.

Die Nase im dicken und viel zu langen Strickschal versenkt, schlurfte ich den dreckig-weißen Flur zur Fachschaft entlang, wo hoffentlich ein ordentlicher Filterkaffee auf mich warten würde.

»Die Kompetenzpyramide könnt ihr euch ungefähr so vorstellen«, schallte es dumpf durch die Tür des Fachschaftbüros.

Mein Magen verkrampfte sich. Ich hatte es befürchtet, aber niemals gehofft. Michael war nach Hause zurückgekehrt.

Leise öffnete ich die Tür, trat hinein und lauschte seinen Worten. Wie sehr ich diesen abgebrochenen Meter doch *nicht* vermisst hatte.

Mit dem Marker malte er eine Pyramide ans Whiteboard und gestikulierte wie ein Dozent kurz vor dem Herzinfarkt. »Seht ihr, hier unten steht der gut ausgebildete Facharbeiter. Danach folgt der Techniker oder Meister. Da sind wir uns doch noch alle einig, oder?« Obwohl niemand nickte, fuhr er mit seiner Präsentation fort. »Die erste Hierarchieebene, die für uns interessant ist, ist der Bachelor, der an der FH gemacht wird. Danach folgt der Bachelor der TU, der ist wiederum dicht gefolgt vom Master an der FH. Der Master der TU steht allerdings noch weit unter dem Diplomer, der – wie wir alle wissen – die Seele der deutschen Industrie ist.«

Michael blickte in die Runde. Und wie immer, wenn er Menschen musterte, schien er durch sie hindurchzusehen, anstatt ihnen ins Gesicht. Das hasste ich am meisten an ihm.

»Ich würde FH und TU niemals in einen Sack stecken«, mischte sich ein Student ein, der offensichtlich noch nicht abgeschaltet hatte. »Die bearbeiten doch völlig unterschiedliche Bereiche der Wirtschaft.«

»Nicht nach EQR, dem Europäischen Qualifikationsrahmen«, setzte Michael an. »Dort gibt es keine Unterschiede zwischen den ungleichen Ausbildungsstätten, weswegen wir unter uns eine genaue Linie ziehen müssen, wo welche Kernkompetenzen liegen und wer über wem steht.«

Michael hasste es, sich in die Parade fahren zu lassen. Widerworte wurden sofort im Keim erstickt.

Ein fieses Grinsen huschte über meine Lippen. »Wenn es danach geht, dann brauchst du eine höhere Leiter«, sagte ich und schlüpfte aus meiner Jacke.

Wenn ich ihn überrascht hatte, dann ließ er es sich nicht anmerken. »Oh, Inge, lange nicht gesehen. Was für eine *freudige* Überraschung.«

»Die Freude ist ganz meinerseits, Michael.« Ich schmiss meine Jacke über einen Stuhl, warf den Rucksack in eine Ecke und setzte mich an den Tisch. »Möchtest du uns weiter mit deinen Theorien beglücken oder könnte ich mir die Fachschaft borgen und die Planung der Weihnachtsfeier besprechen?«

Seine blauen Augen durchbohrten mich wie Eispickel. »Kein Problem«, sagte er ruhig. »Ich wollte sowieso gehen. Es wird gerade wieder ein bisschen stickig hier drin. Du kennst ja das Problem mit dicken Menschen und den Bakterien zwischen den Hautfalten.«

Zorn faltete meine Geduld zu einem Origamischwan zusammen. »Danke, dass du mich darauf aufmerksam machst«, presste ich hervor und lächelte ihn unterkühlt an. Niemand schaffte es, so sorgfältig Salz in die Wunden zu streuen, wie Michael.

Es herrschte völlige Stille, als er sich die Jacke überstreifte und schließlich den Raum verließ. Bevor die Tür hinter ihm ins Schloss fiel, schenkte er mir noch einen boshaften Blick.

Wir hatten unsere bittersüße Feindschaft nicht vergessen – selbst während seiner Abwesenheit.

Rasch schüttelte ich meine Wut ab und wandte mich den Anderen zu. »Dann lasst uns mal die Weihnachtsfeier besprechen.«

***

Sechs Monate war er in Indien gewesen, ein ganzes Semester, und nichts hatte sich in Darmstadt verändert. Selbst Inge war dieselbe geblieben – vielleicht mit ein paar Kilos mehr auf den Rippen und einem noch grässlicheren Charakter.

Michael schlenderte die Landgraf-Georg-Straße in Richtung Innenstadt und Weihnachtsmarkt hinunter und stopfte die eisigen Hände in die zu weite Hose. In Indien hatte er vieles vermisst, aber Inge und die Kälte gehörten eindeutig nicht dazu. Dieses Weibsbild schaffte es immer wieder, ihn wie einen Idioten dastehen zu lassen – schon seit sie zusammen im Sandkasten gesessen hatten. Sie hatten die gleiche Grundschule und dasselbe Gymnasium besucht, und selbst jetzt machte sich das Schicksal einen üblen Scherz mit ihm und schweißte sie weiterhin zusammen –seit vier Semestern. Anders als *grenzmorbide* konnte man diese Fügungen nicht nennen. Der einzige Weg, wie er hatte entkommen können, war ein Auslandssemester gewesen, und selbst da hatten sich die Katastrophen gehäuft. Wenn Michael genau darüber nachdachte, kam er nur zu einem Schluss: Er war nicht dazu bestimmt, glücklich zu werden.

Indien. Michael hatte sich in dieses Abenteuer gestürzt, ohne auch nur eine Sekunde an die möglichen Konsequenzen und kulturellen Unterschiede zu denken – und die waren gewaltig. Sodbrennen gehörte, dank des scharfen Essens, zur täglichen Routine. Auch die Hygiene wurde in Indien nicht allzu groß geschrieben. Man spuckte auf die Straße, rülpste mitten im Gespräch dem Gegenüber ins Gesicht und ließ seinen Müll dort stehen und fallen, wo man sich gerade befand. Auf den Toiletten gab es anstatt Papier zwei Eimer mit Wasser – was wiederum erklärte, warum die linke Hand als unrein galt.

Die Schwüle hatte ihn mehr als einmal aus den Flipflops gehauen und seine deutsche Kleidung musste er sehr schnell gegen hitzetauglicheres Material eintauschen.

Michael stieß heißen Atem in die eisige Winterluft und beobachtete, wie sich das kondensierte Wölkchen verflüchtigte.

Auf der anderen Seite der Erdkugel herrschte Monsun, während sich Europa auf Gänsebraten und Rotkohl freute. Ein Planet, und doch unterschieden sich die Eigenarten und Lebensweisen grundsätzlich voneinander. Es war schon ein bisschen absurd.

Mit flackernden Lichtern sprangen die Straßenlaternen an. Dunkelheit und eine dichte Wolkendecke, die nicht einen Schimmer silbernes Sternenlicht hindurch ließ, hatte sich über die Stadt gelegt. Schnee erwartete Michael trotzdem nicht, auch wenn es das Wetter antäuschte – was auch besser wäre. Zwei Flocken aus dem nassen Weiß bedeuteten in Darmstadt Schneechaos im Ausmaß eines amerikanischen Blizzards.

Der bunte Weihnachtsmarkt begrüßte ihn mit der gleichen Monotonie, wie er es jedes Jahr tat. Keine Hütte veränderte je ihren Platz oder wurde ausgetauscht. Solange Michael in Darmstadt wohnte und studierte, stand der Bratwurststand von *Salm* auf dem gleichen Flecken – genau wie der Rest des weihnachtlichen Buden-Ensembles.

Abwechslung suchte man in dieser Stadt vergebens.

Wenigstens konnte er darauf vertrauen, dass er dieses Semester nicht noch einmal mit seiner besten Erzfeindin konfrontiert werden würde. Inge hatte eine andere Vertiefung als er gewählt und es müsste schon mit dem Teufel zugehen, wenn sie in die gleiche Gruppe kamen.

***

Meine To-Do Liste des Tages bestand darin, aus dem gestern angesetzten Teig zauberhafte Weihnachtsplätzchen auszustechen, die WG mit ein bisschen Lametta und viel Nippes herauszuputzen und mich für die kommende Gruppenarbeit einzutragen … Letzteres sollte der anspruchsloseste Teil sein – dachte ich zumindest.

»Was?« Ich starrte auf mein digitales Hochschul-Profil und drückte wie eine Verrückte auf F5. Das konnte nicht wahr sein. Da stand man frühmorgens vor zehn Uhr auf, um sich für eine beschissene Gruppenübung online anzumelden … und dann das. Servercrash.

Was konnte die Universität eigentlich?

»Server nicht gefunden – Verbindungsprobleme beheben«, sprach ich die Worte aus, die sich bei jedem Browser in wenigen Minuten aufbauten, wenn ich die Hochschul-Seite anwählte. Klasse. Ich konnte meine Freude kaum in Worte fassen.

»Nils?«, brüllte ich und hoffte, dass mein Mitbewohner schon wach war. »Nils, konntest du dich zur Gruppenübung anmelden? Nils? NILS! Bist du schon wach? Nils?!«

»Alter, Inge, mach den Kopf zu«, hörte ich eine genervte, müde Stimme. Die Tür zu meinem Zimmer wurde aufgestoßen. Nils stand nur in Boxershorts bekleidet im Türrahmen, das Gesicht noch zerknautscht von der Nacht. »Ich kann mich auch nicht anmelden. Der scheiß Server ist wieder down.« Mit zwei Schritten hatte er das Zimmer durchquert und fiel auf mein frisch gemachtes Bett. Auf der Stelle begann er, sich in meine Bettdecke einzurollen.

»Gnade dir Gott, wenn du reinsabberst«, motzte ich ihn an.

»Würde ich nie tun«, sagte er und vergrub sein Gesicht in meinen mit *Lenor* getränkten Laken.

Nils war sexy, keine Frage. Er studierte Elektrotechnik auf Lehramt für die Berufsschule und war nicht nur verdammt schlau, sondern auch ein echter Frauenmagnet mit seinem Drei-Tage-Bart und den großen, dümmlich liebevollen Augen, die an einen Hundewelpen erinnerten. Allerdings war Nils auch nicht gerade der ordentlichste Mensch der Welt und hatte einen abnormalen Hang zu Weichspülern – weswegen er meine Handtücher und Laken des Öfteren … missbrauchte. Manchmal erinnerte er mich an diesen Hackfleisch-Perversen, der sich aus sechzig Kilo Hack eine Frau gebaut hatte, nur um sich sexuell daran zu vergehen.

Ich drückte wieder die F5-Taste und erschrak mich fast zu Tode – vor Freude. Endlich lud die Seite. »Es geht wieder«, jauchzte ich.

Nils´ befriedigtes Brummen reichte mir, um kein Gespräch mit ihm anfangen zu wollen. Er befand sich im siebten Weichspüler-Himmel.

Ich klickte mich durch das Fenster und kam schließlich zu den Einteilungen. Meine Matrikelnummer und Name standen neben …

Für einen Augenblick spürte ich geradezu, wie mein Herz stehen blieb und alle Lebensgeister aus mir wichen.

»Inge?« Nils´ Stimme war direkt neben mir und doch ein halbes Leben entfernt. Ich bemerkte seine Hand auf meiner Schulter, fühlte das Rütteln. »Inge, geht es dir gut? Warum bist du so bleich? Heulst du etwa?«

Heiß brannten die Tränen auf meinen Wangen. Jetzt war ich diejenige, die sich am liebsten unter der Decke einrollen würde.

Das musste alles ein mieser Albtraum sein. Wahrscheinlich wachte ich gleich auf und fand mich auf dem kalten Laminat wieder.

Ich schüttelte den Kopf und blinzelte die Tränen weg, doch die Matrikelnummer und der Name meines Gruppenpartners blieben stehen.

1129630 – Neumann, Michael.

***

Selbst die Uni hatte weder Kosten noch Mühen gescheut die verstaubten Weihnachtsartikel aus den Kellern zu kramen und lieblos in irgendwelche Ecken zu werfen oder an die Decke zu pinnen wie Spinnweben. Und so hingen auch im Hans-Busch-Institut vereinsamte Rentierlichterketten an schmucklosen Glasvitrinen.

Aber was sagte meine verstorbene Großmutter immer: Der Gedanke zählt, auch wenn das Ergebnis eine Beleidigung für das Auge ist. Eines war sicher, ich hätte jetzt viel lieber in der Küche gestanden, lautstark *Rolf Zuckowskis Weihnachtsbäckerei* gesungen und Plätzchen gebacken, als mich hier in diesem Gebäude zu befinden. Wenn es etwas weihnachtsmuffeligeres als den *Grinch* gab, dann war es die Technische Universität Darmstadt.

Die Schlange vor dem Büro des wissenschaftlichen Mitarbeiters war länger, als ich es mir in meinen kühnsten Träumen ausgemalt hatte.

Und auch *er* stand da und fuhrwerkte an seinem Smartphone herum.

Ich stellte mich provokativ neben Michael. »Morgen«, sagte ich halbfreundlich. Seine Worte vom Vortag brodelten noch in mir wie ein Virus, das nur auf den Ausbruch wartete.

Er musste früher als ich aufgebrochen sein, denn er stand als Vierter in der Reihe.

»Morgen«, antwortete er und würdigte mich keines Blickes.

Standhaft lächelte ich ihn weiterhin an. »Du bist aus dem gleichen Grund hier, nehme ich an?«

Er drehte den Kopf und sah mich von unten herauf an – was auch nie anders sein würde, denn Michael besaß die Körpergröße eines abgebrochenen Gartenzwergs. »Wie du, vermute ich«, antwortete er knapp.

»Dann sind wir wenigstens ein einziges Mal derselben Meinung.«

Er nickte und widmete sich wieder seinem Smartphone.

Als ich mich umdrehen und am Ende der Schlange anstellen wollte, blickte er mich plötzlich wieder an. »Was machst du?«

»Ich stelle mich an.«

»Damit wir zweimal das Gleiche vortragen?« Seine eisblauen, seelenlosen Augen starrten mich in Grund und Boden. »Das ist absolut suboptimal. Wir sollten zusammen das Problem vortragen, um die Tragweite zu unterstreichen.«

»Klingt plausibel«, gab ich zähneknirschend zu. Der fiese, kleine Gartenzwerg hatte seine lichten Momente – auch wenn er sich ausdrückte, als hätte er einen Stock im Arsch. Aber was erwartete ich von einem egozentrischen Klugscheißer wie ihm?

»Also bleib neben mir stehen. Wir gehen da zusammen rein, um das … Problem … zu beheben.«

»In Ordnung.« Damit schwiegen wir. Zumindest jetzt hieß es: Der Feind meines Feindes war mein Verbündeter.

Als wir eintraten, sah uns der wissenschaftliche Mitarbeiter nicht einmal an. Ich hatte schon auf *meinprof.de* etwas über ihn gelesen, aber derart unfreundlich hätte ich ihn dann doch nicht eingeschätzt. Im Internet übertreibt man ja gerne Dinge – was hier keinesfalls vorlag.

»Was wollt ihr?«, knurrte er uns an. Der militärische Haarschnitt und die stechenden Augen passten jedenfalls zu seinem Auftreten. Dieser Kerl besaß bestimmt weder Herz noch Humor oder einen geschmückten Weihnachtsbaum. Innerlich verabschiedete ich mich schon mal von den aufwändigsten Plätzchen, die ich heute kreieren wollte. Himbeerwölkchen – ich werde euch nachtrauern.

»Bei unserer Gruppeneinteilung ist etwas schiefgegangen«, sagte ich höflich und darauf bedacht, den Kerl nicht noch wütender zu machen, als er es ohnehin schon war.

»Kann ich mir nicht vorstellen«, erwiderte der WiMi.

»Wir sind in unterschiedlichen Vertiefungen«, mischte sich nun auch Michael ein. »Wir würden lieber mit Leuten zusammenarbeiten, mit denen wir auch in den nächsten Semestern noch Projekte bearbeiten sollen.«

Der WiMi blickte uns über seinen Bildschirm an. In seinen Brillengläsern konnte ich das Spiegelbild der Hochschul-Seite erkennen.

Mein Puls beschleunigte sich. Wir waren dem Ziel so unglaublich nahe.

Frag uns nach unseren Studentenausweisen!, brüllte meine innere Stimme hysterisch. Verifizier unsere Matrikelnummern und dann teile uns gefälligst neuen Gruppen zu! Es könnte so einfach sein. Nur ein paar Klicks und schon wären wir voneinander befreit. Für immer.

Mein letzter Gedanke versetzte meinem Herzen einen heftigen Stich. Es war dasselbe Gefühl, das ich empfunden hatte, als Michael ins Ausland gegangen war. Fühlte sich so echte, ungetrübte Freude an?

»Fachübergreifendes Arbeiten muss sowieso noch geübt werden«, sagte er nach einigen Sekunden. »Seht dies als Chance an, eure Softskills zu verbessern. Wenn ihr im Arbeitsleben seid, werdet ihr mir dankbar sein.«

Mir wurde abwechselnd heiß und kalt. »Bestimmt nicht«, kam es unüberlegt über meine Lippen.

Ich konnte Michaels Blick auf meiner Haut spüren. Er hätte mich am liebsten aus dem Stand angesprungen und erwürgt.

»Können Sie das etwas genauer ausführen?« Der WiMi hatte mich in seine Schussbahn genommen.

»Sie meinte eher, dass sie die positiven Seiten Ihrer Maßnahme jetzt noch nicht überblicken, verstehen oder sehen kann.« Michael tat einen Schritt vor, als versuchte er mich zu beschützen … oder zu bevormunden.

»Ach, du fällst mir ins Wort?«, sagte ich und konnte die aufkeimende Wut mit keinem Ton unterdrücken. Was erlaubte er sich, für mich sprechen zu wollen?

»Inge, könntest du für einen Moment…«

»Nein, kann ich nicht«, schnitt ich ihm den Satz ab. »Hältst du mich für zu dumm, um für mich selbst einstehen zu können? Denkst du ich brauche Hilfe? Von dir?«

»Inge.« Michaels Kopf hatte langsam Ähnlichkeit mit einer Kirschtomate.

»Nichts *Inge*«, schnauzte ich ihn an. »Ich habe keinen Bock mehr auf deine Beleidigungen, Michael. Und ich würde alles tun, damit ich dich für den Rest meines Lebens nie wieder sehen muss!«

»Das werden Sie auch nicht mehr.« Das war die ruhige Stimme des WiMis.

Mein Magen zog sich zusammen. Den hatte ich in meiner Raserei vollkommen ausgeblendet.

»Ach ja?«, fragte ich in einem weniger aggressiven Tonfall. Zumindest hoffte ich, dass es ruhig und besonnener klang.

»Ja. Nachdem Sie gelernt haben, wie man miteinander arbeitet.«

Ich schrie innerlich wie einer der Tagesgegner von *Sailor Moon*, kurz bevor dieser ins Nirvana entschwand.

»Das können Sie nicht tun«, erwiderte Michael.

»Und weil Sie es sind«, sagte der WiMi und klickte mit seiner Maus, »bekommen Sie eine kuschelige Zweiergruppe.« Das Lächeln, mit dem er uns aus seinem Büro komplimentierte, hätte von *Hannibal Lecter* persönlich stammen können.

Vielleicht fuhr gerade irgendwo ein Bus ab, vor den ich mich werfen konnte …

»Das glaube ich jetzt nicht!«, brüllte ich und starrte auf den kümmerlichen Rest des Plätzchenteigs.

»Es tut mir leid!« Nils lag gekrümmt auf seinem Bett und sah aus wie ein Häufchen Elend.

»Hoffentlich tut der rohe Teig in deinem Bauch ordentlich weh«, ließ ich an ihm meine Wut aus, feuerte die Tür des Kühlschranks zu und richtete mich auf. Wie konnte man fast einen Kilo Plätzchenteig essen?

»Ich werde es nie wieder tun.« Betteln wie ein Hund konnte mein Mitbewohner, das musste man ihm lassen.

»Wie lange geht dieser Kurs nochmal?«, lenkte er vom Thema ab.

»Gruppenarbeit, Nils. Es ist eine Gruppenarbeit.« Ich schloss die Lider, massierte mir mit den Fingerspitzen die Schläfen und hoffte, dass mir dieses Mal zumindest die Migräne erspart blieb. »Bis zur Abgabe sind zwei Wochen veranschlagt.«

»Dann ist ja schon Weihnachten.«

Ich öffnete ein Auge und blickte in das treudoofe Gesicht meines Mitbewohners. »Ach«, erwiderte ich nur. Mit diesem Sozialexperiment hatte mir der Wissenschaftliche Mitarbeiter meine ganze Vorfreude auf Weihnachten genommen. Ein Mausklick und meine Welt befand sich am Rande der Apokalypse. Wo waren nur die Zombies, wenn man sie brauchte? Ich setzte mich zu Nils aufs Bett.

»So schlimm wird es schon nicht werden«, sagte er in bester Pädagogenmanier. Was konnte man von einem Lehrer in Ausbildung auch anderes erwarten? Große Weisheiten losfeuern, aber rohen Plätzchenteig futtern – ich hatte Lehrer noch nie für voll nehmen können.

»Du hast recht, es wird sogar noch schlimmer.«

»Jetzt mal mal nicht den Teufel an die Wand.«

Ich stützte mich vorsichtig auf die Ellenbogen und blinzelte Nils an. »Ich kenne Michael schon seit meinen ersten Tagen im Kindergarten. Und glaube mir … dieser Kerl ist das abgrundtief Böse.«

»Menschen ändern sich«, lenkte er ein. »Was hat er denn getan, dass du ihn derart hasst?«

Mit einem Seufzer blies ich mir eine Strähne meines Ponys aus der Stirn. »Menschen können sich bestimmt ändern, aber er ist ein Dämon, eine Ausgeburt der Hölle. Der Folterknecht meines privaten Höllenkreises. Oder wie schon *Dante* in der *Göttlichen Komödie* schrieb *Lasst, die ihr eintretet, alle Hoffnung fahren.*«

Nils verdrehte kommentarlos die Augen. Wahrscheinlich war ich ihm zu theatralisch.

»Er hat schon im Kindergarten meine Mütze im Sandkasten verbuddelt«, kam ich auf die eigentliche Frage zurück. »Es war mitten im Winter und arschkalt. Danach hatte ich eine Mittelohrentzündung. Dafür habe ich ihm nach der Gruppenstunde im Kindergarten in die Schuhe gepinkelt.« Ich zuckte mit den Schultern. »So startete wohl diese Feindschaft.«

Außerdem hatte diese Mütze meine Oma gestrickt. Es war ihr letztes Geschenk an mich gewesen, bevor sie starb. Das würde ich allerdings niemals irgendjemandem sagen.

»Und ihr macht das ausdauernd«, meinte Nils mit einem Lächeln, bei dem ich nicht einschätzen konnte, ob er belustigt oder eher verstört war.

»Mit ganzer Hingabe, wenn wir uns sehen«, bestätigte ich und hoffte, dass er es nicht in den falschen Hals bekam.

Ich wusste sehr gut, dass ich eine leicht überzogene, dramatische Seite haben konnte. Doch das mit Michael war etwas vollkommen anderes.

»Inge?« Nils´ Stimme war noch jämmerlicher als zuvor.

»Hm?«

»Kannst du mir eine Wärmflasche machen?«

***

Michael saß vor seinem PC und starrte auf die E-Mail mit der endgültigen Verteilung. Er hatte noch auf einen schlechten Scherz des WiMis gehofft, aber der meinte es ernst – mit jedem einzelnen Wort.

Diese Gruppe – wenn sie denn diese Bezeichnung verdient hatte – bestand aus Inge und ihm.

Zwei Individuen, die sich in aller Öffentlichkeit an die Kehle gingen. Dabei ging es bei ihren Treffen meist um nichts. Sie schafften es nicht einmal, anständig *Hallo* zu sagen, geschweige denn sich die Hände zu reichen.

Beim bloßen Gedanken daran schwappte eine Welle purer Übelkeit über Michael.

Er hatte schon einmal in einem Labor einer Gruppe, bestehend aus drei Mädchen, angehört, die sich gegenseitig fast die Haare ausgerissen hätten, weil sie offensichtlich unterschiedliche Prioritäten setzten und während der Durchführung fast handgreiflich wurden, weil eine ihre Aufgaben nicht erledigt hatte.

Dies jedoch verblasste vor der Nachricht, dass er und Inge zusammen eine Gruppe bilden würden. Das waren Kapitalismus gegen Sozialismus, Logik gegen haarsträubendes Chaos. Es bedeutete für sie beide zwei Wochen kalten Krieg, nach dem sie die freien Tage um Weihnachten brauchen würden.

Unter diesen Umständen konnte Michael das komplette Weihnachtsfest das Klo runter spülen – also eigentlich wie jedes Jahr.

***

Es hatte etwas von Masochismus, als ich Michael in der Projektvorbereitung sah. Natürlich setzten wir uns brav nebeneinander – so wie die anderen Gruppen es auch taten. Das war es aber dann auch schon an emotionaler Begrüßung.

Der WiMi, der uns dieses Unrecht angetan hatte, stand an der Tafel des Vorlesungssaals und erzählte von den Eckdaten unseres Projekts. In Gedanken war ich allerdings weit entfernt. Getrennt von meinem Körper und dieser Situation, die ich nicht näher an mich ran kommen lassen wollte, als ich musste.

Ich dachte an den ersten Schnee, die Gesichter meiner Eltern, wenn sie ihre Geschenke auspackten, und natürlich an die Weihnachtsromanze, die ich noch unbedingt erleben wollte. Wie *Prinzessin Fantaghirò* wollte auch ich meinen Romualdo finden, meinen Seelenverwandten und einzig wahre Liebe – auch wenn ich an ihrer Stelle den Magier Tarabas genommen hätte. Was gab es schließlich Romantischeres, als einen Bad Boy, der sich durch Liebe zum Guten bekehrte?

»Wir treffen uns an einem neutralen Ort, würde ich sagen«, erklärte Michael und holte mich wieder zurück in den Vorlesungssaal. Ich hatte nicht mitbekommen, dass die Einführungsveranstaltung schon beendet gewesen war.

»Klar«, nickte ich. »Was hältst du von der Rennbahn?«

»Die Bibliothek wäre mir lieber.«

»Na schön, dann die Bibliothek.« Er hätte auch Neptun oder Uranus als Treffpunkt auswählen können und es wäre mir ebenso recht gewesen. Hauptsache ich musste nicht zu ihm und er drang nicht noch tiefer in meine Privatsphäre ein.

Es war schon dunkel, als wir uns trafen, allerdings noch nicht Abend. Die Universitäts- und Landesbibliothek im Darmstädter Schloss hatte etwas Wunderschönes an sich – und es war nicht nur der Geruch von alten, geliebten Büchern. Der Nordeingang zum Residenzschloss mit seinen rostroten Steinen und dem barocken Äußeren war äußerst edel wiederhergestellt worden. Die goldenen Löwen und Wappen prangten über dem Eingang wie ein mittelalterlicher Willkommensgruß. Im Winter, wenn glitzernder Schnee die Dächer bedeckte, wirkte das Schloss mit seinem kleinen Garten wie aus dem alten Märchen von *Drei Nüsse für Aschenbrödel*. Sofort sprang in meinem Kopf die Melodie an. Gab es ein Mädchen auf der Welt, egal welchen Alters, das diesen Film nicht liebte?

Das Schloss verlieh dem Stadtkern etwas Erhabenes und gab dem Weihnachtsmarkt einen gewissen Charme, der selbst durch die lausigen Buden nicht zerstört werden konnte.

Wenn ich jemals Romantik erleben wollte, dann in diesem Schloss, wenn der erste Schnee die schwarzen Schindeln bedeckte.

»Inge, da bist du ja. Ich warte schon seit einer Ewigkeit.«

Wenn nur er nicht wäre, dann gäbe es vielleicht eine Chance, dass mein Traum doch noch wahr werden würde … irgendwann.

»Sorry, ich habe die Tram verpasst«, entschuldigte ich mich halbherzig bei Michael. Ich wäre viel lieber mit meinem Mitbewohner auf den Weihnachtsmarkt gegangen und hätte warmen, würzigen Glühwein getrunken, anstatt mich mit dem knappen Meter Unliebenswürdigkeit verbal zu prügeln.

Er rollte natürlich mit den Augen und schob mit der Fingerspitze seine Brille zurecht. »Lass uns reingehen. Es ist kalt und ich habe keine Lust, mir eine Erkältung einzufangen.«

Erkältung, dass ist nicht lachte! Damals im Kindergarten hatte ich mir eine Mittelohrentzündung eingefangen, als du Arschloch meine Mütze vergraben hast …

Ich ging nicht auf seine offensichtliche Provokation ein, sondern drosselte meinen Zorn auf ein gesundes Maß. »Damit wir das schnell hinter uns haben.«

Michael blickte mich an und ich konnte geradezu erkennen, wie sich hinter seinen Augen der verstaubte Mechanismus der Zahnräder zu bewegen begann. »Du sagst es«, kam es verzögert von ihm. Dann ging er voraus in die Bibliothek.

***

Es war anstrengend gewesen und Michael hätte schwören können, dass er in diesen vier Stunden mindestens zehn graue Haare bekommen hatte. Zumindest war es lohnenswert gewesen, was den Fortschritt ihres Projekts betraf.

Und sie hatten nicht die Bibliothek zusammengeschrien oder wurden von der eher unfreundlichen Dame an der Ausleihtheke mit lebenslangem Hausverbot belegt.

So etwas nannte man Erfolg, kannte man ihr Verhältnis zueinander.

Michael lag auf seinem Bett in seinem dunklen, stillen Zimmer und starrte an die weiß getünchte Decke. Er führte diesen Zwist mit Inge schon so lange, dass er nicht mehr genau wusste, womit es angefangen hatte. Für Inge jedoch schien dieser Streit aus dem Kindergarten so präsent zu sein, als wäre es erst gestern geschehen. Diese Mütze … irgendetwas musste es mit dieser Mütze auf sich gehabt haben.

Es war vielleicht idiotisch, in alten Wunden zu bohren, aber etwas in ihm sagte Michael, dass er es tun sollte.

Möglicherweise wartete ein Weihnachtswunder auf ihn – auch wenn er nicht an Wunder glaubte und erst Recht nicht an ein weihnachtliches.

Vielleicht war es aber auch einfach der traurige Blick, mit dem Inge ihn ansah – immer, wenn sie dachte, er würde sie ignorieren. Früher war es ihm nicht aufgefallen, aber unter der harschen Boshaftigkeit lag eine Traurigkeit, die er schier mit Händen greifen konnte. Möglicherweise lag das an seinem Auslandssemester, das ihm eine neue Sicht auf das Leben gewährt hatte.

Seine Finger krallten sich in die Narben, die die Krankheit hinterlassen hatte. Als er in Indien gewesen war, hatte er sich geschworen, dass sich etwas ändern würde. Jetzt war der beste Zeitpunkt dafür, sich selbst zu beweisen, dass es nicht nur eine leere Worthülse gewesen war.

Wunder entstanden schließlich nicht einfach aus dem Nichts heraus.

***

Ich saß in der Küche und trank einen heißen Kakao, um mich zu wärmen. Es war jedoch keine Kälte, die mir von außen zusetzte. Diese Kälte kam von innen. Und es gab keine Schokolade und keinen Glühwein, der diese Kälte vertreiben konnte.
Der Anblick von Michael hatte mich schon immer irgendwie frösteln lassen, doch dieses Mal war ich bestürzt gewesen.

Bei unserem ersten Aufeinandertreffen hatte ich es nicht bemerkt, jetzt jedoch hatte mich sein Anblick mit ganzer Wucht getroffen.

Michael war schon immer dünn gewesen, nicht jedoch so dünn, dass man seine Knochen sehen konnte. In seinem Gesicht und an den Handgelenken konnte ich es deutlich erkennen. Er war hager geworden.

Ich wusste nicht warum, aber es schmerzte mich, ihn so fragil zu sehen. Er war immer mein Gegenpart gewesen. Ein starker Charakter, an dem ich mich reiben konnte. Wir beleidigten uns und gaben uns dieser Feindschaft mit aller Leidenschaft hin. Auch wenn ich ihm die Pest an den Hals wünschte, so tat ich dies doch nie aus vollem Herzen oder meinte es ernst. Wenn ich *Batman* war, dann verkörperte er den *Joker*. Er war mein *bajoranischer* Erzfeind; der *Master*, wenn ich den *Doctor* verkörperte. Der *Goa'uld* in Gesellschaft einer *Tok'ra*. Wir waren Feinde, die ihre Feindschaft zueinander schätzten.

Ich sog den süßen Duft des Kakaos ein und versuchte, mich nicht noch weiter hineinzusteigern. Vielleicht bildete ich mir das alles auch nur ein.

Komm, wir treffen uns so schnell wie möglich, hatte er gesagt.
Es wird schon nicht lange dauern, hatte er gesagt.

Wieder wartete zuhause ein frisch angesetzter Teig und ein unbestimmtes Gefühl sagte mir, dass ich auch dieses Mal nicht dazu kommen würde, ihn zu knusprigen Plätzchen zu verarbeiten. Dieses Jahr fühlte sich die Weihnachtsstimmung wie ein glitschiger Aal an. Immer, wenn ich dachte, ich hätte sie endlich, entschlüpfte sie mir wieder.

»Was hast du denn da für einen Scheiß programmiert? Die Routine ist ja vollkommener Nonsens!«

Da hatte ich ihn wieder - meinen Gegenpart. Möglicherweise hatte ich mir die letzten Tage grundlos Sorgen gemacht und hätte doch lieber etwas Sinnvolles tun sollen, wie zum hundertsten Mal *Nightmare Before Christmas* anschauen – wo wir denn schon bei Albträumen waren.

»Die Routine erfüllt genau die Aufgabe, die gestellt war«, gab ich trocken zurück. »Aber das wüsstest du, wenn du die Aufgabenstellung gelesen hättest.«

Michael machte ein Gesicht, als hätte er in eine Zitrone gebissen. »Diese Routine haben wir aber schon während unseres letzten Treffens abgehandelt.«

»Haben wir das?«

»Ja, haben wir.«

Ich war froh, dass wir die Einzigen im alten Lernzentrum waren, denn wahrscheinlich wären spätestens jetzt die letzten Studenten vor uns geflüchtet oder hätten uns mit den backsteinharten, trockenen Plätzchen aus der Fachschaft beworfen, die ich da schon vor Wochen hingelegt hatte.

Es war der 17. Dezember, kurz vor Mitternacht und keiner von uns hatte noch Bock, den anderen zu ertragen – das war mehr als deutlich. Ich wäre am liebsten schreiend im Kreis gerannt.

Aus unerfindlichen Gründen hatte Michael nicht nur seinen Teil programmiert, sondern auch meine Routine. Wahrscheinlich zweifelte er an meinem Können, anders konnte ich dieses despektierliche Verhalten nicht erklären. Sicher wusste er nicht, wie ich arbeitete, aber er hätte wenigstens davon ausgehen können, dass ich meine Arbeit erledigte.

»Du hast deinen Quellcode nicht einmal kommentiert«, gab ich es ihm mit barer Münze zurück. »Woher soll ich wissen, was das Programm macht?«

»Du hast Augen im Kopf und Informatik bestanden, hoffe ich.«

Für diesen Kommentar hätte ich ihm am liebsten ein High-Five ins Gesicht gegeben.

Plötzlich knackte etwas metallisch an der Tür. Wie ein Schlüssel, der herumgedreht wurde.

Panisch sprang ich so heftig auf, dass der Stuhl fast umkippte. Michael und ich starrten uns an. Es war wohl das erste Mal, dass wir den gleichen Gedanken hatten.

Wie von der Hornisse gestochen rannten wir an den drei Tischgruppen vorbei, stolperten über Stuhlbeine und stürmten die vier Stufen hinauf zur Glastür.

Das Gesicht, das uns angrinste, kannte ich nur zu gut.

»Nils?« Ich rüttelte am Knauf, doch die Tür war verschlossen. »Das ist nicht witzig, Nils!«

Er schwenkte den Schlüssel vor unseren Nasen hin und her. »Das nennt man Konfliktlösung.«

»Ich nenne das Freiheitsberaubung«, grollte Michael. Sein Kopf war rot und das Gesicht vor Wut verzerrt.

»Anders kriegt man euch ja nicht dazu, euch auszusprechen.« Wieder lächelte Nils auf eine Art und Weise, dass mir komisch in der Magengegend wurde. »Und dafür habt ihr jetzt die ganze Nacht Zeit. Ich habe das mit der Campus-Security so abgemacht. Die holen euch morgen früh hier wieder raus.« Dann drehte er sich einfach um.

»Nils, das kannst du nicht machen!«, brüllte ich den Tränen nahe und schlug mit der Faust gegen die Glasscheibe. »Komm wieder zurück! Nils? NILS!«

Konnte es noch schlimmer werden?

»Er ist einfach verschwunden«, sagte Michael entgeistert. Ich hatte vollkommen vergessen, dass er neben mir stand. Er war bleich um die Nasenspitze und sah so elend aus, wie ich mich fühlte.

Meine Beine gaben nach und ich sackte auf die kalte Treppe aus schmutzig grauem Marmor. Das konnte nicht wahr sein.

»Wer ist dieser Kerl?«, fragte Michael. Aus dem Augenwinkel konnte ich sehen, wie er auf seinem Handy herumtippte.

»Mein Mitbewohner«, gab ich knapp zur Antwort.

»Und baldiger Ex-Mitbewohner, vermute ich.«

»Worauf du Gift nehmen kannst.«

Frustriert schob Michael das Handy wieder zurück in seine Hosentasche. »Wir haben hier unten keinen Empfang.« Ein stummer Fluch rollte über seine Lippen. Er setzte sich neben mir auf die Stufen.

»War das nicht der Grund, warum wir hier her gekommen sind?« Ich blickte ihn von der Seite an und das erste Mal, seit wir uns kannten, lächelte er. Nicht bissig oder ironisch, sondern ehrlich belustigt über meine Feststellung.

»Das ist pure Ironie«, sagte er und fuhr sich durch das pechschwarze Haar. Kleine Locken kringelten sich über seine Finger.

Dann schwiegen wir. Wie lange, konnte ich nicht sagen. Das monotone Ticken der Uhr an der Wand hatte etwas Hypnotisierendes.

»Ich glaube, dass es keinen Sinn hat, die Programmierung fortzuführen.« Michael war der Erste, der das Wort ergriff.

»Warum?«, stieß ich aus. »Wir sitzen eh zusammen fest, also können wir auch genauso gut das Projekt fertig machen.« Das

Universum schien mich mit aller Macht daran hindern zu wollen, auch nur ansatzweise in Weihnachtsstimmung zu kommen.

Michael stützte sein Kinn auf die Handfläche und blickte mich über seine Brillengläser an wie ein Oberlehrer. »Du kannst dich also auf das Projekt konzentrieren?«

Damit hatte er den Widerstand in mir geweckt. »Ich versuche wenigstens das Beste aus dieser Situation zu machen.« Ich richtete mich auf und hüpfte die Stufen hinunter, um nicht länger in seiner unmittelbaren Nähe sein zu müssen. »Ich gebe nicht auf wie du.«

»Ich gebe nicht auf. Ich versuche, vernünftig zu sein.«

»Das heißt, ich bin unvernünftig?« Ich wippte von einem Fuß auf den anderen und verschränkte die Arme vor der Brust. Plötzlich hatte dieser Raum etwas von einer Gefängniszelle. Die Fenster waren auf zwei Metern Höhe eingelassen worden und auch nur sehr schmal.

»Hör mal, Inge, ich will nicht mir dir streiten.«

»Denkst du, wir kommen aus dem Fenster raus?« Ich hatte den beginnenden Streit schon wieder in eine unbedeutende Ecke meines Bewusstseins verdrängt.

»Wenn wir da hoch kommen«, überlegte Michael laut. »Ich vielleicht, aber du nicht.« Das war unnötig gewesen.

Ich starrte ihn an und presste die Zähne aufeinander, bis ich das Knirschen in meinen Ohren hören konnte. Mein Puls schnellte hoch. »Weißt du Michael, deswegen hasse ich dich so sehr.«

Er öffnete den Mund, schloss ihn dann jedoch wieder, ohne den Gedanken laut auszusprechen.

Ich spürte Tränen meine Wangen hinabrinnen – und schämte mich im selben Augenblick für meine Schwäche. Mit dem Pulloverärmel wischte ich sie grob weg und setzte mich auf einen

Stuhl. Mir war abwechselnd heiß und kalt und mein Magen war flau vor Wut.

Draußen vor den Fenstern sah ich Autoscheinwerfer aufblitzen und das Flackern der buttergelben Straßenlampen.

Ich konnte mir gut vorstellen, wie in allen Wohnzimmern Darmstadts die Weihnachtsbeleuchtung anging und die Menschen sich in einem Traum aus Zufriedenheit und Herzenswärme an ihre Liebsten kuschelten. Ich war neidisch auf diese Leute.

»Ich hasse dich nicht«, sagte Michael plötzlich.

Ich sah ihn nicht an – zu sehr schämte ich mich für meine Tränen.

»Ich habe dich nie gehasst, Inge.«

»Und warum bist du dann so ekelhaft zu mir?« Meine Stimme klang weinerlich.

Er atmete tief ein. »Ich weiß es nicht.« Ich hörte, wie er sich neben mich setzte. »Aber ich hatte mir vorgenommen, die Vergangenheit zu vergessen und das Kriegsbeil zu begraben.«

»Hat ja super funktioniert«, keifte ich ihn an. Jetzt war ich diejenige, die ihm Unrecht tat. Meine Frustration bahnte sich ihren Weg und suchte sich ein Ventil bei Michael. »Es tut mir leid.«

Ich sah ihn endlich an und er schaute zurück. Nicht durch mich hindurch, wie die vielen Male zuvor, sondern direkt in meine Augen.

Er *sah* mich.

***

Michael hatte Inge noch nie weinen gesehen. Sie war das erste Mädchen gewesen, das ihm eine Backpfeife verpasst hatte - damals zu Recht, weil er ihr unter den Rock gesehen hatte -, aber weinend hatte er sie noch nie erlebt.

Inge war immer das starke Mädchen gewesen, eine Emanze, die alle Männer hasste – so zumindest sein Eindruck.

Er spielte seine Rolle des arroganten Arschs und Inge ihr Meisterstück einer Männerhasserin deluxe.

Das waren ihre Rollen gewesen und alles perfekt, so wie es war. Oder?

Es kostete ihn Kraft zu merken, dass sie eigentlich nur ihn verabscheute. Sicher mochte er sie auch nicht und konnte sich besseres vorstellen, als hier mit ihr eingesperrt zu sein … obwohl … gab es in den letzten Monaten wirklich etwas, was ihm so nahe gegangen war, wie die Stunden, die er mit Inge verbracht hatte? Immer, wenn sie zusammen waren und sich gegenseitig das Leben zur Hölle machten, hatte er sich lebendig gefühlt.

»Es muss dir nicht leid tun«, sagte er. Seine Hände zitterten und aus einem unerfindlichen Gefühl heraus konnte er es nicht ertragen, dass sie immer noch weinte. »Und du bist nicht fett, Inge. Du warst nie dick.«

Jetzt blickte sie ihn an, als wären ihm alle Sicherungen im Oberstübchen durchgebrannt. »Geht es dir gut?«

Michael lachte. Wie kam es, dass er sich mit einem Mal Sorgen um sie machte? Er hätte alles gegeben, diese Nervensäge nie wieder sehen zu müssen. Michaels Lachen war sogar so heftig, dass seine Bauchmuskeln schmerzten.

»Michael?« Inges Stimme klang plötzlich so nahe.

Kühle Finger fuhren über seine Stirn. Das Lachen erstickte in seiner Kehle. Er starrte sie an. Ihr Gesicht befand sich direkt vor seinem. Es war das erste Mal, dass er in ihren moosgrünen Augen Sorge lesen konnte. Nicht wegen ihm, sondern *um* ihn. .

Inge hatte ein fein gezeichnetes Gesicht mit vollen Lippen und aschblondem Haar, das ihr keck in die Stirn fiel. Und sie war nicht fett … war nie fett gewesen. Sie hatte keine perfekte, schlanke Figur, aber an den richtigen Stellen Pölsterchen und Kurven. Sie war eine attraktive Frau – das musste er sich selbst eingestehen.

»Du hast Fieber«, wisperte sie.

Ihr Atem schmeckte bittersüß.

Michael spürte ihr Haar zwischen seinen Fingern und eine weiche Wange, die er entlang strich.

Er hatte Inge nie gehasst.

»Michael.« Ihre weit aufgerissenen Augen starrten ihn an. Es war dieses dunkle Moosgrün, in dem er versinken wollte.

Dann versiegelte er ihre Lippen mit seinen.

Es war kein Widerstand, den er spürte, sondern Zerrissenheit. Er leckte ihre weichen Lippen entlang, bis ihre Zunge sich zu seiner gesellte und ihr Blick nicht mehr schockiert wirkte, sondern glasig wurde.

Sie küssten sich mit einer heißen Innigkeit, wie er es mit keiner Frau zuvor getan hatte.

Er hatte sie nie gehasst. Nicht eine Sekunde.

***

Oh Gott, er war ohnmächtig geworden!

Meine Wangen prickelten – und es lag nicht an der fiebrigen Hitze, die Michael verströmte.

Mit den Händen hatte ich ihn noch gerade so auffangen können, bevor er vom Stuhl gerutscht war. Jetzt hielt ich seinen Kopf, während sein Körper wie eine erschlaffte Puppe auf dem Boden lag.

Mein Herz hämmerte mit der Gewalt eines Schlagbohrers gegen meine Brust. Ich konnte nicht glauben, was soeben passiert war.

»Michael?«, fragte ich ängstlich. Seine Lider flatterten.

Vorsichtig legte ich seinen Kopf auf den Boden, schob die Stühle zur Seite und versuchte, seinen Körper in die stabile Seitenlage zu bringen.

Was tat man in solchen Momenten?

Michael verglühte vor Fieber – das war es, was mich beschäftigte, auch wenn dieser Kuss …

Schnell schob ich alle Gedanken beiseite und konzentrierte mich auf das Wesentliche. Ich musste ihn hier raus und zu einem Arzt bringen. Das hatte oberste Priorität.

Wieder schweifte mein Blick zu den Fenstern kurz unterhalb der Zimmerdecke. Der Bürgersteig befand sich direkt davor – einen tiefen Fall würde ich auch nicht haben. Ich zog mein Handy aus der Hosentasche, das ebenso wenig Empfang hatte wie Michaels. Wenn ich es auf die Straße schaffte, konnte ich Hilfe rufen.

Ich hockte mich zu ihm und strich mit der Hand über seine Stirn. Etwas in mir verknotete sich und raubte mir den Atem. Ob ich nur ein einziges Wort ernst nehmen konnte, das er gesagt hatte? Oder war das alles im Delirium seines Fiebers entstanden?

Die Stoppeln seines dunklen Drei-Tage-Barts rieben unter meinen Fingern wie feines Sandpapier und versetzten mich in Trance. Warum hatte Michael das alles nicht schon vorher gesagt?

»Ich pass auf dich auf, vertrau mir einfach«, wisperte ich und erhob mich wieder. Es gab nur einen Weg aus dieser Zelle und ich würde es schaffen.

Schnell hatte ich einen Tisch vor die Wand gezerrt und einen Stuhl darauf platziert. Behutsam legte ich den Griff des Fensters um und zog an ihm. Nichts bewegte sich. Wahrscheinlich war dieses Mistding schon seit einer Ewigkeit nicht mehr geöffnet worden.

Na schön, dann eben mit Gewalt!, wiederholte ich in Gedanken.

Ich zog mit aller Macht am Griff und hatte schon die Befürchtung, das Drecksteil gleich in den Händen zu halten, als das Fenster plötzlich aufsprang.

Ich ruderte mit den Armen und konnte mich nur knapp daran hindern, rücklings vom Stuhl zu stürzen und Michael bewusstlose Gesellschaft zu leisten.

Eisiger Wind biss in meine erhitzten Wangen und fraß sich in Sekundenschnelle durch die Kleidung. Wie lange ich wohl in dieser Kälte würde warten müssen, bis sich die Polizei oder die Feuerwehr zur Uni bequemten?

Prüfend schob ich mein Handy aus der Hosentasche und blickte auf die nicht vorhandenen Empfangsbalken. Schade, ich hatte gehofft, dass es reichte, sich aus dem Fenster zu lehnen. Aus was bestanden die Wände dieses verdammten Gebäudes? Metall? Schnell hatte ich meine Idee begraben und mein Handy wieder in die Jeans versenkt.

Etwas glitzerte in der Luft. Blinzelnd blickte ich raus. War das eben eine Schneeflocke gewesen? Begann es etwa zu schneien? Jetzt?

Ich drehte mich um, musterte Michaels zitternden Körper und fasste einen Entschluss. Vorsichtig kletterte ich von Stuhl und Tisch hinab, schnappte seine und meine Jacke und wickelte ihn darin ein. Ich konnte gut ein paar Minuten mit schlotternden Knien und klappernden Zähnen überstehen – bei Michael sah das anders aus.

Ich fuhr ihm über die schweißnasse Stirn. »Halte durch. Ich komme mit Hilfe zurück.« Dann richtete ich mich auf, erklomm meinen selbst errichteten *Schicksalsberg* und ergriff mit beiden Händen den Fensterrahmen. Der dickschichtige Dreck unter meinen Fingern war wie Schmiere.

Gut, wie beförderte ich jetzt meinen Hintern durch dieses enge Loch in der Wand?

Mit der Grazie eines Seeelefanten bot ich all meine körperliche Beweglichkeit auf und schaffte es, die Hacke eines Schuhs an der unteren Ecke des Fensters zu verkeilen. Meine Bänder stimmten ein Jammerlied an, während ich stur überlegte, was ich als nächstes tun wollte.

Ich hatte genau einen Versuch.

Der Stuhl unter meinen Fußzehen wackelte, während ich mich auf die Spitzen stellte und lang machte. Meine Armmuskeln waren nicht die Besten und mein Po würde wahrscheinlich nur mit viel Mühe durch das Fenster passen, aber ich würde es schaffen. Ich musste einfach.

Innerlich zählte ich bis drei und hüpfte. Gleichzeitig zog ich mich mit aller Kraft am Rahmen hoch. Das Metall kratzte über meine Haut, riss spürbare Wunden hinein. Es hatte etwas von einem Blutzoll.

Meine Arme brannten und ein gequetschtes Ächzen entrang sich meiner Kehle, als ich halb auf dem Rahmen lag. Das Metall bohrte sich in meinen Bauch und sprengte Knöpfe von meinem Oberteil.

Ich schaute nicht nach unten, als ich mich weiterschob und die Schwerkraft mich schließlich auf dem Asphalt aufschlagen ließ.

Irgendetwas knirschte in meinen Ohren und ich hoffte inständig, dass ein Menschenkopf vielleicht doch etwas stabiler war, als eine Melone. Der Schmerz drückte die Luft aus meinen Lungenflügeln und ließ jeden Japser pfeifen wie eine verrußte Dampflok.

Alles an und in mir tat weh – aber ich hatte es geschafft.

Müde und abgekämpft zog ich mein Handy aus der Tasche, blickte prüfend auf die schwachen Empfangsbalken am oberen

Rand des Displays und wählte die Notrufnummer der Feuerwehr.

Ich hatte mein Versprechen gehalten.

Die Feuerwehr hatte die Tür nicht aufbrechen müssen, aber dennoch gab es einen relativ großen Einsatz am Unigebäude. Die Darmstädter Regionalzeitung würde am folgenden Tag bestimmt ein paar Zeilen zu den eingesperrten Studenten verfassen.

»Somit hätten wir Ihre Personalien aufgenommen«, sagte einer der Polizisten, der mit ins Krankenhaus gekommen war, während ein Stationsarzt meine Wunden mit Kompressen verschloss.

Ich blickte den Polizisten an und lächelte schwach als Antwort. Zu mehr war ich in diesem Moment nicht fähig.

Seit wir ins Krankenhaus gekommen waren, hatte ich Michael nicht mehr gesehen. Er wurde behandelt, wie mir berichtet wurde. Und es war gut, dass ich schnell gehandelt hatte, denn die *Mykobakterien* waren offensichtlich nicht vollständig abgetötet worden.

So ein niedlicher Name und mit einer solch schlimmen Bedeutung. *Tuberkulose*. Michael hatte sich in Indien *Tuberkulose* eingefangen und sie nicht fertig auskuriert.

»Das ist nur eine reine Vorsichtsmaßnahme«, erklärte der Arzt. »Soweit wir es beurteilen können, dürfte der Erreger nicht mehr übertragbar sein. Aber bitte nehmen Sie noch diese hier«, sagte er und drückte mir ein kleines Döschen in die Hand. »Das ist ein Wirkstoffpräparat aus Ethambutol, Rifampicin und Pyrazinamid. Das sollte mögliche Erreger abtöten. Dennoch möchte ich Sie gerne in zwei Wochen für weitere Blutuntersuchungen wiedersehen.«

Wieder nickte ich nur.

Es war wie ein Schlag in die Magengrube. Er war etwas ruhiger geworden und nicht mehr so biestig, aber Indien hatte Michael mehr verändert, als ich es wahrgenommen hatte. Er hatte Darmtuberkulose gehabt – und diese war nicht einmal fertig behandelt worden.

»Sind Sie eine Freundin von Herrn Neumann?«

Ich schluckte meine Tränen hinunter und blinzelte den Stationsarzt an.

»Er braucht bestimmt ein paar Sachen aus seiner Wohnung und wir erreichen keine Angehörigen von ihm«, erklärte er.

Ich konnte mich noch gut daran erinnern, dass Michaels Eltern immer auf Reisen gewesen waren. Geschäftsleute und Karrierehaie, war die Betitelung meiner Mutter für solche Menschen. Für mich waren sie bloß lieblos. Es war kein Wunder, dass Michael emotional derart verkrüppelt war, dass er Zuneigung durch Gemeinheiten ausdrückte – wenn es denn stimmte, was er mir in jener Nacht gesagt hatte.

»Sicher«, erwiderte ich. Ich klang genauso schwach, wie ich mich fühlte.

Der Arzt lächelte und drückte mir einen Schlüsselbund in die Hand. »Sie sind eine gute Freundin. Herr Neumann kann sich glücklich schätzen, jemanden wie Sie zu haben.«

Wieder wusste ich nicht, was ich darauf antworten sollte.

Nils hatte versucht, mich daran zu hindern – nachdem er sich überschwänglich entschuldigt hatte. Doch nun stand ich in Michaels Bude und hatte keine Ahnung, was ich hier überhaupt wollte.

Es war eine fremde Wohnung von einem Menschen, den ich schon mein Leben lang kannte … oder doch nicht?

Ich schloss die Tür hinter mir und trat in sein privates Reich.

Alles war sauber, fast steril und umhüllt von einer kalten Aura. Weder hingen Bilder an der Wand, noch standen irgendwo Fotos von Freunden oder Verwandten. Die Wände waren kahl und weiß – wie in einem Operationssaal.

Die Dielen knarrten unter meinen Schuhen, während ich auf das Wohnzimmer zusteuerte. Wie viele Zimmer mochte die Wohnung haben? Zwei, drei?

Das Wohnzimmer sah schon etwas wohnlicher aus mit seinem Fernseher, der winzigen Couch und den gut gefüllten Bücherregalen.

Ich strich mit dem Finger die Buchrücken entlang und überflog die Titel. Nicht einmal die Hälfte war Fachliteratur. Michael besaß dafür eine beachtliche Sammlung an phantastischen Romanen, wie ich sie selbst mein Eigen nannte.

Es fiel mir schwer zu glauben, dass ich einen solchen Menschen über die ganzen Jahre verachtet hatte. Wie konnte ich Michael verabscheuen, wenn ich ihn nicht einmal richtig kannte? War ich so oberflächlich?

Eine perfekt gereinigte Kochnische befand sich ebenfalls im Wohnzimmer – und eine Theke mit zwei Stühlen.

Der Anblick versetzte mir einen Stich. Wie einsam war Michael, wenn er bloß zwei Stühle besaß?

Eine weitere Tür zweigte vom Raum ab, wohl das Bad.

Ans Wohnzimmer schloss sich noch ein kleines Zimmer an, in dem ich ein Bett, einen Schreibtisch mit Laptop und einen Schrank vorfand.

Mehr hatte diese Wohnung nicht zu bieten.

Ich atmete tief ein und spürte die Stille und Einsamkeit dickflüssig durch meine Haut diffundieren.

Je länger ich mich hier befand, desto grauer und ferner kam mir die Welt vor, die sich mit ihrem bunten Treiben auf Weihnachten vorbereitete.

Mein Handy vibrierte.

Mit kalten Händen zog ich es aus meiner Jackentasche und antwortete ohne auf den Bildschirm zu sehen. »Hallo?«

»Hallo Inge. Hier ist Andreas von der Fachschaft. Wir wollten fragen, wo du bleibst.«

Für einen Augenblick konnte ich nicht einordnen, wer dieser Andreas war und was er von mir wollte. Es dauerte ein paar Sekunden, bis ich wieder zu mir selbst fand. »Ja, tut mir leid. Mir ist etwas dazwischen gekommen.«

Ein ärgerliches Schnauben. »Sollen wir die Weihnachtsfeier ohne dich weiterplanen?« Ich konnte die unverhohlene Provokation in seiner Stimme hören, doch bei mir fand sie keinen fruchtbaren Boden – nicht dieses Mal.

Ich blickte mich in der Wohnung um, betrachtete diese perfekten weißen Wände. Der Entschluss hatte sich nicht einmal in meinem Kopf gebildet, als ich schon die Antwort gab. »Ja, plant die Feier ohne mich. Ihr schafft das schon.«

Dann legte ich einfach auf.

Michael würde über Weihnachten nicht zu seinen Eltern fahren, das war so sicher wie das Amen in der Kirche.

Und ich dieses Jahr auch nicht.

***

Sie hatte ihm nicht nur Kleidung gebracht, sondern ihn auch abgeholt. Und das am 22. Dezember. Michael war es mehr als peinlich und er hätte sich gegen Inges Bemühungen gewehrt, wäre er nicht auf sie angewiesen gewesen.

Und da war noch dieser Kuss und die unausgesprochenen Worte, die er jetzt nicht über die Lippen bekam.

»Du musst nicht mit hoch kommen«, sagte Michael schon zum zweiten Mal, während Inge seine Tasche die Treppen hoch schleppte. Es war ihm mehr als peinlich, aber sein Körper war noch zu schwach.

»Das macht mir nichts aus«, sagte sie und grinste ihn an, als hätten die Zwiste zwischen ihnen nie existiert. Mit einem beherzten Ruck schloss sie die Wohnungstür auf und verfrachtete die Tasche in den Flur.

»Danke«, sagte Michael und wollte sie schon rauswerfen, um seine Schamgrenze nicht noch weiter ausdehnen zu müssen, als ihm ein Geruch in die Nase stieg. »Ist das Zimt?«, wisperte er.

Inges Wangen wurden rot und sie schob ihn ohne eine Antwort durch die Haustür.

Was Michael erblickte, verschlug ihm den Atem.

Girlanden aus Tannenzweigen ringelten sich an der Wand entlang, umrahmt von Sternen und roten Schleifen.

Sprachlos ging er den Flur Richtung Wohnzimmer entlang.

Mit weißem Deko-Schnee / Kunstschnee verzierte Tannenzapfen lagen auf der Kommode und kniehohe Rentiere flankierten das Schuhregal.

Lichterketten in Form von Schneeflocken hingen am Bücherregal und von der Decke baumelten Kunstwerke aus Zuckerstangen und winzigen Christbaumkugeln.

Der Fernseher war an und zeigte ein prasselndes Kaminfeuer.

Rote Decken verhüllten die Couch und sogar ein kleiner, mit Holzfiguren geschmückter Weihnachtsbaum stand neben dem Fernseher.

Michael sank auf die Kissen. Seine Beine wankten.

»Es ist etwas kitschig«, hörte er Inge sagen. Sie klang verlegen, als ob sie etwas falsch gemacht hätte.

»Es ist wundervoll.« Er wollte keine Entschuldigung hören. Nicht von ihr. Und nicht dafür. Er drehte sich um und sah ihr in die Augen. »Hast du das für mich gemacht?«

Sie nickte.

»Warum?«

»Weil ich dachte, dass du dich freuen würdest.«

Er wusste nicht, was er sagen sollte. Das letzte Mal, dass er Weihnachten mit seiner Familie gefeiert hatte, war kurz vor dem Abitur gewesen. Mit einem Mal fiel ihm etwas ein. Ohne sich zu erklären, stand er auf, schob sich an Inge vorbei, ging zur Krankenhaustasche und wühlte in ihr.

»Was tust du da?«

»Das hier suchen«, sagte er und zog ein kleines, zerknülltes Päckchen hervor. Er drehte sich zu ihr um und seine Zunge wurde schwer. Er hatte Stunden damit verbracht vorzubereiten, was er sagen wollte, wenn er es ihr übergab. Jetzt – und in Anbetracht der Dinge, die geschehen waren – kam er sich einfach nur dumm vor.

„Was ist das?« Inge trat näher und blickte abwechselnd ihm in die Augen und das Päckchen an.

»Eine Entschuldigung«, sagte Michael und reichte es ihr. Als sich ihre Finger berührten, konnte er geradezu spüren, wie sie zurückzuckte. Ob er sich für den Kuss entschuldigen sollte? »Ich wollte es dir eigentlich schon beim letzten Treffen geben.« Weiter kam er nicht. Angst hatte von ihm Besitz ergriffen.

Inge wickelte das Päckchen aus und riss die Augen auf.

»Ich weiß, es wird niemals *deine* Mütze ersetzen. Aber ich schwöre dir, dass es mir leid tut.«

»Du kannst dich daran erinnern?« Ihre Stimme war dünn.

»Es tut mir ehrlich leid, Inge. Ich war ein scheiß Arschloch.«

Sie schlug eine Hand vor den Mund und Tränen rannen ihre Wangen hinab. Wieder weinte sie und erneut trug er die Schuld daran. Michael hätte am liebsten den Kopf gegen die Wand geschlagen. Was konnte er eigentlich richtig machen?

»Danke«, kam es nuschelnd zwischen ihrer Hand hervor. Sie blickte ihn an und das erste Mal, seit sie sich kannten, befand sich kein Zorn in ihren moosgrünen Tiefen.

Sie ließ die Hand sinken und lachte plötzlich. »Und ich hab nur das für dich.« Hinter ihrem Rücken fischte sie eine kleine Tüte mit Plätzchen hervor. »Der Arzt sagte, dass du an Gewicht zunehmen musst, und das kann man am besten mit selbstgebackenen Plätzchen.« Sie legte ihm das Tütchen in die Hand und setzte sich die Mütze auf, die er ihr geschenkt hatte.

»Dann sollte ich wohl besser gleich damit beginnen.« Ungeschickt knotete Michael den Verschluss auf und schob sich einen Stern in den Mund. Der würzige Geschmack von Zimt prickelte auf seiner Zunge. »Zimtsterne«, stellte er fest.

»Zimtsterne gehören zu Weihnachten dazu«, sagte Inge.

Mit einem Mal wurde Michael bewusst, welches Datum sie hatten. »Heute ist die Weihnachtsfeier der Fachschaft.«

»Ja, das stimmt.« Inge zog die Stirn kraus und blinzelte ihn an.

»Warum bist du dann hier und nicht bei deinen Freunden?«

Sie lächelte und es war eines dieser Lächeln, die einem Mann das Herz wärmen.

»Weil ich bei *dir* sein möchte.«

***

Ich hatte es gesagt. Mein Herz hämmerte wie verrückt.

Michael blickte mich mit seinen klaren, eisblauen Augen an, die mir bis in die Seele sehen konnten.

War es möglich, dass man sich in jemanden verliebte , von dem man dachte, dass er das größte Unglück der Menschheitsgeschichte sei?

Was mich betraf, so war es das.

Michael streckte die Arme aus und zog mich an sich. Obwohl er einen ganzen Kopf kleiner war als ich und ausgelaugt vom Fieber, tat er es mit einer Kraft und Bestimmtheit, die keinen Zweifel zuließen.

Er war mir so nahe, dass ich dachte, mein Körper müsste verglühen.

»Bitte, lass uns nie wieder streiten«, flüsterte er.

Ich beugte mich hinab und küsste ihn.

Wir waren beide bei Weitem nicht vollkommen, doch seine Berührungen, das, was ich ihm gegenüber empfand und dieser Zimtsternkuss, waren es – auf unsere eigene unperfekte Art und Weise.

Aufgewacht

C. M. Singer

Lichtblitze durchzucken die allumfassende Finsternis, in der ich schwerelos treibe.

Eine Stimme, undeutlich wie ein verhallendes Echo, wabert in mein Bewusstsein.

Wo bin ich?

Ich versuche, meine Augen zu orten und sie zum Öffnen zu zwingen, doch es gelingt mir nicht. Stattdessen rattert ein Bulldozer durch mein Gehirn, vertreibt die gnädige Schwärze, in der ich mich eben noch befand, und lässt mich aufstöhnen.

»Sam?«

Die Stimme klingt nun näher, aber immer noch undeutlich. Etwas berührt meine Hand.

»Sam, kannst du mich hören?«

Endlich finde ich meine Augenlider und bringe sie dazu, sich einen Spalt weit zu öffnen. Sofort werde ich von grellem Licht geblendet, was mir ein erneutes Stöhnen entringt. Der Bulldozer in meinem Kopf setzt zu einer zweiten Runde an.

»Gott sei Dank, du bist wach. Wie geht es dir?«

Mit einiger Mühe gelingt es mir, den Kopf in die Richtung zu drehen, aus der die halb besorgt und halb erleichtert klingende Stimme kommt.

»A-Alex?« Meine eigene Stimme ist nicht mehr als ein herausgepresstes Krächzen. Trotzdem höre selbst ich die Überraschung darin. Was macht der denn hier? Und wo wir schon mal dabei sind: Wo genau ist *hier*?

Ich versuche, mich zu orientieren. Offenbar liege ich in einem Bett ... in einem viel zu hell beleuchteten Raum ... in dem es ununterbrochen gleichförmig piepst. Und Alex Jefferson sitzt neben mir auf einem Stuhl, hält meine Hand und sieht mich mit weit aufgerissenen Augen an.

Was zur Hölle geht hier nur vor?

Ich versuche mich zu erinnern, wie ich hierher – in ein Krankenhaus? – gekommen bin und warum ausgerechnet dieser unausstehliche Typ, der mir seit einem halben Jahr auf den Zeiger geht, bei mir sitzt.

Wo ist meine Familie? Wo ist Jason?

Mit der zunehmenden Verwirrung steigt auch Panik in mir auf. »Wo bin ich? Was ist passiert?«, verlange ich von Alex zu wissen.

»Sam, ganz ruhig. Du ...«

Weiter kommt er nicht, denn die Tür geht auf und eine kleine, rundliche Frau in Schwesterntracht betritt das Zimmer.

»Oh, wie schön! Sie sind aufgewacht. Wie fühlen Sie sich, Schätzchen?« Sie kommt ans Bett und blickt mit freundlichen blauen Augen und einem fürsorglichen Lächeln auf mich herunter.

»Ich habe fürchterliche Kopfschmerzen«, murmle ich, ehe ich meine Fragen wiederhole. »Wo bin ich? Was ist passiert?«

»Sie hatten einen Unfall, Schätzchen. Keine Sorge, wir haben Ihre Eltern informiert.«

»Und Jason?«

»Jason?«, wiederholt Alex und sieht mich verblüfft an. Ich ignoriere ihn.

»Wir haben nur Ihre Eltern angerufen. Ich weiß nicht, wem sie daraufhin Bescheid gesagt haben.« Sie legt eine Hand an meine Wange »Entspannen Sie sich, es kommt alles wieder in Ordnung. Sie haben nur ein gebrochenes Bein und eine mächtig große Beule am Kopf. Alles halb so schlimm. Ihr Freund hier hat sich gut um Sie gekümmert.«

»Er ist nicht mein Freund«, antworte ich sofort. Allein bei dem Gedanken möchte ich mich am liebsten schütteln.

»Was?«, entfährt es der Schwester und Alex wie aus einem Mund.

»Er ist nur ein Kommilitone«, stelle ich richtig.

Alex sieht mich an, als hätte ich ihm eine Ohrfeige verpasst, doch die Schwester zuckt nur in einer Wie-auch-immer-Geste mit den Schultern.

»Ich schicke einen Arzt, der Ihnen alles erklärt.« Sie tätschelt meine Wange, verlässt das Zimmer und lässt mich wieder mit Alex alleine. Großartig.

»Warum hast du das gesagt?«, fragt er vorsichtig.

»Was gesagt?« Ich sehe ihn nicht an, sondern spähe an mir runter und entdecke, dass mein rechtes Bein stabilisiert wurde und stark angeschwollen ist. Jetzt spüre ich auch einen dumpfen, pochenden Schmerz im Schienbein.

Anschließend schaue ich mich im Krankenzimmer mit den nichtssagend-abstrakten Wandbildern und den zugezogenen, hellblauen Vorhängen um. Neben meinem steht ein weiteres, leeres Bett.

»Dass ich nicht dein Freund wäre«, sagt Alex. »Bist du etwa sauer auf mich?«

Nun richten sich meine Augen doch auf ihn. Hat er etwa den Verstand verloren? Oder hat er am Ende sogar etwas mit meinem Zustand zu tun? Ist *er* dafür verantwortlich? Zutrauen würde ich es ihm. Immerhin steht er im Ruf, unüberlegte, waghalsige Dinge zu tun, die ihn und andere in Gefahr bringen. Seine Miene kann ich nicht recht deuten. Ist er wütend? Verwundert? Oder gar verletzt? Seltsamerweise zeigen sich im Moment all diese Gefühle in diesem Gesicht, das ansonsten höchstens zu Herablassung und Zynismus fähig ist.

Inzwischen pflügt sich eine ganze Flotte von dröhnenden und ratternden Mähdreschern einen Weg quer durch meinen Schädel.

»Kannst du bitte einfach gehen?«, seufze ich und schließe demonstrativ die Augen. Dem Geheimnis seiner Anwesenheit möchte ich mich erst widmen, wenn nicht mehr auf jeden einzelnen Gedanken eine Welle von Schmerz folgt.

»Sam ...«

»Biiiiiitte«, stöhne ich gequält.

Ich höre wie er schnaubend den Stuhl zurückschiebt, dann folgen forsche Schritte und das Knallen der Tür. Endlich bin ich allein.

Allerdings nur kurz, denn schon klopft es und ein junger Arzt betritt das Zimmer. Er stellt sich als Doktor Malcolm vor und erkundigt sich nach meinem Befinden. Nachdem er vorsichtig mein Bein abgetastet und erklärt hat, dass es noch heute eingegipst wird, leuchtet er mir mit einer extrem hellen Lampe in die Augen.

»Können Sie sich daran erinnern, wie es zu dem Unfall kam, Miss Baur?«

»Nein, kein bisschen.«

»Ihrem Freund zufolge sind sie wohl ausgerutscht und unglücklich gefallen.« Er steckt die Lampe zurück in die Brusttasche seines weißen Kittels. »Was ist das Letzte, woran Sie sich erinnern?«

Ich überlege kurz. »Ich weiß noch, dass ich mit meinen Freunden in einer Campus-Bar saß und dass wir über unsere Pläne für den Spring Break diskutiert haben. Danach ...« Ich schüttle ratlos den Kopf, was ich sofort bereue, als ein neuerlicher Donner durch mein Gehirn rollt.

Doktor Malcom furcht die Stirn und sieht mich abwägend an. »Welchen Monat haben wir, Miss Baur?«

»Nun ... März.« Das genaue Datum bringe ich nicht zusammen.

Die Falten in seiner Stirn vertiefen sich. »Wir haben Dezember«, stellt er fest. »Es sind noch sechs Tage bis Weihnachten.«

Heute, einen Tag später, habe ich den Schock noch immer nicht verwunden. Ich sitze mit einem Handspiegel im Bett und betrachte die Beule auf meiner Stirn, die über Nacht zu einem Golfball angewachsen ist und eine ungesunde Färbung angenommen hat. Hellblaue Augen sehen mir matt und ratlos entgegen. Meine normalerweise gelockten blonden Haare umrahmen glatt und schmucklos ein blasses, ungeschminktes Gesicht, das mir seltsam fremd erscheint.

Mir fehlen ganze neun Monate! Der Himmel allein weiß, was in dieser Zeit alles geschehen ist. Ganz zu schweigen von der Masse an Lernstoff, die es nun nachzuholen gilt, denn Doktor Malcolm hat mir keine allzu großen Hoffnungen gemacht, dass die Erinnerung zurückkehren wird.

Auch meine Eltern, die heute Morgen angekommen sind, konnten kaum Licht ins Dunkel der verlorenen Monate bringen. Immerhin gehe ich seit über einem Jahr auf die Universität von Chicago und war in der ganzen Zeit nur zweimal zu Hause in Pennsylvania. Sie haben mir gesagt, dass mein nächster Besuch für morgen geplant gewesen wäre und ich über die Feiertage bleiben wollte. Wegen der noch anstehenden Tests im Krankenhaus haben sie jedoch beschlossen, Weihnachten in Chicago bei mir zu verbringen.

Irgendwie ist das am seltsamsten. Eben noch plane ich die Frühlingsferien in der warmen Sonne Floridas und einen Tag später steht Weihnachten vor der Tür, Schnee weht an meinem Fenster vorbei und durch die Krankenhausflure hallt Weihnachtsmusik. Als hätte jemand an meinem persönlichen Kalender einfach eine Handvoll Seiten abgerissen.

Ich habe mein Handy hier und möchte Jason und meine Freundinnen Sarah, Megan und Mona anrufen, allerdings muss ich feststellen, dass ich wohl meine PIN geändert und keine Ahnung habe, wie die neue lautet.

Nach zwei Fehlversuchen gebe ich frustriert auf, bevor der Zugriff endgültig gesperrt wird. Gott sei Dank weiß ich aber Jasons Nummer auswendig und neben mir auf dem Nachttisch steht ein Telefon.

Nur leider geht er nicht ran und mir bleibt nichts anderes übrig, als ihm eine Nachricht auf der Voicemail zu hinterlassen und ihn dringend um Rückruf zu bitten.

Meine Eltern sind seit einer Stunde auf der Suche nach einem Hotel und ich zappe lustlos durch die Fernsehsender, als es an der Tür klopft.

Ich sehe auf ... und verdrehe die Augen.

Es ist Alex. Schon wieder!

»Hi«, grüßt er und lässt sich auf dem leeren Bett neben meinem nieder. Wie üblich ist er ganz in Schwarz gekleidet und in seinen lockigen dunklen Haaren haben sich Schneeflocken eingenistet. Seine Augen wandern über mein eingegipstes Bein. »Wie geht es dir?«

»Super«, erwidere ich einsilbig.

»Eine der Schwestern hat mir erklärt, warum du dich gestern so merkwürdig verhalten hast. Dass du dich an nichts erinnerst ...«

»Oh, ich erinnere mich an vieles. Ich weiß, wer ich bin, wo ich wohne und zur Uni gehe.« Frust schleicht sich in meine Stimme. »Dass ich die Gedichte von Pablo Neruda und Robert Frost liebe und eine Katzenallergie habe. Und ich kann noch immer den gesamten Text von *Bohemian Rhapsody* mitsingen.«

»Aber an mich kann du dich nicht erinnern ...«

»Doch natürlich! Du bist Alex Jefferson, der im Biologiekurs vor mir sitzt, schon mehrmals fast von der Uni geflogen wäre und so ziemlich jedem mit seiner unausstehlichen Art auf den Wecker geht.«

Er legt den Kopf schief und sieht mich auf eine so merkwürdig intensive Art an, dass ich eine Gänsehaut bekomme. Gleichzeitig glaube ich, Bedauern in seinen blauen Augen glitzern zu sehen. »Aber du weißt nicht, warum ich hier bin, oder?«

»Um mich zu ärgern? Oder aus schlechtem Gewissen?«

»Weshalb sollte ich deiner Meinung nach ein schlechtes Gewissen haben?«

»Keine Ahnung, sag du es mir!«

»Vielleicht, weil ich es gewagt habe, dich zum Auto zu tragen und auf dem schnellsten Weg ins Krankenhaus zu bringen?«

Da ist er wieder, der für Alex so typische Sarkasmus. Trotzdem trifft mich seine Antwort, und meine eigene Kampfeslaune streicht die Fahnen.

»Danke«, sage ich etwas kleinlaut. »Das war sehr nett von dir. Was ... was ist eigentlich genau passiert? Dr. Malcolm meinte nur, ich wäre ausgerutscht und hingefallen.«

»Naja, das stimmt nur zum Teil«, sagt Alex ein wenig besänftigt. »Wir waren bei diesem Workshop fürs Eisskulptur-Schnitzen. Uns war langweilig, wir haben rumgeblödelt und du bist dabei ausgerutscht und hast versucht, dich an einem Eisblock festzuhalten. Aber der ist gekippt und hat erst deinen Kopf und dann dein Bein erwischt. Jedenfalls war es ein recht dramatischer Stunt, den du da hingelegt hast.«

Ich sehe ihn ungläubig an. Macht er sich etwa schon wieder über mich lustig? »Eisskulpturen?« Und eine Sekunde später: »Wir haben *rumgeblödelt?*«

Alex senkt die Augen und runzelt die Stirn. »Sam ... das mag dir jetzt vielleicht merkwürdig erscheinen ... aber wir sind zusammen.« Er hebt den Blick und sieht mir in die Augen. »Seit fast drei Monaten. Und du warst es, die diesen Workshop machen wollte. Du hast mich dazu überredet.«

Ich blinzle ihn mehrere Sekunden lang stumm an. Dann sage ich: »Du verarscht mich doch.«

Er schüttelt den Kopf.

»Aber ich liebe Jason«, entfährt es mir. Wut steigt in mir auf. Auf Alex, der sich ganz offensichtlich einen Spaß daraus macht, mich auf den Arm zu nehmen. Auf Jason, der bis jetzt noch nicht zurückgerufen hat. Auf Gott, das Universum, das Schicksal, oder wer auch immer für diese undurchdringliche schwarze Wolke verantwortlich ist, die sich über die letzten neun Monate gelegt hat und alles so verdammt verwirrend macht.

»Du hast dich im April von Jason getrennt«, informiert mich Alex.

Der Zorn bringt meine Wangen zum Glühen und meine Finger krallen sich in die Bettdecke. *Ich* soll Jason verlassen haben? Jason, den ich seit der Highschool liebe, und mit dem ich gemeinsam nach Chicago gezogen bin? Nur, um dann mit Mr. Unausstehlich hier zusammenzukommen? Das kann doch wohl nur ein schlechter Witz sein!

»Raus!«, flüstere ich mühsam beherrscht. »Verschwinde.«

Alex seufzt und legt eine Hand über meine, die ich ihm sofort entziehe. »Sam, hör mir einfach nur zu und ich erzähle dir, was in den letzten Monaten passiert ist.«

»Ich will deine Lügen nicht hören! Es kann überhaupt nicht sein, dass wir ein Paar sind. Ich kann dich doch noch nicht mal leiden!«

»Vor neun Monaten mochtest du mich nicht, das weiß ich. Aber seitdem hat sich viel verändert. Nein, *alles* hat sich verändert.«

Ich schüttle den Kopf und kann dabei kaum den Drang unterdrücken, mir die Ohren zuzuhalten. »Verschwinde«, wiederhole ich kalt. »Lass mich endlich in Ruhe.«

»Sam«, startet Alex einen erneuten Versuch, und ich verliere endgültig die Beherrschung.

»Raus!«, brülle ich. Das Wort hallt von den Innenseiten meines Schädels wider und bringt ihn zum Vibrieren.

Nun sind es Alex' Züge, die sich vor Wut verzerren. Mit bebenden Nasenflügeln erhebt er sich und geht zur Tür. Dort bleibt er mit gesenktem Kopf stehen und sagt leise, fast flüsternd: »So schnell gebe nicht auf. Bis du entlassen wirst, werde ich dich jeden Tag besuchen kommen, und wenn du am Tag deiner Entlassung noch immer nicht mit mir zusammen sein willst, *dann* werde ich dich in Ruhe lassen.«

Damit verlässt er den Raum und schließt kaum hörbar die Tür hinter sich.

Nach einer äußerst unruhigen Nacht voller verwirrender und beängstigender Gedanken und den fruchtlosen Versuchen, meine Erinnerungen an die Oberfläche zu holen, kommt am nächsten Morgen endlich der erlösende Anruf.

»Hallo, Samantha.«

»Jason!«, rufe ich ins Telefon. »Es ist so schön, deine Stimme zu hören.«

Einige Sekunden herrscht Stille in der Leitung. »Was ist denn los? Warum sollte ich dich so dringend zurückrufen?«

Ich erkläre ihm in abgehakten, von Schluchzern unterbrochenen Sätzen, was geschehen ist und schließe mit den Worten: »Jetzt ... jetzt ist da ein komplettes schwarzes Loch, wo die Erinnerungen sein sollten und Alex Jefferson, dieser Wichser, spielt seine abartigen Spielchen mit mir.« Das Einzige, das ich unerwähnt lasse, ist Alex' Behauptung, ich hätte mich von Jason getrennt.

Dieser ist erstmal sprachlos. Dann sagt er: »Das ist ja krass. Und du erinnerst dich wirklich an gar nichts?«

»Nein, kompletter Filmriss.«

»Oh, Mann. Ich bin schon in Pittsburgh bei meiner Familie. Wir ...« Er zögert kurz. »Wir wollten uns hier treffen. Du wolltest nachkommen.«

»Ich werde leider nicht kommen«, schniefe ich. »Meine Eltern sind in Chicago und bleiben über die Feiertage hier.«

»Verstehe ... Also gut, hör zu, ich habe hier noch einiges zu erledigen, aber ich komme zu dir, so schnell ich kann, in Ordnung?«

»Okay. Bitte beeil dich, ja?«

»Aber klar.«

»Jason?« Eigentlich will ich die nächste Frage gar nicht stellen, aber Alex' Worte haben es geschafft, kleine, ätzende Säurespritzer auf meinem Herzen zu verteilen. »Wir sind doch noch zusammen, oder?«

»Natürlich, Baby!« Er klingt entrüstet. »Warum fragst du?«

»Nur so. In neun Monaten kann viel passieren, nicht wahr?«

Er lacht sein raues, tiefes Lachen, das ich so gut kenne, und bei dessen Klang es mir gleich viel besser geht. »Mach dir keine

Sorgen. Es kommt alles in Ordnung. Ruh dich aus und in ein paar Tagen bin ich bei dir.«

»Danke«, seufze ich bis auf die Knochen erleichtert. »Ich liebe dich.«

»Ich liebe dich auch, Baby. Und ...« Er zögert erneut. »Und ich glaube, es wäre besser, wenn du Alex nicht noch einmal an dich heranlässt. Überlass den Mistkerl mir.«

»Kein Problem, der bekommt mich nicht noch mal dran.«

Mit dem Gefühl, dass ein gewaltiger Felsen von meinem Herzen gefallen ist, beende ich den Anruf.

Den restlichen Vormittag verbringe ich in der Radiologie, wo ich mit dem Kopf voran in eine unfassbar enge Röhre geschoben werde. Es ist schwer, die aufsteigende Klaustrophobie zurückzudrängen. Ich schließe fest die Augen und versuche mich mit der Vorstellung abzulenken, dass ich in wenigen Tagen in Jasons tröstender Umarmung liegen werde.

Während ich mich darauf konzentriere, das Klackern um mich herum auszublenden und stattdessen über die Kopfhörer John Lennons *Happy XMas* zu lauschen, denke ich daran, wie wir uns damals auf der Highschool kennengelernt und ineinander verliebt haben.

Er war der von allen angehimmelte Lacrossespieler, ich die Chefredakteurin der Schülerzeitung, die ihn interviewen durfte und mit einem Berg an Vorurteilen zu diesem Treffen ging. Erwartet hatte ich einen selbstverliebten Muskelprotz mit dem IQ einer Scheibe Toast. Doch an jenem Nachmittag in der Cafeteria saß mir ein äußerst charmanter, eloquenter und vielseitig interessierter Junge gegenüber, der für seine College-Ausbildung nicht auf ein Sportstipendium angewiesen sein würde.

Ich gehe nicht so weit zu behaupten, dass es Liebe auf den ersten Blick war, doch nach jenem Interview verbrachten wir sehr viel Zeit miteinander. Seine unkomplizierte, optimistische Art und nein, ich will es nicht leugnen, auch sein durchtrainierter Körper ließen mich jede Minute in seiner Gesellschaft genießen.

Nach nicht mal einem Monat galten wir auf unserer Schule als das Traumpaar schlechthin und an einem besonders schönen Sommerabend, als meine Eltern auf einem Barbecue bei Freunden waren, habe ich an Jason meine Jungfräulichkeit verloren.

Danach waren wir endgültig unzertrennlich und es stand für uns außer Frage, dass wir nur zusammen auf die Uni gehen würden. Eine Fernbeziehung konnten wir uns beim besten Willen nicht vorstellen. Also bewarben wir uns nur an Universitäten, wo sowohl Biologie als auch Architektur gelehrt wurde. Ich will später nämlich für eine Umweltorganisation arbeiten und Jason träumt davon, sich mit bedeutenden Bauwerken zu verewigen.

Die Weltretterin und der Baumeister. Was für ein unschlagbares Team.

Noch immer diese süßen, beruhigenden Gedanken im Kopf werde ich zurück in mein Zimmer geschoben, wo meine Eltern bereits auf mich warten.

Neben nagelneuer Unterwäsche haben sie mir mit *Hello Kitty* bedruckte Pyjamas gebracht. Ein weiterer Beweis dafür, dass ich für sie niemals erwachsen werde. Darüber hinaus haben sie verschiedene Magazine und Bücher dabei, damit ich mir die Zeit vertreiben kann, Weihnachtsdeko, um meinem Krankenzimmer einen Hauch Festlichkeit zu verleihen und – am allerwichtigsten – Schokolade!

»Jason ist schon daheim in Pittsburgh, aber er kommt her, so schnell er kann«, erzähle ich, während ich mir mit meiner Mutter eine Schachtel Pralinen teile.

»Schön, dass ihr euch wieder vertragt.«

Ich runzle die Stirn. »Wir haben uns gestritten? Wann?«

Mom sieht hilfesuchend zu meinem Dad, der gerade meinen Gips mit Snoopy, Woodstock und Santa Claus verziert. »Wann war das, Frank?«

Er zuckt mit den Schultern. »Irgendwann vor den Sommerferien. Du hattest es nur kurz erwähnt und danach haben wir nichts mehr darüber gehört.«

»Wann auch? Du hast dich das ganze Jahr über kaum gemeldet«, wirft meine Mutter ein und arrangiert den kitschigen Mini-Weihnachtsbaum auf meinem Nachttisch. »Du warst wohl ziemlich im Stress. Am Telefon hast du nur kurze Lebenszeichen à la *Es geht mir gut, hab viel zu tun, hab euch lieb* von dir gegeben. Selbst in deinen Mails hast du mehr über das Studium und deinen Nebenjob als über dein Privatleben geschrieben.«

Ich versuche, den kaum verhohlenen Vorwurf zu überhören.

»Deshalb haben wir uns auch so sehr auf deinen Besuch gefreut«, fährt mein Dad fort. »Wir wollen endlich erfahren, was in deinem Leben so alles vor sich geht.«

»Tja, das wüsste ich im Moment auch gern«, erwidere ich trocken und schiebe mir eine Praline in den Mund.

»Was ist mit deinen Freundinnen?«, erkundigt sich Mom, die nun offenbar mit der Position des Bäumchens zufrieden ist. »Haben sie dich schon besucht?«

Ich seufze und schlucke das Nougatstück hinunter. »Kein Ton von ihnen bisher. Ich hatte angenommen, dass Jason ihnen Bescheid gibt, aber vielleicht kam er noch nicht dazu.« Ich versuche mir einzureden, dass das der Grund ist. Trotzdem nagt es an mir, dass sich bis jetzt keines meiner Mädels gemeldet hat.

»Scheinbar ist chronischer Zeitmangel eine weitverbreitete Krankheit unter Studenten heutzutage«, bemerkt mein Dad mit einem Augenzwinkern. »Zu meiner Zeit haben wir die Studienzeit mehr genossen und alles etwas ruhiger angehen lassen.«

»Warte mal.« Meine Mutter kramt aus ihrer Handtasche ein kleines Notizbuch hervor. »Ich glaube, du hast mir mal für Notfälle Megans Nummer gegeben.« Sie blättert durch das Büchlein. »Ha! Wusste ich es doch!«

»Mom, du bist die Beste«, strahle ich und angle mir das Telefon vom Nachttisch. Meine Mutter liest mir die Nummer vor, aber leider kann ich auch meiner Freundin nur eine Nachricht mit Bitte um Rückruf hinterlassen.

Langsam wird es dunkel, und nachdem ein Doktor uns den unauffälligen Befund des MRTs mitgeteilt hat, gehen meine Eltern.

Alex ist noch nicht wieder aufgetaucht, worüber ich ziemlich erleichtert bin. Andererseits würde ich ihm ja zu gerne an den Kopf werfen, dass sein perfider Schwindel aufgeflogen ist.

Eine Stunde später bekomme ich doch noch Gelegenheit dazu.

»Du kannst gleich wieder verschwinden«, schieße ich ihm entgegen, sobald er seinen dunkelgelockten Kopf zur Tür hereinsteckt. »Ich habe mit Jason telefoniert und weiß, dass du gelogen hast.«

Er sieht aus, als hätte ihn eben ein Bus gestreift und bleibt wie angewurzelt im Türrahmen stehen. Bei seinem schockierten Gesichtsausdruck muss ich mir fest auf die Lippen beißen, um nicht laut loszuprusten.

»Was hat der Scheißkerl dir erzählt?«, verlangt er schließlich zu wissen.

Ich zucke gelangweilt mit den Schultern. »Nur die Wahrheit. Alles ist gut zwischen uns, wovon ich ja auch ausgegangen bin. Denke ja nicht, dass ich dir auch nur eine Sekunde lang geglaubt hätte.«

»Herrgott nochmal, Sam!«, poltert er. »Nichts ist gut zwischen euch!« Mit zwei weit ausgreifenden Schritten steht er am Bett. »Eigentlich wollte ich dir das ja schonender beibringen, aber er hat dich betrogen! Und du hast es herausgefunden und ihn zum Teufel gejagt. Danach warst du wochenlang, ach was, monatelang im Zombiemodus unterwegs.«

Ich sehe nur ungerührt zu ihm auf und lasse ihn weiter reden.

»Warum sollte ich dich anlügen, verdammt? Mir wäre doch klar, dass du sofort zu Jason rennst und die Sache im Nullkommanichts auffliegt.« Er fährt sich durch die Haare und schüttelt den Kopf. »Und jetzt nutzt der Wichser die Gelegenheit aus und tut so, als wäre nichts passiert, damit du wie ein braves Hündchen zu ihm zurückläufst.« Kraftlos lässt er sich auf den Besucherstuhl fallen.

Nun runzle ich doch die Stirn. Sein Ausbruch war wirklich überzeugend. Ich betrachte ihn aufmerksam, aber ich kann keine Böswilligkeit an ihm erkennen, nur echten Frust.

Angestrengt rufe ich mir in Erinnerung, was ich über Alex Jefferson weiß. Zugegebenermaßen ist das nicht viel. Er ist ein ewiger Außenseiter, der mit seiner provokanten, mitunter regelrecht aggressiven Art aneckt. Seinen beißenden Sarkasmus habe ich in der Vorlesung mehrmals am eigenen Leib zu spüren bekommen, wenn er meine Antworten ins Lächerliche gezogen hat.

Wenn man ihn so ansieht, in seinen schwarzen Klamotten und dem dauermürrischen Gesichtsausdruck, glaubt man sofort sämtliche Gerüchte, die über ihn in Umlauf sind.

Aber wirkt er wie jemand, der Psychospielchen spielt?

Er atmet tief durch und scheint um Fassung zu ringen. »Hör zu. Du hast doch dein Handy da, oder? Sieh dir die Kontakte und die Anrufliste an. Du wirst sehen, dass du in letzter Zeit viel mit mir, aber nicht mit Jason telefoniert und geschrieben hast. Und sieh dir die Fotos an.«

»Das täte ich ja gerne, wenn ich den neuen PIN-Code kennen würde!«, blaffe ich ihn an.

Wie auf Stichwort fängt das Handy an zu klingeln. Es ist Megan. Endlich! Ich gehe ran, dreh mich im Bett umständlich von Alex weg und tue so, als wäre er gar nicht da.

»Hey, Meg«, begrüße ich sie. »Mann, bin ich froh, dass du anrufst.«

Megan antwortet nicht sofort, dann sagt sie mit unüberhörbarer Aggression in der Stimme: »Was ist denn mit *dir* plötzlich los? Liegt das an Weihnachten oder was?«

Eine üble Vorahnung lässt meinen Magen auf Faustgröße zusammenschrumpfen. »Was hast du denn? Haben wir gerade Zoff? Bist du sauer auf mich?«

»Sag mal, hast du dir die Birne mit Eggnog zugeknallt? Wegen der Sache mit Jason sprichst du monatelang nicht mit mir und dann tust du so, als wüsstest du von nichts? Was ist denn das für eine kranke Nummer?«

»Nein, Meg, hör zu …« Doch ich bekomme keine Gelegenheit, die Situation zu erklären, denn Megan, die ganz offensichtlich nicht länger meiner Freundin ist, hat den Anruf bereits beendet.

Mit bebenden Händen lasse ich das Handy sinken und schließe die Augen, um mich zu sammeln. Ich höre, wie sich Alex auf meine Bettkante setzt.

»Jason hatte was mit Megan«, erklärt er sanft. »Sarah und Mona wussten darüber Bescheid und haben die beiden gedeckt. Als du es schließlich herausgefunden hast, hast du nicht nur postwendend mit Jason Schluss gemacht, sondern auch den Kontakt zu deinen Freundinnen abgebrochen.«

Ich spüre, wie eine heiße Träne über meine Wange rinnt. »Das heißt, ich habe niemanden mehr?«

»Du hast mich«, sagt Alex und wischt sanft die Träne aus meinem Gesicht. Doch seine Finger verschwinden, als ich ein freudloses, beinahe höhnisches Lachen ausstoße und die Augen öffne. Als ob mir das ein Trost wäre!

Er sieht getroffen aus, doch er versucht, es sich nicht anmerken zu lassen. »Es tut mir so leid, dass du das Ganze erneut durchmachen musst, dass das alles nun wieder eine frische Wunde für dich ist.«

Eine Wunde ... das ist ja wohl die Untertreibung schlechthin. Ich fühle mich, als wäre ich unter einen Zug geraten und über eine Meile hinweg mitgeschleift worden. Als wäre nichts mehr von mir übrig. Das Leben, das ich eben noch kannte, existiert nicht mehr. Es ist weg, mit all den Minuten, Stunden, Tagen und Wochen, an die ich mich nicht erinnern kann.

Ich zittere und ein Schluchzen bricht aus mir heraus. Der Schmerz ist so überwältigend, dass ich mich nicht wehre, als sich Alex zu mir beugt und mich fest in die Arme schließt. Gerade ist mir jeder Halt willkommen, alles, was mich davor bewahrt, endgültig im Abgrund zu versinken.

»Du bist nicht allein«, murmelt Alex und streichelt mir über den Rücken. »Du hast Freunde. *Neue* Freunde. Sie sind nur nicht hier, weil sie noch nicht wissen, was geschehen ist. Sag ein Wort und ich bringe sie alle her.«

Schniefend schüttle ich den Kopf. Es war jetzt schon alles konfus genug. Mir unbekannte Leute, die sich wie meine Freunde benehmen, würden im Moment alles nur noch schlimmer machen.

»Möchtest du allein sein?«, fragt Alex.

Diesmal nicke ich. Ich brauche Zeit, um meine wild tobenden Gedanken und Emotionen zu zügeln und zu sortieren.

Alex gibt mir einen Kuss auf die Stirn und ich lasse es geschehen.

»Ich komme morgen wieder, Sam. Und dann erzähle ich dir von den schönen Dingen, die in den letzten Monaten passiert sind.« Er lässt mich los und steht auf. »Und dein PIN lautet übrigens 2206. Mein Geburtstag.«

Erst einige Zeit später nehme ich mein Telefon vom Nachttisch und gebe den Code ein. Es überrascht mich nicht, dass er funktioniert. Wie betäubt klicke ich mich durch die Fotos und Textnachrichten. Selbst wenn ich Alex bis jetzt noch immer nicht geglaubt hätte - hier ist der endgültige Beweis für seine Worte.

Auf den Fotos lache ich im Kreise von Leuten, denen ich meines Wissens höchstens mal flüchtig auf dem Campus begegnet bin. Außerdem gibt es zahlreiche Selfies zusammen mit Alex. Ich sehe glücklich aus und sogar Alex lacht auf den meisten Fotos, obwohl ich mich nicht erinnern kann, ihn auch nur einmal lächeln gesehen zu haben. Und dann gibt es noch dieses eine Bild, das Alex friedlich schlafend zeigt, mit einem seligen, beinahe kindlichen Gesichtsausdruck.

Das Ganze ist so surreal.

Das Gefühl verstärkt sich bei den Textnachrichten. Ich lese meine zum Teil unverhohlen romantische Kommunikation mit Alex, als würde ich ein Sachbuch lesen: vollkommen distanziert und unbeteiligt. Außer Unglauben und Verwirrung regt sich nichts bei der Lektüre von Nachrichten wie: *Ich kann nicht lernen, weil ich immer an gestern Abend denken muss* oder *Kannst du morgen nicht schon früher kommen? Ich vermisse dich!*

Mein geschundener Kopf beginnt wieder zu hämmern. Seufzend lege ich das Handy weg und lasse mich zurück in das Kissen sinken. Ich bekomme das alles einfach nicht auf die Reihe. Vor allem Jasons und Megans Verrat liegt so schwer auf mir, dass ich immer wieder nach Luft ringe. Das Essen, das mir ein junger

Pfleger auf einem Tablett neben das Bett gestellt hat, rühre ich nicht an, denn nicht nur mein Herz, auch mein Magen fühlt sich völlig verknotet an.

Gleichzeitig geht mir jedoch Alex nicht aus dem Kopf. Besonders der fröhliche Alex auf den Fotos. Und der schlafende ... Nach diesem Anblick erscheint es mir gar nicht mehr so abwegig, dass wir zusammen sind.

Aber leider empfinde ich nichts für ihn.

Mein dummes, störrisches, unbelehrbares Herz hängt an Jason.

Noch immer. Trotz allem.

Heute werden meine kognitiven Fähigkeiten getestet, doch da ich nicht wirklich bei der Sache bin, schneide ich nicht sonderlich gut ab und Doktor Malcolm wirft mir wiederholt besorgte Blicke zu. Der Sehtest läuft dagegen recht gut, dafür muss ich mich ja nicht besonders konzentrieren. Der Sprachtest hingegen ist ein Desaster und ich fürchte, dass mir meine geistige Abwesenheit ein paar weitere Tage im Krankenhaus beschert hat. Hoffentlich werde ich trotzdem noch vor Weihnachten entlassen.

Meine Eltern waren kurz da und haben neue Zeitschriften gebracht, doch ich habe sie überzeugt, das schöne Winterwetter zu nutzen und sich Chicago anzusehen. An einem Pier am Lake Michigan soll es nämlich einen spektakulären Weihnachtsmarkt geben und sie wollen noch einige fehlende Geschenke besorgen.

Als Alex am Spätnachmittag in mein Zimmer kommt, ist es das erste Mal, dass ich ihn höflich begrüße.

»Hast du die Neuigkeiten ein wenig verdaut?« Er lässt sich in das leere Bett neben meinem fallen und verschränkt die Arme hinter dem Kopf. Seine Füße, die in schwarzen Doc Martens stecken, legt er überkreuzt auf dem weißen Bettrahmen ab.

»Nicht mal annähernd.«

Er zieht seine Augenbrauen hoch, was mehr an den zynischen Alex als an den gutgelaunten auf den Fotos erinnert.

»Aber keine Sorge«, fahre ich schnell fort. »Ich glaube dir jetzt. Das heißt, zumindest mein Verstand tut es.«

»Nur dein Herz glaubt es nicht.« Er wendet sich von mir ab und richtet seinen Blick nach oben an die Decke.

»Naja, es arbeitet dran«, erwidere ich ausweichend. Mir ist durchaus bewusst, wie schwer das auch für ihn sein muss. Ich weiß zwar nicht, wie viel ich ihm bedeute, aber mein Verhalten in den letzten Tagen muss auf jeden Fall verletzend gewesen sein. Deshalb habe ich mir vorgenommen, es ihm ab jetzt leichter zu machen.

»Erzähl mir davon, wie wir uns kennengelernt haben.«

Er dreht mir den Kopf wieder zu und sieht mich mit seinem patentierten *Ist das dein Ernst*-Blick an, den ich schon im Unterricht wiederholt abbekommen habe.

Ich spüre, wie ich erröte. »Ich weiß natürlich, wie wir uns kennengelernt haben. Was ich meinte, ist, wie ... wie wir uns näher gekommen sind. Wie wir ... zusammengekommen sind.«

Ein Grinsen zieht an seinem Mundwinkel. »Ah. Das wird dir gefallen. Es war in einer Gefängniszelle.«

»Was?!« Hat der Typ nicht mehr alle Karten im Stapel? Wie sollte ich denn bitte in einer Gefängniszelle landen? Ich bin noch nie in meinem Leben mit dem Gesetz in Konflikt geraten!

»Jup, es war im Knast«, bestätigt er selbstgerecht. »Wir haben beide an einer Anti-Rassismus-Demo teilgenommen, die ziemlich aus dem Ruder lief. Ein paar Faschos sind auf mich losgegangen und du bist mir zu Hilfe gekommen. Dann kamen die Bullen und haben uns alle einkassiert. Sie haben sich nicht dafür interessiert, wer zuerst zugeschlagen hat oder wer auf wessen Sei-

te steht. Wir mussten die Nacht gemeinsam in einer Zelle verbringen.« Er zwinkert mir zu. »So etwas schweißt zusammen.«

Ich starre ihn noch immer schockiert an.

»Wir haben uns die ganze Nacht unterhalten«, erzählt Alex
weiter. »Und dabei haben wir beide festgestellt, dass wir ziem-
liche Vorurteile gegenüber dem anderen hatten. Ich dachte, du
wärst nur eine desinteressierte, verwöhnte College-Schnepfe, die
nichts als ihren Sportlerfreund und Partys im Kopf hat und von
Mami und Daddy alles in den Hintern geblasen bekommt. Und
du hast mich für einen selbstverliebten Unruhestifter gehalten,
der auf der Uni eigentlich gar nichts verloren hat.«

»Ich bin mir gerade nicht sicher, ob ich wirklich so falsch lag«,
murmle ich, was sein Grinsen noch breiter werden lässt.

»Naja, in jener Nacht haben wir zumindest rausgefunden,
dass unser Gerechtigkeitssinn sehr ähnlich tickt. Und ich war
schwer beeindruckt von deiner Courage. Ich glaube, nicht viele
Mädchen hätten sich in die Schlägerei eingemischt, um mich zu
verteidigen.«

Um ehrlich zu sein, überrascht mich das auch. Ich wüsste
nicht, dass meine Kämpfernatur jemals besonders in Erscheinung getreten wäre. Gleichzeitig macht mich das aber auch ein
kleines bisschen stolz.

»Als Dankeschön, oder vielmehr als Wiedergutmachung,
habe ich dich dann zu einem Essen und einem Konzert meiner
Lieblingsband *Snake Attack* eingeladen. Die, nebenbei bemerkt,
jetzt auch deine Lieblingsband ist.«

»Ehrlich? Von denen habe ich noch nie gehört.«

Mit einem theatralischen Seufzen greift sich Alex mein Handy vom Nachttisch, gibt wie selbstverständlich den Code ein und
sucht dann einen Song heraus, den er mir vorspielt.

»Klingt gar nicht übel«, gebe ich kleinlaut zu.

»Du hast dir sogar eine Schlange tätowieren lassen.« Er deutet auf meinen eingegipsten Knöchel. »Eine süße kleine Kobra.«

Verblüfft starre ich auf meinen Fuß. Ich habe ein Tattoo? »Ich wüsste zu gerne, wie es aussieht.«

»Ich kann's dir zeigen.« Er setzt sich auf, zaubert einen Stift aus seiner Jackentasche und beugt sich über mein Bein, um eine aufgerichtete Königskobra in Höhe meines Knöchels auf den Gips zu malen.

»Und ... und danach waren wir dann zusammen?«, stammle ich, während ich ihm fasziniert zusehe.

»Nein, noch nicht. Erst, als wir für ein Bioprojekt ein Team gebildet haben.« Kritisch beäugt er sein Werk und sieht dann auf. »Den anderen in der Vorlesung sind die Gesichtszüge entgleist, als du dich freiwillig als mein Projektpartner gemeldet hast. Vermutlich wusstest du da noch nicht, dass wir für die Sache ziemlich viel Zeit miteinander verbringen müssen.«

»Und ...« Ich räuspere mich. »Und welche Note haben wir bekommen?«

Als Antwort erhalte ich diesmal einen *Also-Bitte*-Blick.

In diesem Moment öffnet sich die Tür und eine Schwester kommt mit dem Abendessen herein.

»Die Besuchszeit endet in dreißig Minuten«, informiert sie uns, stellt das Tablett ab und verlässt das Zimmer wieder.

Heute habe ich Hunger wie ein Bär und stürze mich regelrecht auf den Braten.

»Kann ich die Götterspeise haben?« Alex wartet meine Antwort nicht ab, sondern schnappt sich den kleinen Becher und den Löffel.

Offenbar weiß er, dass ich Götterspeise nicht ausstehen kann.

Während ich esse, erzählt er weiter von unserer Kennenlernphase, wie er mich in seinen Freundeskreis und seine Welt eingeführt hat und wie wir mit unserer Beziehung unsere Kommilitonen zum Staunen gebracht haben.

Im Moment lässt er auch mich staunen. Mit der Art, wie er seine Geschichten – nein, *unsere* Geschichten – erzählt, bringt er mich mehrmals zum Lachen. Einmal sogar so heftig, dass ich mich am Kartoffelbrei verschlucke und er mir auf den Rücken klopfen muss.

Als die Schwester schließlich zurückkommt und Alex praktisch vor die Tür setzt, bedaure ich das richtiggehend. Ich hätte gerne noch mehr gehört.

Jedoch zucke ich zurück, als Alex sich über mich beugt und mir zum Abschied einen Kuss geben will. Seine offenkundige Enttäuschung versetzt mir einen Stich, trotzdem kann ich mich nicht überwinden. Schlussendlich ist er immer noch ein Fremder für mich.

Bevor ich mich schlafen lege, höre ich mir die Songs von *Snake Attack* an und stelle fest, dass sie mir tatsächlich richtig gut gefallen.

Mit dem Gefühl, dass sich der Nebel in meinem Kopf langsam zu lichten beginnt und damit alles noch viel komplizierter wird, döse ich ein.

Am nächsten Tag kann ich es kaum erwarten, dass mich Alex endlich besuchen kommt und mir mehr erzählt. Als sich am Nachmittag die Tür öffnet, sehe ich ihm gespannt entgegen. Doch mein Lächeln erstirbt, denn es ist nicht Alex, der da mit einem Strauß langstieliger roter Rosen und einem mit Helium gefüllten Ballon in der Tür steht, sondern Jason.

Bei seinem Anblick vollführt mein verräterisches Herz einen Salto und ich würde es am liebsten packen und in eine Mülltonne treten. Doch dann kommt mir eine Idee ...

»Hey Baby.« Strahlend tritt er ein und schließt die Tür hinter sich. »Wie geht es dir?«

»Schon viel besser, danke. Ich glaube, meine Erinnerungen kommen langsam zurück. Zumindest sind da ... Fetzen. Eindrücke, verstehst du?«

Sein Gesicht versteinert. »Ach, tatsächlich? Das ... das ist ja großartig.« Er lässt den Ballon los, der daraufhin an die Decke schwebt, legt die Blumen auf die Fensterbank und sinkt auf den Besucherstuhl.

»Ja, nicht wahr? Nur sind diese Erinnerungsfetzen aus dem Zusammenhang gerissen und ich verstehe vieles nicht.«

Jason räuspert sich und rutscht nervös auf dem Stuhl herum. »Was zum Beispiel? Vielleicht kann ich dir helfen?«

»Naja, zum Beispiel die Sache mit Meg. Ich weiß, dass wir gestritten haben. Aber ich erinnere mich nicht, weshalb ...« Grübelnd kratze ich mir am Kopf und beobachte dabei Jason aus den Augenwinkeln. »Ich glaube, ich rufe sie einfach an und frage sie.«

»Nein, mach das nicht«, sagt Jason schnell. »Sie wird dir sowieso nicht die Wahrheit sagen.«

»Ach nein?«

Er schüttelt den Kopf. »Um ehrlich zu sein ... ging es bei dem Streit um mich.«

Ich sehe ihn neugierig an. Offenbar geht mein Plan auf und er ergreift die Chance, reinen Tisch mit mir zu machen.

»Was ist passiert?«, frage ich nach, nachdem er nicht von selbst fortfährt.

»Naja ...« Er druckst herum und verschränkt die Arme vor der Brust. »Meg hat sich während einer Party an mich rangeschmissen. Und weil ich sie abblitzen ließ, hat sie dir hinterher erzählt, wir hätten was miteinander gehabt.«

Ich blinzle ihn verblüfft an. Das gibt der ganzen Sache einen gänzlich neuen Dreh. War damals etwa gar nichts zwischen ihnen passiert? War ich einer Lüge aufgesessen und hatte grundlos Schluss gemacht? Ist das hier vielleicht wirklich die Chance für einen Neuanfang? Plötzlich habe ich das Gefühl, dass ich dringend frische Luft benötige.

»Hör mal, könntest du vielleicht einen Rollstuhl besorgen und mit mir einen Spaziergang machen? Seit ich hier bin, war ich noch kein einziges Mal draußen.«

Mit einem breiten Lächeln im Gesicht steht er auf. »Aber klar. Bin gleich zurück.«

Kurz darauf schiebt Jason mich eine Rampe hinunter in den verschneiten Park. Ich trage einen gefütterten Militärparka und eine Mütze, die ich beide nicht kenne und die eigentlich gar nicht meinem Stil entsprechen. Dachte ich zumindest.

Um meine Beine habe ich eine Wolldecke gewickelt. Es ist zwar sonnig, aber frostig kalt und Eiskristalle glitzern auf der Schneedecke und in den Baumwipfeln.

Leider kann ich diese Schönheit nicht recht genießen, denn tausend Gedanken rasen gleichzeitig durch meinen Kopf und mein Herz versucht verzweifelt, den Wirrwarr, in dem es steckt, zu entflechten.

Gierig atme ich die klare Luft ein und schließe die Augen. Jasons Stimme und Nähe sind mir so vertraut, wohingegen alles, was Alex betrifft, neu und fremd für mich ist.

Wenn Jason sich jetzt hinabbeugen und mich küssen würde, würde ich nicht zurückschrecken.

Perplex öffne ich die Augen. Warum hat er mich eigentlich noch nicht geküsst, noch nicht mal zur Begrüßung? Und nicht nur das, er hat mich auch nicht in den Arm genommen. Er hat mir nicht einmal die Hand gereicht, Himmel nochmal!

Und warum fällt mir das erst jetzt auf?

Wenn ich es recht bedenke ... Jasons Nähe fühlt sich zwar vertraut an, aber deshalb noch lange nicht richtig. Ganz im Gegenteil, es ist ... verlogen. Das ist das einzige Wort, das mir in den Sinn kommt. Als klammerten wir uns an etwas, das es schon lange nicht mehr gibt. An eine Erinnerung, eine Wunschvorstellung.

»Sam?«

Ich schrecke aus meinen Gedanken auf. »Was?«

»Ich wollte wissen, was eigentlich genau passiert ist.«

»Oh, ein Eisblock ist auf mich draufgefallen. Beim Eisskulpturschnitzen.«

Er lacht ungläubig auf. »Oh Baby, warum machst du denn auch so einen unnützen Mist?«

»Ich wollte eben etwas Neues ausprobieren«, erwiderte ich säuerlich. »Damit kennst du dich doch aus, oder?«

Sein Lächeln erlischt wie eine erstickte Flamme. »Wie meinst du das?«

»Ach, nichts«, winke ich ab.

Er geht neben mir in die Hocke, nimmt meine Hand und sieht mich durchdringend an. »Ich weiß, dass das alles verwirrend für dich ist, Sam. Aber das Einzige, das du wissen musst, ist, dass ich dich liebe. Und du liebst mich. Was in den letzten Monaten passiert ist, ist doch völlig belanglos.«

Als ich in diese Augen sehe, in denen ich mich schon unzählige Male rettungslos verloren habe, glaube ich, dass er die Wahrheit sagt, dass wir tatsächlich einfach dort anknüpfen können, wo wir vor neun Monaten aufgehört haben. Dass die verlorene Zeit gut und gerne verloren bleiben kann und keine Rolle spielt.

»Lügner!«

Mein Herz setzt aus und ich fahre herum. Alex steht hinter uns und sieht so wütend aus wie ein gereizter Stier.

Mit gesenktem Kopf und geblähten Nasenflügeln marschiert er auf uns zu und verpasst Jason, der in die Höhe geschossen ist, einen Stoß gegen die Schulter. »Lass sie in Ruhe, Drecksack!«

Jason lässt das nicht auf sich sitzen und boxt seinerseits auf Alex´ Schulter ein. »Was, damit du Blödmann dich wieder an meine Freundin ranschmeißen kannst?«

»Sie ist schon lange nicht mehr deine Freundin. Du bist so-was von Geschichte!«

»Tja, offensichtlich ja nicht«, schnaubt Jason. »Sie hat *mich* angerufen und *dich* einen blöden Wichser genannt.«

Alex´ Blick flackert zu mir.

»Nein, das war ...«, versuche ich die Sache richtigzustellen, doch ich komme nicht dazu.

»Ich habe die Scherben aufgefegt, die *du* hinterlassen hast«, knurrt Alex und rückt noch ein Stückchen näher an Jason her-an, sodass sie sich nun wie zwei Kampfhunde gegenüberstehen. Ihr beider Atem wabert als weiße Wolke zwischen ihnen. »Ich werde nicht zulassen, dass das noch einmal passiert.«

»Ach komm, so ein Müll wie du ist doch für Putzarbeiten wie geschaffen!«

Hilflos sehe ich zu den Männern auf. Dem einen, an dessen Liebe ich mich erinnere und dem anderen, von dessen Liebe ich nur weiß. Und ich habe keine Ahnung, was ich tun, auf wessen Seite ich mich stellen soll.

»Hört auf!«, bricht es schließlich aus mir heraus. »Im Mo-ment bin ich mit keinem von euch zusammen!«

Alle zwei sehen mich mit demselben verdatterten Ausdruck an.

»Es tut mir leid«, fahre ich leiser fort. »Aber sich an etwas zu er-innern, beziehungsweise etwas zu wissen, ist nicht das Gleiche, wie es zu fühlen.«

»Gib mir eine Chance, dass du dich wieder in mich verliebst, Baby«, sagt Jason fast flehentlich. »Wir gehören zusammen, das hast du immer gesagt.«

Alex schüttelt verächtlich den Kopf. »Als du sie mit ihrer besten Freundin betrogen hast, hat sich ihre Meinung diesbezüglich geändert, Kumpel.«

»Das war ein Fehler! Und es ging von Megan aus, ich wollte das gar nicht!«

»Steh wenigstens dazu, du Schlappschwanz.«

»Hey!« Ich versuche, mir energisch Gehör zu verschaffen. »Schluss jetzt! Ihr solltet gehen. Alle beide! Ich will im Moment keinen von euch um mich haben. Ich muss erstmal wieder mich selbst finden, bevor ich mich mit euch befassen kann.«

Alex sieht mich fassungslos an und schüttelt dann den Kopf. »Was für eine verdammte ...« Wüst fluchend wendet er sich um und stapft durch den Schnee davon.

Jason sieht mich fragend an, doch als ich ihm ein »Verschwinde!« entgegenschleudere, tritt auch er den Rückzug an.

Sobald beide außer Sichtweite sind, breche ich in Tränen aus.

Der Pfleger, der mich wenig später zurück in mein Zimmer schiebt, überbringt mir die einzig gute Nachricht des Tages: Ich darf nach Hause! Sofort rufe ich meine Eltern an und informiere sie, dass sie mich am nächsten Morgen abholen können.

Ein fröhliches Weihnachtsfest wird es vermutlich dennoch nicht geben, denn ich habe das Gefühl, an einem Tag gleich mit zwei Männern Schluss gemacht zu haben.

Jasons rote Rosen will ich nicht um mich haben, deshalb schenke ich sie meiner Lieblingskrankenschwester, die mich immer mit einer Extraportion Pudding versorgt hat.

Ich ergebe mich gerade ausgiebig dem Trübsalblasen und sehe mir die millionste Wiederholung von *Ist das Leben nicht schön?* an, als es erneut an meiner Tür klopft.

»Hi«, Alex trägt seine grimmigste Miene zur Schau. »Eigentlich wollte ich nicht mehr kommen, aber meine Nan hat mich praktisch genötigt, die vorbeizubringen.« Er reicht mir eine Blechdose mit Rudolph, dem rotnasigen Rentier auf dem Deckel.

»Was ist das?« Ich schalte den Fernseher ab und öffne die Dose. Ein verführerischer, süß-würziger Weihnachtsduft steigt mir in die Nase.

»Zimtsterne.«

Ich sehe fragend auf und er seufzt ergeben, als hätte er nicht die geringste Lust, mir eine Erklärung zu liefern.

»Wir waren neulich bei meiner Großmutter zu Besuch. Sie stammt aus Deutschland und hat traditionelle Weihnachtsplätzchen gebacken. Die Zimtsterne hatten es dir besonders angetan. Und als ich ihr heute erzählte, dass du im Krankenhaus liegst, wollte sie unbedingt, dass ich dir welche vorbeibringe. Also ...« Er vollführt eine theatralische Geste Richtung Gebäck, »... hier sind sie. Auftrag ausgeführt. Lass sie dir schmecken.«

In einer abgehackten Bewegung macht er auf dem Absatz kehrt und ist schon wieder auf halbem Weg zur Tür.

»Alex?«

»Was?« Er hält den Kopf gesenkt und dreht sich nicht um.

»Es tut mir leid. Ich ... ich wünschte wirklich, ich würde mehr für dich empfinden.«

Seine Schultern zucken nach oben. »Du kannst dein Herz nicht zwingen, schätze ich.«

»Nein ... aber ich mag dich und verbringe gerne Zeit mit dir. Wäre dir das fürs Erste genug?«

Nun dreht er sich doch um und sieht mich mit seinen unergründlichen blauen Augen an. »Ist das deine Art mir zu sagen: Lass uns Freunde bleiben?«

»Vielleicht ...«

Er senkt den Blick und schüttelt kaum merklich den Kopf. »Nein, das wäre mir nicht genug.«

Tränen steigen mir in die Augen. Es schmerzt mich, ihm so weh zu tun. »Du hast doch gesagt, dass du mich nur in Ruhe lässt, wenn ich am Tag meiner Entlassung noch immer nicht mit dir zusammen sein will.« Ich schlucke krampfhaft. »Morgen werde ich entlassen und ich will mit dir zusammen sein.« Selbst in meinen Ohren klinge ich wie ein störrisches Kind.

»Als ich das sagte, war mir nicht klar, wie schwer es sein würde, in deiner Nähe zu sein, ohne ... ohne dir nahe zu sein. Es tut mir leid, Sam. Aber ich glaube nicht, dass ich das hinbekomme. Zumindest jetzt noch nicht.«

»Verstehe.« Enttäuscht nehme ich mir einen Zimtstern aus der Dose und knabbere daran ...

... und mit dem süßen Geschmack des Gebäcks kommt einer Flutwelle gleich die Erinnerung an den Nachmittag bei Alex' Großmutter zurück. Die Eindrücke überschwemmen mich, strömen auf mich ein, über mich hinweg, durch mich hindurch, durchdringen jede Faser meines Gehirns und meines Herzens. Ich sehe das gemütliche Wohnzimmer mit der Kuckucksuhr, dem überladenen Weihnachtsschmuck und den unzähligen Fotos aus ihrer Heimat vor mir. Sehe ihr wohlwollendes, warmes Lächeln, als sie Alex und mich zusammen betrachtet. Höre ihre Stimme mit dem noch immer leicht hörbaren deutschen Akzent, sehe das Album mit Alex' Kinderfotos, das sie mir gezeigt hat. Und ich fühle den Kuss, den Alex und ich vor ihrem Haus geteilt haben, diesen Kuss, der nach Punsch und Schokolade und

Zimtsternen geschmeckt hat. Ich spüre, wie mein Herz dabei fast aus meiner Brust gehüpft wäre und wie die Schmetterlinge in meinem Bauch einen wilden Tanz aufgeführt haben.

»Zimsternküsse ...«, hauche ich und Alex, der gerade die Tür geöffnet hat, fährt zu mir herum.

»Was hast du gesagt?«

»Zimsternküsse! So haben wir das doch genannt, nicht wahr? Und nach dem Besuch bei deiner Nan sind wir zu dir gefahren und wir haben uns diesen doofen französischen Film angesehen, den keiner von uns kapiert hat.«

»Hey, du wolltest den unbedingt sehen!« In Alex' Augen leuchtet es hoffnungsvoll und in seinen Mundwinkeln wartet ein Lächeln darauf, durchzubrechen.

»Ja, ich weiß. Aber immerhin wurdest du von mir reich belohnt, nachdem du dich heldenhaft durch den Streifen gequält hast, nicht wahr?«

»Das wurde ich, keine Frage.« Mit zwei Schritten steht er am Bett und nimmt meine Hand. »Erinnerst du dich wieder an alles, Sam?«

Ich horche in mich hinein und schüttle etwas frustriert Kopf. »Nein, nur an diesen einen Tag.«

Doch dann strahle ich ihn an. »Aber das macht nichts. Denn ich weiß jetzt alles, was ich wissen muss.«

Ich schnappe mir seinen Hemdkragen, ziehe ihn zu mir hinunter und lege meine Lippen auf seine. Der Kuss schmeckt genau wie an jenem Nachmittag vor dem Haus seiner Großmutter: nach Weihnachten und dem süßen Versprechen, dass wir am Anfang von etwas Wunderbarem stehen.

Lea und Juli

Andrea Bielfeldt

Freundschaft aus Kindertagen ...

Ich werde vermutlich nie begreifen, was die Leute an Weihnachten so toll finden. Von wegen besinnliche Weihnachtszeit ...

Alles, was ich sehe, während ich am Punschstand stehe und meinen Glühwein trinke, sind gestresste Muttis, die ihre Kinder von den Spielsachen fortzerren und bepackt mit einem Dutzend Tüten durch die Einkaufsgassen eilen. Verzweifelte Männer, die auf den letzten Drücker von Geschäft zu Geschäft hetzen. Und das nur, um in allerletzter Minute ein Geschenk für ihre Frauen zu besorgen und letztendlich mit kunstvoll eingepackten Päckchen aus der Parfümerie zum nächsten Glühweinstand zu stürzen. Oder Gruppen von Teenagern, die kichernd die Kassen der Modeschmuckgeschäfte belagern, weil sie für ihre erste Liebe ein Freundschaftsband ergattert haben. Überfordertes Personal, das mit dem Ansturm der Kunden nicht mehr zurechtkommt. Sicher könnten die sich auch etwas Besseres vorstellen, als den lieben langen Tag nur freundlich zu grinsen und gefühlte 598 mal »Frohe Weihnachten« zu sagen, während sie die Tüten nebst Wechselgeld an genervte Konsumenten überreichen.

Am Schlimmsten aber sind die verliebten Pärchen, die kuschelnd die Auslagen im Schaufenster des Juweliers betrachten, mit dem geheimen unausgesprochenen Wunsch, der Partner möge auf die stumm ausgesendeten Signale anspringen. »Pah!«

Ich drehe mich weg. Lieber stecke ich meine Nase wieder in meinen Becher mit Glühwein, als in anderer Leute Weihnachtsstress. Ich bin ja sowas von zufrieden, dass ich diesen ganzen Rummel mit Nichtachtung strafen kann.

Meine Familie und ich werden Weihnachten nur im kleinen Kreis verbringen. Zusammen mit Mama, Papa, meinem Bruder Jan und Oma Hilde. Wir werden uns ein schönes Weihnachtsessen gönnen und danach bis in die Nacht hinein Trivial Pursuit spielen. Da wir uns nichts Großes schenken, bleibe ich glücklicherweise von dem ganzen Einkaufsrummel verschont. Ein paar Kleinigkeiten gibt es immer, aber die sind schnell besorgt, wenn man weiß, was der andere mag.

»Hey, Lea!« Ein flüchtiger Kuss landet auf meiner Wange und Anna steht grinsend vor mir.

»Hey, da bist du ja endlich. Ich warte schon ewig.« Lachend rolle ich mit den Augen. Selbst wenn sie zu spät gewesen wäre, könnte ich ihr nicht böse sein.

Anna ist seit der Grundschule meine beste Freundin. Zusammen sind wir mehr als einmal durch dick und dünn gegangen, haben uns die Nächte mit dem Liebeskummer der anderen um die Ohren geschlagen und waren immer füreinander da. Mit ihr kann ich lachen oder weinen. Manchmal auch beides gleichzeitig.

Annas dunkle Locken wippen im Takt, als sie den Kopf schüttelt und lacht.

»Ja, ist klar.« Sie schaut auf die Uhr. »Wir sind erst in genau drei Minuten miteinander verabredet.« Kichernd knufft sie mich in die Seite und stellt ihre Tüten auf dem Boden ab. Sie scheint im Weihnachtsrummel mächtig zugeschlagen zu haben. »Daniel? Gibst du mir bitte auch einen Glühwein?« Schmachtend wirft sie dem Jungen hinter dem Tresen einen Blick zu, den er glücklicherweise nicht sieht, weil er gerade Kundschaft bedient, aber als Reaktion auf ihre Bestellung zumindest die Hand hebt.

»Wie immer?«, fragt er, mit dem Rücken zu ihr gedreht. Anna nickt.

»Ja, bitte.«

»Mann, für wen ist denn das alles?« Ich zeige auf ihre Einkäufe. Drei Tüten, prall gefüllt, stehen zwischen ihren Beinen.

»Na, für Mama, Papa, Oma, Opa, und ... für Juli.« Sie grinst. »Und für dich habe ich auch etwas.« Mit einem geheimnisvollen Lächeln zieht Anna ihren Geldbeutel aus der Jackentasche, um ihren Punsch zu bezahlen.

Juli. Mir rutscht das Herz in die Hose, als sie seinen Namen erwähnt, aber glücklicherweise bleibt mir keine Zeit, mir allzu viele Gedanken darüber zu machen.

»Nein, lass mal. Geht auf mich«, sagt Daniel von der anderen Seite des Tresens und zwinkert ihr zu. »Weil morgen Weihnachten ist.«

»Oh, vielen Dank.« Ich verkneife mir das Grinsen. Kann es sein, dass Anna tatsächlich rot wird? »Womit habe ich das verdient?«

»Na, als Stammkundin ...« Er lacht und zwinkert ihr erneut zu. Annas Gesichtsfarbe wird noch eine Nuance dunkler. Ich verstecke meine Nase schnell in meinem Becher, um nicht in Versuchung zu kommen, einen unpassenden Spruch loszuwerden.

Anna und ich treffen uns fast jeden Abend an diesem Glühweinstand auf einen Feierabendpunsch. Und das nur, weil der süße Daniel hinter dem Tresen es ihr vom ersten Moment an angetan hat. Und heute, am vorletzten Tag des Weihnachtsmarktes, scheint er seine Chance zu ergreifen. Es sieht aus, als hätte er nun endlich begriffen, dass Anna auf ihn abfährt, und dass ihm nicht mehr viel Zeit bleibt ihr näher zu kommen.

Ich stehe etwas verloren daneben, während die beiden nun tatsächlich miteinander flirten. Ich freue mich für meine Freundin und beschließe, den Zweien ein wenig Privatsphäre zu lassen. Hastig stürze ich den letzten Schluck meines Glühweins hinunter.

»Ich bin gleich wieder da«, sage ich und zeige auf den Stand mit den Mützen einige Meter weiter. »Ich geh mal gucken.« Anna nickt abwesend. Ich sehe schon sie hat mich gar nicht mehr auf der Pfanne, was ein untrügliches Zeichen dafür ist, dass sie sich ganz und gar auf Daniel konzentriert. Und wenn ich ihn mir so ansehe, dann kann ich es ihr nicht verübeln. Er sieht schnuckelig aus, wie er so dasteht. Auch seine Wangen sind rot und die Aufregung steht ihm ins Gesicht geschrieben. Vielleicht hat Anna ja diesmal wirklich Glück. Ich wünsche es ihr von Herzen. Nachdem wir beide in den letzten Jahren mehr Pech als Erfolg mit den Jungs hatten, wäre es ein krönender Jahresabschluss, wenn sich wenigstens für sie der allabendliche Gang zur Glühweinbude gelohnt hätte.

Nachdenklich sehe ich mir ein paar Mützen an, doch konzentrieren kann ich mich nicht. Ich schlendere weiter an der Eisbahn entlang. Wie lange ist es her, dass ich so glücklich war? Ich denke an Juli, Annas älteren Bruder, der eigentlich Julian heißt und meine erste große Liebe war.

Seit Anna und ich befreundet sind, ist er aus meinem Leben nicht mehr wegzudenken. Als ich sechs Jahre alt war und weinend vor ihrer Tür stand, weil wir uns gestritten hatten, hat er schlichtweg meine Hand genommen und mich getröstet. In dem Moment ist er unausgesprochen zu meinem Beschützer geworden, zu dem ich immer aufgesehen habe. Daran änderte sich auch nichts, als wir älter wurden. Doch vor zwei Jahren dann verliebte ich mich in ihn. Einfach so. Ich habe mein Herz an ihn vergeben und es bisher nicht wieder zurückbekommen. Nur leider ist es nicht so, dass ich damit glücklich wäre.

Aus Juli und mir ist nie ein Paar geworden, geschweige denn, dass er von meinen Gefühlen für ihn weiß. Selbst Anna ahnt nichts davon und ich werde den Teufel tun, ihr von meiner Verliebtheit zu erzählen. Auch wenn sie meine beste Freundin und somit zur absoluten Verschwiegenheit verpflichtet ist - sie würde sofort loslaufen und ihrem Bruder alles brühwarm auf die Nase binden. Und das will ich vermeiden.

Juli ist zwei Jahre älter als seine Schwester und damit auch als ich. Auf Annas achtzehntem Geburtstag im Sommer vor zwei Jahren habe ich mich in ihn verguckt. Ganz plötzlich, aus heiterem Himmel hat mein Herz sich ihm zu Füßen gelegt, ohne dass ich etwas dagegen tun konnte. Dabei war er bereits in festen Händen, hatte einen völlig anderen Freundeskreis und war überhaupt nicht meine Kragenweite. Er war viel zu cool, zu bewandert und zu erfahren, um sich in ein kleines naives Ding wie mich zu verlieben. Zumal ich nur die Freundin seiner Schwester war und uns über Jahre lediglich eine innige Freundschaft verbunden hatte. Mein Verstand wusste das. Doch interessierte das mein Herz? Kein bisschen.

Aber ich wollte auch nicht, dass er mich für ein dummes Ding hält, das ihm nachläuft, und bin ihm bewusst von da an aus dem Weg gegangen.

Mir war klar, dass wir niemals zusammenkommen würden. Doch jedes Mal, wenn Anna seinen Namen fallen ließ, kamen die Gefühle zurück wie ein Keulenschlag, krallten sich in meine Magenwände und brachten sofort alles wieder durcheinander. Und das ist bis heute so geblieben. Bisher hat es noch kein anderer Junge geschafft, dass ich mein Herz und meine Gedanken endgültig von Juli lösen konnte.

Seufzend reihe ich mich in die Schlange vor der Crêpes-Bude ein. Dort gibt es die weltleckersten Kekse und ich muss unbedingt noch eine Tüte davon ergattern.

»Einmal Zimtsterne bitte«, sage ich, als ich endlich an der Reihe bin. »Die große Tüte.« Ich zeige auf die 750-Gramm-Packung in der Auslage und allein bei dem Gedanken an diese Versuchung läuft mir das Wasser im Mund zusammen. Sofort nach dem Bezahlen nehme ich mir einen Stern heraus und beiße genüsslich hinein. Was für eine Geschmacksexplosion!

Kauend schaue ich auf meine Uhr, die mir zeigt, dass ich Anna und ihrem Daniel nun genügend Zeit gelassen habe, um sich näher zu kommen.

Meine Füße sind eiskalt und meine Hände verlangen nach einem heißen Becher Glühwein, den sie umklammert halten können, um sich daran zu wärmen. Ich bringe es jedoch nicht übers Herz, die Kekstüte in meiner Tasche zu verstauen. Dafür schmecken sie einfach zu gut und mein Magen ist überglücklich, dass ich ihn endlich mit Nahrung versorge. Seitdem ich meine Ausbildung in der Werbeagentur begonnen habe, komme ich kaum noch dazu, vernünftig zu essen. Eine Käsestulle am Computer, ein schneller Salat in der Kantine und abends vielleicht noch ein Stück Schokolade. Zu mehr reichen meine Zeit und meine Begeisterung fürs Kochen einfach nicht. Meine Hüften danken es mir, aber ich sollte aufpassen. Schließlich ist es nicht so, dass ich zu viele Kilos mit mir herumschleppe. Nicht, dass bald nicht mehr als ein Strich in der Landschaft von mir zu sehen ist. Um dem vorzubeugen, beschließe ich, später noch einkaufen zu gehen und mir heute Abend ein richtig ausgedehntes Mahl zu gönnen.

Mit langsamen Schritten und einer Hand in der Kekstüte mache ich mich auf den Weg zurück zum Glühweinstand. Doch als ich näher komme und erkenne, wer dort neben Anna steht, trifft mich fast der Schlag.

Es ist zu spät umzukehren, aber erst recht zu früh, um ihn zu treffen. Zu wirr sind meine Gedanken, nicht ausgereift mein Plan, was ich ihm sagen will. Doch das Leben ist keine Blumenwiese, auf der man sich genüsslich ausruhen kann. Ich hebe mein Kinn, straffe meine Schultern und mache mich bereit für eine Begegnung, die so nicht geplant war.

... entwickelt sich zu ...

»Lea, hey.«

Juli nimmt mich zur Begrüßung in den Arm und drückt mir einen leichten Kuss auf die Wange. Ich rieche sein Aftershave und schließe für einen Moment benommen die Augen. Seine kaffeebraunen Locken kitzeln meine Haut und die Stoppeln seines Drei-Tage-Barts jagen einen wohligen Schauer durch meinen Körper.

Meine Hände liegen auf dem Stoff seiner dicken Jacke und trotzdem habe ich das Gefühl, sein Blut darunter pulsieren zu fühlen. Wie gerne würde ich mich jetzt an seine Brust schmiegen und dort den Rest meines Lebens verbringen. Erschrocken über mein plötzliches Verlangen ziehe ich mich von ihm zurück. Wir sind nur Freunde. Kein Grund für meinen Puls, gleich abzugehen wie ein liebeskrankes Karnickel.

»Juli. Schön dich zu sehen.« Ich kann nicht verhindern, dass mir das Blut ins Gesicht schießt und wende mich kurz ab, um so zu tun, als müsste ich mir die Nase putzen. Doch natürlich hat sich der Inhalt meiner Tasche gegen mich verschworen. Ich finde einfach kein Taschentuch und somit nichts, wohinter ich meine rote Bombe verstecken kann.

»Ja, ich freu mich auch, dich zu sehen.«

»Ich mich ... ähm ... auch ...« Seine braunen Augen durchdringen mein Innerstes und ich fange tatsächlich an, zu stottern. Wie peinlich. Selbst ein Taschentuch mit den Ausmaßen einer Bettdecke vor meinem Gesicht könnte meine Röte jetzt nicht mehr verdecken. »Was ... machst du denn schon hier?«, stammle ich weiter, um von mir abzulenken. Laut Anna soll er erst morgen ankommen.

»Ich habe es ohne euch nicht mehr ausgehalten und mich heute früh schon in den Zug gesetzt.« Das Grübchen auf seiner linken Gesichtshälfte gräbt sich tief in seine Wange, und wenn ich dürfte, dann würde ich es jetzt mit dem Finger vorsichtig nachfahren. Aber ich darf nicht und wende ganz schnell den Blick ab, weil meine Beine nachgeben wollen und ich mich zusammenreißen muss. Ich drücke mir meine Fingernägel in die Handflächen. Autsch.

»Ach, du ...« Anna boxt ihn, und es artet in eine geschwisterliche Kabbelei aus, so dass mir kurz Zeit bleibt, durchzuatmen. Ich hätte wirklich nicht gedacht, dass ich in seiner Nähe noch immer so schwach werde. Das macht mich ganz kirre und ich stopfe mir verlegen einen Zimtstern zwischen die Lippen. In der Regel bin ich nicht auf den Mund gefallen. Eigentlich rede ich mein Gegenüber in Grund und Boden. Aber jetzt ... Mit Juli ist plötzlich alles anders. Ich fühle mich wie ein Backfisch. Stumm und unerfahren.

Juli bestellt eine Runde Glühwein für uns und ich halte mich sofort an meinem Becher fest.

»Und, Mädels? Was liegt an heute? Oh, lecker! Darf ich?« Er zeigt auf die Tüte mit den Zimtsternen, die ich vor mir auf den Tresen gelegt habe.

»Klar«, sage ich und schiebe sie ihm entgegen. Ich zucke zusammen, wie bei einem elektrischen Schlag, als er mit seinen Fingern meine berührt.

»Ach, wir wollten eigentlich nur einen Glühwein trinken und vielleicht noch was essen gehen«, sagt Anna. »Oder Lea?« Ich nicke stumm und sehe dem Keks hinterher, der gerade langsam zwischen Julis Lippen verschwindet. Der stille Wunsch, ein Zimtstern zu sein, wird in mir wach.

»Niff eifflaufnn?«, nuschelt er mit vollem Mund.

»Was?« Ich lache auf. Juli versucht tatsächlich, eine ernste Miene aufzusetzen, doch das scheitert kläglich, so dass ich nur noch mehr kichern muss. Das Blitzen in seinen Augen straft seinen Gesichtsausdruck Lügen und nach einigen Sekunden grinst er.

»Ich wollte eigentlich mit euch eislaufen.« Er schluckt, beruhigt sich wieder und zeigt zur Eisbahn. »Das wird bestimmt ´ne Mordsgaudi. Was haltet ihr davon?« Ich schüttele den Kopf.

»Mich kriegen keine zehn Pferde aufs Eis.«

»Wieso das nicht?«

»Bei meinem Glück breche ich mir doch alle Knochen.«

»Ach, so ein Quatsch. Kommt schon. Das wird lustig. Ich stütze dich auch, Lea. Versprochen.« Er zwinkert mir zu. »Und danach spendiere ich euch ein Buffet beim Chinamann. Na? Was sagt ihr?« Sein intensiver, fragender Blick durchdringt meine Fassade, die ich aufrecht zu halten versuche. Ich wende meine Augen schnell ab und schaue auf den Schneematsch zu meinen Füßen.

»Weiß nicht ...« Im Normalfall bin ich nicht so eine Spaßbremse, aber Julis Anwesenheit verunsichert mich, und ich fühle mich, als wäre ich zwölf und das erste Mal von einem Jungen angesprochen worden. Puh.

»Au ja! Los Lea, das wird bestimmt lustig!«, tönt Anna an meiner Seite und schüttelt mich am Arm. Ein Stöhnen will aus mir herausbrechen.

»Ich hab gleich Feierabend. Wenn ich darf ...«, klinkt Daniel sich in das Gespräch ein. Anna verfällt in Euphorie.

»Ja! Das wäre klasse! Klar, ich freu mich, wenn du mitkommst.«

»Also abgemacht?«, fragt Juli. Anna nickt und wendet sich sofort mit verträumtem Gesichtsausdruck wieder ihrem Daniel zu. »Und du, Lea?« Das Nein, das mir auf der Zunge liegt, bleibt mir im Hals stecken, als sein Blick meinen trifft. Diese braunen Augen hatten schon damals eine magische Wirkung auf mich, und ich muss erkennen: Es hat sich nichts geändert. Auch, wenn ich bestimmt eine lustige Figur auf dem Eis abgeben und mir alle Knochen brechen werde ich kann mich seiner stummen Bitte nicht entziehen. Und wenn ich ehrlich zu mir selbst bin, dann freue ich mich riesig darauf, mich vielleicht klammernd an ihm festhalten zu können.

»Habe ich eine Wahl?«, versuche ich mich halbherzig aus der Affäre zu ziehen. Doch Juli lässt mir keine Chance. Er nimmt mir meinen mittlerweile leeren Becher aus der Hand, stellt ihn auf den Tresen, raunt Anna noch etwas ins Ohr, und zieht mich dann mit sich. »Nein, hast du nicht.« Als er meinen Ärmel loslässt und sich den Weg zu meinen Fingern bahnt, um sie festzuhalten, stolpere ich fast über meine eigenen Füße. Wie gut sich das anfühlt.

Schnell stopfe ich die Tüte mit den restlichen Zimtsternen in meine Tasche und versuche, im Gedränge mit ihm Schritt zu halten. Aufgeregt wie ein kleines Kind lasse ich mich von seinem Lachen anstecken, auch, wenn mein Kopf einem Bienenstock gleicht, in dem meine Gedanken ungeordnet umherschwirren.

Die Königin hat kapituliert. Die Optimistin in mir will vor Glücksgefühlen durch die Menge tanzen, doch meine pessimistische Ader schlägt das gerade aufkeimende Entzücken schnell mit einem »Außer dir ist ja niemand da, mit dem er Eislaufen kann. Du bist nur eine Freundin. Sonst nichts« nieder.

Am Eingang lässt Juli meine Hand los ich glaube fast, seinen Widerwillen dagegen zu spüren und wühlt seine Geldbörse heraus. Er zahlt gentlemanlike den Eintritt sowie die Schlittschuhe für mich mit. Ich gebe in der Zeit meine Tasche an der Garderobe ab, denn mit diesem Riesending wird es unmöglich sein, auch nur einigermaßen elegant über das Eis zu laufen.

»Welche Größe brauchst du?«

»Achtunddreißig.« Die Dame hinterm Tresen reicht mir ein Paar blaue Schlittschuhe, die schon bessere Tage hinter sich haben und nicht gerade vertrauenerweckend wirken. Ich sehe mich schon ungraziös über das Eis schlittern. Und zwar auf dem Hintern. Aber was tut man nicht alles für ein bisschen Spaß der anderen.

Juli steht mit seinen Schlittschuhen an den Füßen vor mir, während ich mit meinen eiskalten Fingern immer noch mit den Verschlüssen dieser klobigen Dinger kämpfe.

»Soll ich dir helfen?« Ich blicke hoch. Anstatt Ungeduld zu zeigen, blickt er mich sanft aus seinen dunklen Augen an.

»Wenn du nicht alleine laufen möchtest, musst du das wohl. Ich bin offensichtlich zu blond dafür. Warum müssen diese Teile denn immer so kompliziert sein?« Juli lacht leise und hockt sich vor mich. Selbst mit den Schlittschuhen an den Füßen macht er dabei eine gute Figur.

Sowieso hat er sich in den letzten zwei Jahren, die ich ihn nicht zu Gesicht bekommen habe, kaum verändert. In seiner grauen Snowboardjacke, der dunklen Jeans und der dunkelgrauen Beanie über seinen dunklen Locken sieht er aus wie ein kleiner Junge. Vor allem, wenn er so frech grinst wie gerade eben.

Mein Herzschlag beschleunigt sich, als sein Gesicht dem meinen näher kommt. Der Gedanke, dass er mich jetzt vielleicht küssen wird, blitzt kurzzeitig in meinem Kopf auf und ich bin bereit, die Augen zu schließen, um den Moment zu genießen. Doch als er den Kopf tiefer senkt, um die Verschlüsse meiner Schlittschuhe zur Mitarbeit zu bewegen, wird mir die Absurdität dieses Gedankens bewusst und lässt mich kurz darauf laut losprusten. Juli stutzt.

»Was ist denn daran so lustig, bitteschön?« Mit einem Stirnrunzeln hebt er den Kopf wieder und sieht mich fragend an.

»Nichts ... hahahaha ... alles ... hihihi ... gut ... Denk dir nichts ... hahaha ...« Ich kann mich kaum mehr einkriegen. Mein Gott, bin ich dämlich. Da treffe ich meine erste große Liebe wieder und glaube tatsächlich, dass es ihm all die Jahre über nicht anders ergangen ist als mir, und er nichts weiter im Sinn hat, als in der Öffentlichkeit über mich herzufallen und mich zu küssen. »Schön, dass du Spaß hast.« Juli rümpft die Nase, schüttelt den Kopf und macht sich mit seinen langen Fingern erneut an den Verschlüssen meiner Schlittschuhe zu schaffen. Als die Schuhe und ich bereit fürs Eis sind, habe ich mich auch wieder etwas beruhigt. Noch einmal versucht er herauszufinden, was mich gerade so amüsiert hat, doch ich kneife die Lippen fest aufeinander und schweige beharrlich. Das werde ich ihm mit Sicherheit nicht auf die Nase binden.

»Na gut, lass uns das eben in einem Wettkampf ausfechten«, sagt er mit einem Schmunzeln. »Wenn du zwei Runden hintereinander schaffst, ohne zu fallen, dann musst du mir nichts sagen. Packst du es nicht erzählst du es mir. Alles.« Er hält mir die Hand hin. »Okay?« Mit offenem Mund starre ich ihn an.

»Bist du wahnsinnig?« Niemals lasse ich mich darauf ein. »Das ist ein ganz schlechter Deal, und das weißt du genau.« Er zwinkert mir zu, streckt die Hand noch ein bisschen weiter nach mir aus und fordert mich auf, endlich von der Bank aufzustehen.

»Ach ...« Er winkt ab. »So schlimm kann es doch wohl nicht sein, oder?« Do-hoch! Schlimmer sogar. Ich schüttele erneut energisch den Kopf und tippe mir an die Stirn.

»Never ever.«

»Ach, komm schon, Lea. Du warst doch früher ständig für einen Spaß zu haben. Sag bloß, du bist jetzt einer von den Spießern geworden, die du immer gehasst hast?« Mit zusammengekniffenen Augenbrauen und gerümpfter Nase unterstreicht er seine Worte. »Nee, das kann ich nicht glauben. Oder etwa doch?«

»Nein, natürlich nicht«, gebe ich zurück. Das kann ich nicht auf mir sitzen lassen. Ich und ein Spießer. Pfff ... »Aber dieser Deal ist unfair.« Ich klammere mich an seinem Arm fest, als die Schlittschuhe unter mir bedrohlich anfangen, zu wackeln. »Und selbst wenn ich dir davon erzählen würde woher willst du wissen, dass es die Wahrheit ist? Ich könnte mir ja auch was ganz anderes aus der Nase ziehen«, fordere ich ihn heraus und glaube mich damit auf der sicheren Seite. Schließlich könnte ich ihm alles erzählen. Am besten lege ich mir schon mal eine passende Geschichte zurecht.

»Du konntest noch nie gut lügen«, sagt er und hält meine Hand fest in seiner. »Ich entlarve dich, bevor du auch nur einen Satz gesagt hast.« Er zwinkert mir zu. »Und jetzt komm. Sonst wird das Eis noch warm.«

»Du musst wohl immer das letzte Wort haben, was?« Ich lasse mich von ihm hochziehen.

»Klar. Daran hat sich nichts geändert.«

... etwas, mit dem man nicht ...

Wir drehen unsere Runden auf dem Eis. Obwohl es lange nicht so elegant aussieht wie bei den anderen, die so mühelos über die Fläche gleiten, bleibe ich zumindest auf den Beinen. Die Musik, die aus den Lautsprechern dröhnt, macht es mir allerdings nicht einfacher. Mein Körper will ständig versuchen, sich im Takt zu bewegen, was mich immer wieder aus dem Gleichgewicht bringt.

»Ich sehe schon«, ruft Juli mir zu, »dass es hoffnungslos ist. Du wirst niemals mit der Szewczenko konkurrieren können.«

»Das macht gar nichts. Dafür habe ich andere Qualitäten.« Ich bin heilfroh, dass ich mich bisher noch nicht hingelegt habe. Im Gegensatz zu Juli, der sich nach meiner Antwort so erschreckt haben muss, dass er tatsächlich aus dem Tritt gerät und eine Bruchlandung auf dem Eis hinlegt. Lachend liegt er vor mir auf dem kalten Boden und windet sich wie ein Käfer auf dem Rücken. Es scheint ihn überhaupt nicht zu stören, dass er sich gerade bis auf die Knochen blamiert. Er kann wunderbar über sich selbst lachen. Das war schon immer so und das war es auch, was mich damals meinen Verstand gekostet hat, als ich mich in ihn verliebt habe. Männer mit Humor sind eben sexy.

»Ist es denn vielleicht eine deiner Qualitäten, einem alten Mann wie mir aufzuhelfen?« Hilfesuchend streckt er mir die Arme entgegen.

»Wie könnte ich diesem Dackelblick widerstehen ...« Ich muss lachen, greife dann aber doch nach seinen Fingern, um ihm wieder in die Senkrechte zu helfen. Doch ehe ich mich versehe, rutscht unter mir der Boden weg und ich liege auf ihm. »Hey, was ...« Mein Knie ist auf dem Eis aufgeschlagen und tut unglaublich weh, aber diese Schmerzen sind nichts im Vergleich zu dem Vulkan, der gerade in meinem Innersten brodelt, als Julis Blick meinen trifft.

»Dackelblick? Hast du meine Hilflosigkeit gerade Dackelblick genannt?« Er umklammert meine Finger immer noch, sodass sie zwischen uns auf seiner Brust liegen. Ich versuche angestrengt meinen Kopf oben zu halten und seinem Gesicht nicht zu nahe zu kommen, doch sein unwiderstehliches Lächeln, das mich zu ihm zieht, macht es mir nicht leichter.

»Ja, das habe ich«, sage ich mit rauer Stimme.

»Nicht fair.«

»Du hast es nicht anders verdient.«

»Ich? Wieso?«

»Der Vergleich mit der Szewczenko war nicht gerade nett.«

»Ach komm schon. Sie kann besser auf dem Eis du besser auf dem Boden.« Ich lache wehmütig auf. Meine Zeiten in der Turnhalle sind schon längst vorbei, seit ich mir vor einem halben Jahr das Knie bei einem Sturz verdreht habe. Nach der OP ist zwar soweit alles wieder verheilt, aber starke Belastungen soll ich für mein weiteres Leben vermeiden. Es hat mich viel Kraft gekostet, zu begreifen, dass ich nie wieder turnen darf, und es ist noch immer kein Thema, über das ich gerne spreche. Aber woher soll Juli das wissen? Langsam schüttele ich den Kopf.

»Ich turne nicht mehr.«

»Nicht?« Entgeistert starrt er mich an. Ich verneine erneut.

»Nein.« Mehr möchte ich dazu nicht sagen, aber Juli lässt mich nicht los.

Eindringlich sieht er mich an. Er weiß genau, wie viel mir das Turnen bedeutet hat und ich sehe ihm an, dass es ihm unter den Nägeln brennt, zu wissen, was mich davon abhält, meinen Traum weiter zu verfolgen. Und liebend gerne würde ich ihm alles erzählen, aber der Stachel sitzt noch zu tief und ich habe

Angst, dass ich dann anfange zu heulen. Das muss nun wirklich nicht sein.

»Hm ... okay. Aber wenn doch, dann stehe ich gerne als Zuhörer zur Verfügung.« Mit Argusaugen beobachtet er mich und es fällt mir immer schwerer, meine Fassade aufrecht zu halten.

»Ich habe mir vor Monaten das Knie verletzt, als ich beim Salto auf der Matte weggerutscht bin. Seitdem ...« Ich stocke.

»So schlimm verletzt?« Julis Blick verändert sich. Das wilde Funkeln ist verschwunden und macht seinem Mitgefühl Platz.

»Ich wurde operiert und ...« Nach und nach bricht es aus mir heraus und ich lasse Juli tatsächlich an meinem Schmerz teilhaben. »Nicht mehr turnen zu dürfen war für mich lange Zeit schlimmer als ein Weltuntergang. Aber mittlerweile lerne ich, damit umzugehen. Ich werde mir ein neues Hobby suchen müssen. Poesiebildchen sammeln vielleicht.«

»Ich habe deinen Spruch noch in meinem Album«, sagt er und ich lache auf.

»Was? Ehrlich?«

»Ja. Das habe ich erst letztens wiedergefunden. Wenn Du einmal traurig bist, und das Lachen ganz vergisst, schau in dieses Album rein: Bald wirst Du wieder fröhlich sein!«

»Echt? Das habe ich geschrieben?« Er nickt.

»Ganz echt, ja. Und genau das solltest du dir jetzt zu Herzen nehmen. Ich kann mir nicht annähernd vorstellen, wie es ist, seinen Traum aufgeben zu müssen ...« Er drückt meine Hand etwas fester und ich fühle, wie sein Daumen über meinen Handrücken streicht. »Aber gib nicht auf, schau nach vorne. Du bist stark, Lea. Du schaffst das. Und Poesiebildchen sammeln, das ist nichts für dich. Glaub mir. Und wenn du mich brauchst als Zuhörer oder auch nur als Freund ... ich bin für dich da.« Jetzt weiß ich gerade nicht, ob ich lachen oder weinen soll. Seine Worte gehen mir tief unter die Haut und berühren mich in meinem Herzen. Ich weiß, dass er Recht hat, aber das ist es gar nicht. Es ist, weil er es sagt. Und weil er für mich da sein möchte. Das ist es, was ich mir schon immer gewünscht habe, doch er soll es nicht aus Mitleid tun.

»Danke, Juli. Doch du wohnst ein wenig zu weit weg, als dass ich mal eben bei dir zum Ausheulen vorbeischauen kann«, sage ich und versuche, locker zu klingen.

»Lea, ich ... Ich weiß nicht, wie ich es dir sagen soll aber ...« Julis Ton verändert sich, er wird ernster. Ich erschrecke.

»Ja?«

»Ich ziehe noch weiter fort«, bringt er leise heraus. Ich verstehe nicht.

»Was? Wie meinst du das?«

»Australien. Ich gehe nach Australien.« Mein Herz krampft sich zusammen, dass es wehtut. Mein Gesicht verliert von jetzt auf gleich seine Züge, als ich versuche, zu verstehen, was das bedeutet.

»Du gehst nach ... Australien?« Er nickt leicht. Ich schlucke den dicken Kloß hinunter, der sich in meinem Hals gebildet hat. Er darf nicht gehen!, schreit es in meinem Herzen. Das kann doch nicht sein! Und gerade will ich den Mund öffnen, um ihm genau das zu sagen, da reißt uns eine schrille Stimme aus unserer Zweisamkeit auf dem Eis.

»Juli! Juliiiiii!« Die Blase, in der wir uns bis eben noch ganz allein befunden haben, zerplatzt. Gleichzeitig wenden wir die Köpfe nach links. Mir fallen die irritierten Blicke der Eisläufer auf, die um unser Gelage auf dem Eis einen Bogen machen müssen und ich beiße mir grinsend auf die Lippen. Peinlich.

Dann sehe ich eine junge Frau am Rand der Eisbahn stehen, die wild mit einem Arm hin und her winkt und nicht aufhört, Julis Namen zu schreien. Obwohl kreischen trifft es wohl eher.

»Oh Mist!« Juli stöhnt auf und ich merke sofort, wie er sich versteift. Seine Augen, die mich eben noch voller Verständnis und Mitgefühl angeschaut haben, werden schmal und auf einmal ist die Lockerheit der letzten Stunde wie weggeblasen. Plötzlich fühlt sich unsere Blödelei auf dem Eis falsch an und mit dem Anflug eines schlechten Gewissens rolle ich mich vorsichtig von ihm herunter. Ich möchte mir gar nicht vorstellen, wer diese Tussi ist, doch seinem Verhalten nach zu urteilen, ist es kein Besuch, mit dem er gerechnet hat, geschweige denn einer, über den er sich freut.

Ohne ein weiteres Wort lässt er meine Hand los und wir rappeln uns umständlich hoch. Meine Finger fühlen sich ohne Julis wärmende Hände einsam und kalt an, und auch der Rest meines Körpers schreit nach seiner Wärme. Ich bringe ihn zum Schweigen, indem ich mir auf die Lippen beiße und an Poesiebildchen denke.

In dem Moment, als wir uns befangen ansehen, knirscht neben uns das Eis und ich werde so unsanft angerempelt, dass ich ins Schwanken gerate. Juli fängt mich, lässt mich aber sofort los, als ich wieder aufrecht stehe. Anna und Daniel haben mit roten Wangen und leuchtenden Augen seitlich von uns gebremst. Ich sehe, wie es zwischen den beiden gefunkt hat, und freue mich für meine Freundin. Doch die Freude wird schnell getrübt. Juli sieht mich noch einmal an, öffnet den Mund und schließt ihn unverrichteter Dinge wieder, bevor er mich wortlos stehen lässt und zum Rand der Eisbahn schlittert, wo er schon erwartet wird. Ich sehe ihm mit gemischten Gefühlen hinterher.

»Oh nee, was macht die denn hier?« Anna klammert sich an mir fest und legt einen Arm um meine Schulter.

»Wer ist das?«, platzt es dummerweise aus mir heraus. Ich habe eine Ahnung, die ich eigentlich gar nicht bestätigt haben möchte, aber das schert Anna nicht.

»Luisa. Julis Ex. Eine blöde Kuh.«

»Aha.« Eine blöde Kuh, also. Das macht Mut.

»Sie hat ihn vor einigen Monaten sitzen lassen. Wegen einem anderen. Was zum Teufel will sie jetzt hier?« Ihrem Gesichtsausdruck nach zu urteilen, ist Anna nicht glücklich darüber, dass Luisa da ist. »Und vor allem warum lässt er dich einfach stehen?«

»Na ja, ist doch sein gutes Recht. Er ist mir weder eine Erklärung noch sonst was schuldig«, versuche ich sein Verhalten zu rechtfertigen.

»Na hör mal.« Anna sieht mich erstaunt an. »Ich hab doch gesehen, wie ihr miteinander geturtelt habt. Und als ihr auf dem Boden gelegen habt ... da hätte nicht mehr viel gefehlt, dann hättet ihr euch geküsst.« Sie hat uns beobachtet?

»Ach, du spinnst ja«, versuche ich abzulenken. »Da war doch gar nichts. Wir sind nur hingefallen.«

»Genau. Und nicht wieder hochgekommen, nicht? Mensch, Lea. Verkauf mich doch nicht für blöd.« Ein vertraulicher Knuff in die Seite untermalt ihre Worte. »Selbst ein Blinder könnte sehen, wie es zwischen euch geknistert hat. Und ich bin nicht blind, ich bin seine Schwester. Und deine beste Freundin. Ich kenne euch. Beide. Ich kann in euren Gesichtern lesen wie in einem offenen Buch.« Ihr Grinsen wird breiter.

»Ach, Anna. Hör auf«, winke ich energisch ab. »So ein Quatsch. Und nun hör auf damit, ja?« Ich will mich umdrehen, weg aus der Schusslinie, denn ich weiß genau, dass sie nicht locker lassen wird, bis ich zugebe, was sie sowieso schon weiß. Doch sie hält mich fest.

»Sieh dir die beiden an.« Sie zeigt verstohlen auf Juli, wie er am Rand der Eisbahn steht und mit Luisa spricht. »Meinst du, er würde mit ihr jemals glücklich werden?«

Ich schaue hin, auch, wenn ich es nicht will. Der Blick in sein Gesicht schmerzt mich. Anna hat recht. Er sprüht nicht gerade vor Glück und Begeisterung. Seine Miene ist alles andere als entspannt und seine Mundwinkel zeigen nicht das gewohnte, angedeutete Lächeln, das dort eigentlich seinen festen Platz hat. Etwas scheint ihn zu stören. Wenn das mal nicht Luisa ist.

»Ich lauf mal 'ne Runde«, höre ich Daniel sagen und dann sind Anna und ich allein.

»Wusstest du, dass dein Bruder nach Australien gehen will?«, frage ich Anna, bevor mich der Mut verlässt. Erstaunt sieht sie mich an.

»Was? Juli? Nach Australien? So 'n Quatsch. Woher hast du das denn?«

»Von ihm. Gerade eben.«

»Da musst du was falsch verstanden haben ... Obwohl ...« Oh, oh, da ist dieser Ton in Annas Gehirn rattert es gerade. »Luisa.« Sie bringt nur dieses eine Wort heraus.

Verächtlich.

Dann sieht sie zu Juli, dann zu mir. »Sag mal, Lea ...« Oh nein. Jetzt kommt's. Mir ist klar, was sie sagen will. Ihre Stimme nimmt diesen ganz bestimmten Ton an. Diesen Ich-weiß-genau-Bescheid-und-habe-sowieso-recht-Ton. »Wenn du ganz ehrlich mit dir selbst bist ...« Am liebsten würde ich mir die Ohren zuhalten. Und die Augen noch gleich mit dazu. Nichts hören, nichts sehen. Nicht wieder tage- oder gar wochenlang einem Gefühl hinterherhecheln, das nicht erwidert wird. Ich will das nicht. Und doch halte ich still, den Blick noch immer auf Juli gerichtet, und lasse Annas Standpauke über mich ergehen.

Während ihre Worte, die von Du-magst-Juli-mehr-als-du-zugibst über Du-hast-doch-selbst-Schuld bis hin zu Jetzt-sei-doch-mal-ehrlich-mit-dir fast ungehört auf mich einprasseln, beobachte ich Juli und seine Ex.

Sie sieht anders aus als ich sie mir vorgestellt hatte, denn kennengelernt hab ich sie nie. Dass Juli auf solche aufgestylten Tussen abfährt, hatte ich nicht gewusst. Und auch nicht erwartet.

Mit ihrem Leomantel und der Sonnenbrille im wasserstoffblonden Haar würde sie eher nach St. Moritz passen, als an den Rand der Eisbahn unserer Kleinstadt. Oder nach Australien ...? Ich merke, wie tatsächlich ein Gefühl von mir Besitz ergreift, das mich aus der Bahn wirft. Eifersucht? Ein leises Pieken in meiner Brust, das sich verstärkt, als ich sehe, wie sie Juli ihre Hand auf den Arm legt und er sich nicht löst. Was habe ich erwartet? Dass er die Hand seiner Ex-Freundin wegschiebt wie ein lästiges Insekt? Wohl kaum. Wäre sie so eklig, dann hätte er es wohl nicht so lange mit ihr ausgehalten. Obwohl mich ihr Gebaren schon sehr an das einer Spinne erinnert. Immer wieder berührt sie ihn, lacht ihn an, legt den Kopf schief. Was will sie? Ihn zurück? Mit ihm nach Australien? Der Gedanke trifft mich wie ein Stein aus einem Katapult. Und in eben diesem Moment, in dem ich den Schmerz zulasse und Annas Worte nicht mehr wahrnehme, fange ich seinen Blick auf. Ein Blick, wie er tiefer nicht sein könnte. Eine Art zu sagen: Hey ich kann nichts dafür. Ich bin kurz davor, ihm Glauben zu schenken, doch meine Vernunft siegt und ich drehe mich weg. Schnell blinzele ich die aufsteigenden Tränen fort.

»Weinst du etwa?« Anna ergreift meine Schulter und will mich zu sich ziehen, aber ich schüttele sie ab.

»Nein. Ich habe was im Auge. Lass mich.« Mit langsamen Gleitbewegungen versuche ich mich auf den Beinen zu halten und zum Ausgang der Eisbahn zu gelangen. Um dabei nicht an Juli und seiner Ex vorbei zu müssen, drehe ich noch eine Extrarunde, obwohl es andersherum kürzer wäre. Ich vermeide es, meinen Blick an die Bande schweifen zu lassen und starre stur auf das Eis vor meinen Füßen.

... gerechnet hat, und es nennt sich ...

»Hoppla!«

Der Aufprall und ein Aufschrei holen mich aus meinen Gedanken. Mit Schrecken erkenne ich, dass ich mit einem jungen Mann zusammengestoßen bin, der mich jetzt mit einem verblüfften Gesicht ansieht.

»Na, geträumt?« Ich nicke mechanisch und halte mich gerade noch an meinem Gegenüber fest.

»Sorry, tut mir leid«, stammele ich verlegen. Nicht, weil ich mich schäme. Ich bin Kummer gewohnt, denn ich laufe ständig irgendwo dagegen oder renne jemanden um. Nichts Neues also. Sondern, weil mir bewusst wird, wie sehr mich Julis Verhalten beschäftigt.

»Kein Problem. Kann ich dich wieder loslassen oder muss ich Angst haben, dass du gleich umkippst?« Ich merke, wie mir die Röte ins Gesicht schießt und schüttele peinlich berührt den Kopf.

»Nein, alles gut.« Aus dem Augenwinkel sehe ich jemanden auf mich zufahren und einen Wimpernschlag später neben mir mit einer kreischenden Drehung zum Halten kommen.

»Lea? Ist alles in Ordnung?« Ich nicke.

»Oh, ich ... ich hab sie nur aufgefangen. Sorry.« Mein Gegenüber lässt mich nun los. »Pass besser auf, hier ist viel Verkehr.« Dann zieht er leichtfüßig von dannen.

»Wer war das denn?« Juli sieht mich fragend an. Sein Ton gefällt mir nicht. Obwohl irgendwie schon. Er scheint angefressen zu sein. Warum nur? Ist er womöglich eifersüchtig? Warum sollte er? Lea, reiß dich zusammen! Ich beiße mir auf die Lippen. Meine Fantasie geht mal wieder mit mir durch. Doch als ich den Blick hebe und Julis begegne, kommt mir der Gedanke gar nicht mehr so abwegig vor. Mit zusammengekniffenen Augenbrauen und gerunzelter Stirn sieht er auf mich herunter.

»Ich weiß nicht. Ich kenne den nicht.« Warum rechtfertige ich mich eigentlich?

»Aha.«

»Er hat mich nur aufgefangen.«

»Soso.«

»Sonst wäre ich gefallen.«

»Klar.«

»Ja.« Meine Arme wandern wie von selbst vor meine Brust und verschränken sich ineinander. Was bildet er sich eigentlich ein? Wieso zickt er hier so rum? Wer hat mich denn zuerst stehen lassen? Wegen ... Luisa. »Du warst ja nicht da«, platzt es aus mir heraus und im gleichen Moment könnte ich mich für meine unbedachten Worte ohrfeigen.

Erstaunt sieht er mich an und öffnet den Mund. Doch bevor er etwas darauf erwidern kann, höre ich erneut diese einzigartig schrille Stimme seinen Namen rufen. Juli erstarrt, wendet den Blick von mir ab und schaut zu Luisa, die immer noch winkend an der Bande steht. Er stöhnt auf.

»Sorry, Lea, ich ...« Ich schüttele langsam den Kopf.

»Mach´s gut, Juli.«

Diesmal nehme ich den direkten Weg zum Ausgang und achte darauf, niemandem mehr in die Arme zu fallen. So schnell ich kann, ziehe ich mir in der Vorhalle die Schlittschuhe aus, meine Stiefel wieder an und stürme aus dem Zelt.

Ich bin traurig. Wegen Juli. Weil er mich erst an- und dann gleich wieder ausgemacht hat. Weil er mich hat glauben lassen, dass er mich mögen würde, nur um mich dann kommentarlos zurückzulassen. Weil er mich für diese dumme Kuh namens Luisa hat stehen lassen und ich nicht weiß, was die beiden noch miteinander verbindet. Weil er mir das Gefühl gegeben hat, etwas Verbotenes getan zu haben, nur, weil ein fremder Junge mich aufgefangen hat. Und weil sie es geschafft hat, uns ein zweites Mal zu stören und ich immer noch nicht weiß, was er mir eigentlich sagen wollte. Doch ich kann es mir denken. Er wird nach Australien gehen. Mit ihr. Da bin ich mir jetzt ziemlich sicher. Doch wieso lässt mich das nicht kalt? Wie kann mich das nur so dermaßen durcheinanderbringen?

Ich stapfe durch den Matsch, der sich auf den Wegen gebildet hat, und renne einfach drauf los. Irgendwohin. Egal. Mir fällt ein, dass ich noch einkaufen wollte, um mir heute Abend etwas Leckeres zu kochen, doch mir ist die Lust darauf vergangen. Vielleicht sollte ich stattdessen Frust-Shoppen gehen. Ich bräuchte sowieso mal wieder neue Klamotten. Nach einigen Minuten jedoch kehre ich reumütig zurück. Ich habe tatsächlich vergessen, meine Tasche von der Eisbahn mitzunehmen. Ich denke mit Grauen daran, dass ich umkehren muss, weil Juli den Abholschein für unsere Sachen eingesteckt hat. Mist.

Vor dem Zelt stehen Anna, Daniel und ... Juli, der meine Tasche in der Hand hält und ziemlich betreten dreinblickt. Anna und Daniel dagegen turteln miteinander und es sieht so aus, als lebten sie bereits in ihrer eigenen Welt.

»Danke«, bringe ich zerknirscht heraus, als Juli mir mein Eigentum hinstreckt. Er nickt nur.

»Wo bist du denn plötzlich abgeblieben?« Anna sieht mich strafend an.

»Ich ... Mir ist eingefallen, dass ich noch was vergessen hatte und da bin ich ... noch mal in den Laden rein und ...« Ich breche mir einen ab und merke sofort, dass mir niemand der Anwesenden auch nur ein Wort glaubt. Zumal das die blödeste Ausrede aller Zeiten ist, da ich ja gar kein Geld dabei hatte. »Aber ohne

Tasche ...«, setze ich daher schnell hinterher. Daniel lacht. Er muss mich für ziemlich bescheuert halten. Aber da ich ihn so bald nicht wiedersehen werd, es sei denn, Anna und er werden ein Paar, ist es mir egal, was er von mir denkt. Trotzig halte ich meine Tasche wie ein Schutzschild vor meine Brust.

»Danke fürs Holen.« Wieder nickt Juli nur. Irgendwie sieht er traurig aus.

»Wir wollen jetzt was essen gehen. Wie schaut's aus?« Anna steht eng neben Daniel, der mittlerweile schon den Arm um sie gelegt hat. Ich sehe, wie ihre Augen leuchten und schnell erkenne ich den unsichtbaren Klebezettel auf ihrer Stirn, der mich mit den Worten: Untersteh dich, Ja zu sagen!, anblinkt. Ich muss trotz meiner schlechten Laune schmunzeln.

»Nein«, gebe ich zurück. »Geht ihr mal. Ich muss noch was besorgen. Und einkaufen. Mein Kühlschrank ist leer. Jetzt hab ich ja meine Tasche.« Unbeholfen knete ich das Leder meiner Bag.

Juli wird sicher mitgehen. Ich kann mir nicht vorstellen, dass er das Blinken auf Annas Stirn sieht. Er ist ein Mann. Und selbst wenn doch, wird er sich verabschieden und nach Hause fahren. Oder zu Luisa. Wo ist die eigentlich abgeblieben? Verstohlen sehe ich mich um, darauf gefasst, gleich zum dritten Mal ihre schrillen Rufe zu hören. Beim Gedanken an diese blöde Kuh wird mir ganz schlecht. Ich beschließe, nach einem kurzen Pseudo-Bummel durch die Geschäfte nach Hause zu fahren und mir einen heißen Kakao mit einem ordentlichen Schuss Rum zu gönnen.

»Ich komme auch nicht mit«, höre ich Juli sagen und bin überrascht. Hat er doch sowas wie eine Antenne? Nun gut, denke ich, Anna ist seine Schwester, er kennt sie eben doch. Aber schnell merke ich, dass sein Rückzug ganz andere Gründe hat.

»Luisa.« Anna sagt es ihm auf den Kopf zu, und an ihrem Tonfall erkenne ich, dass sie sauer ist.

»Und wenn schon?«

»Du spinnst doch. Warum lässt du dich von ihr einwickeln?« Sie löst sich von Daniel, der verschreckt einen Schritt zurückgeht. Mir geht es nicht anders. Ich bin ebenfalls erschrocken und möchte nur ungern Zeuge der geschwisterlichen Auseinandersetzung werden. Auch, wenn es mich durchaus interessiert, warum Luisa zurückgekommen ist und was Juli nun vorhat. Doch meine Vernunft verbietet es mir, meine Nase in sein Privatleben zu stecken. Das würde mir nicht gut tun und deswegen beschließe ich, mich zu verabschieden.

»Sorry, Leute. Aber ich muss jetzt wirklich los. War schön mit euch. Bis dann. Tschüss, Daniel.« Daniel ist tatsächlich der Einzige, den meine Verabschiedung interessiert und der wenigstens zum Abschied die Hand hebt. Anna und Juli sind in eine Diskussion über Luisa verstrickt, die immer lauter wird. Ich tue mir das nicht länger an, mache auf den Hacken kehrt und verlasse den Schauplatz, ohne mich noch einmal umzudrehen.

... Liebe.

Während ich mich durch das fürchterliche Gedränge der weihnachtlich geschmückten Einkaufsstraße schiebe, fällt mir auf, dass ich tatsächlich noch etwas vergessen habe.

Das Geschenk für Anna liegt bereits zuhause. Sie bekommt dieses Jahr ein in Leder gebundenes Tagebuch von mir. In den Deckel habe ich ihre Initialen einbrennen lassen. Ich glaube, darüber wird sie sich sehr freuen, wo sie ja so gerne schreibt. Doch mir fehlt noch ein schönes Geschenkpapier, um es angemessen zu verpacken. Ebenso eine Karte für die guten Wünsche.

Ich komme am Geldautomaten vorbei und beschließe, etwas Bargeld abzuheben. Falls ich den netten Pizzaboten heute Abend erneut bemühen muss. Mittlerweile ist mir die Lust aufs Kochen gehörig vergangen. Ich stehe mir geschlagene zehn Minuten in der Vorhalle die Beine in den Bauch, bis ich endlich an der Reihe bin. Nachdem ich mich mit zittrigen Fingern einmal bei der Eingabe der PIN vertippt habe, gelingt es mir schließlich, die richtige Geheimnummer einzugeben und damit mein Konto um ein paar Scheine zu erleichtern.

Ich lasse mich vom Strom der Shoppenden mitreißen und biege ab, als ich am Dekoladen vorbeikomme. Am Eingang kommt mir ein Schwall geheizter Luft entgegen und ich überlege kurz, genau hier stehen zu bleiben, weil es so kuschelig warm ist. Aber als mir einer von hinten in die Hacken rennt und ein unfreundliches »... kann doch nicht einfach stehen bleiben ...« schimpft, wird mir klar, dass das wohl keine so gute Idee ist. Also betrete ich den Laden und besehe mir die schönen Dinge, die überall ausgestellt sind.

Weihnachtsdeko in allen Größen, Formen und Farben. Kissen, Bilder, Kerzen, Geschirr und noch vieles mehr. Beim Durchqueren des Geschäfts stechen mir eine Menge dekorative Sachen ins Auge und ich beschließe, hier so bald wie möglich einen Großeinkauf für meine Wohnung zu machen.

Ich wohne nun seit einem halben Jahr in meinem neuen Domizil und noch immer habe ich nicht alle Kartons ausgepackt, geschweige denn Bilder an den Wänden oder Deko in den Räumen verteilt. Die Ausbildung in der Werbeagentur frisst mich geradezu auf und ich komme einfach nicht dazu, mal in Ruhe zu shoppen. Wenn ich abends zu Hause bin, lass ich mich nur noch mit einem Fertiggericht auf das Sofa fallen, zappe eine Stunde durch die Programme und gehe dann erschlagen ins Bett.

Anna beschwert sich schon seit Monaten, dass ich kaum Zeit für sie habe. Deswegen waren mir die Abende auf dem Weihnachtsmarkt mit ihr auch so wichtig. Unsere Freundschaft ist das Letzte, was unter meinem neuen Job als angehende Grafikerin leiden sollte. Dann lieber meine Wohnung. Damit muss nur ich zurechtkommen. Im Januar genieße ich drei Wochen Urlaub und somit viel Zeit für eine liebevolle Gestaltung meines Heims. Ein Heim, das Juli wohl niemals zu Gesicht bekommen wird, schießt es mir durch den Kopf.

Ich weiß, dass ich ziemlich kindisch reagiert habe. Ich hätte meinen Mut zusammennehmen, ihn umarmen und eine gute Reise wünschen sollen. Doch ich konnte nicht. Es tut zu weh. Vielleicht ist es besser so.

Ich fühle mich erschlagen von der riesigen Auswahl, als ich endlich in der Papier- und Kartenabteilung angekommen bin. Zögerlich streiche ich mit den Fingern über die Geschenkpapierrollen, unschlüssig, welche Anna gefallen würde, als ich eine zeternde Stimme hinter dem Regal höre.

»Ach. Und das soll ich dir glauben?«

»Du kannst es auch lassen, Luisa. Ich habe ehrlich gesagt die Nase voll von deinen Stimmungsschwankungen. Wer war es denn, der mich verlassen hat?«, zischt es zurück.

Ich kenne diese Stimme. Juli. Ich zucke zusammen und widerstehe dem Drang, mich ganz klein zu machen und unter der Tischplatte vor mir, die mit Deko-Artikeln und einer langen Tischdecke belegt ist, zu verstecken. Wie es sich anhört, haben die beiden Streit. Und zwar richtigen Streit. Luisa wird lauter.

»Ach? Jetzt bin ich also auch noch schuld daran, dass du dieser kleinen Schnepfe schöne Augen machst?« Ein weinerlicher Tonfall dringt an mein Ohr, doch dann wechselt die Stimmung. »Welches Band soll ich nehmen? Das oder das? Das von letzter

Woche ist doch tatsächlich ausverkauft.« Ich kann es kaum glauben, wie schnell ihre Laune umspringt, und mit offenem Mund lausche ich weiter.

»Das ist mir völlig egal. Und sprich nicht so von ihr«, raunzt Juli sie an. Schnepfe? Redet sie etwa von mir? Oder hat Juli noch andere Eisen im Feuer? »Lea ist ...« Er spricht tatsächlich von mir. Jetzt wird es interessant.

»Schnepfe. Schnepfe. Schnepfe!«, höre ich Luisa schimpfen. Ich unterdrücke das Bedürfnis, mich zu erkennen zu geben, um ihr ins Gesicht zu sagen, was ich von ihr halte. Was glaubt sie eigentlich, wer sie ist? Ich straffe meine Schultern und bin bereit, sollte sie noch einmal das Wort Schnepfe in den Mund nehmen, um das Regal herumzutreten und meine gute Kinderstube zu vergessen.

»Luisa! Es reicht! Auch, wenn es dich nichts angeht, zwischen Lea und mir läuft nichts.« Juli kommt mir zuvor. Seine Stimme hat einen drohenden Unterton angenommen. Er bemüht sich, leise zu sprechen. Vergeblich. Bei mir kommt jedes einzelne Wort an. Und das, was ich höre, tut weh. »Was willst du? Sag es mir und dann geh.«

»Du weißt genau, was ich will, Juli«, gurrt sie. Ich kann mir bildlich vorstellen, wie sie Bäumchen wechsele dich spielt und an ihm klebt wie eine Klette. »Dieses unreife Ding, das kann doch nicht dein Ernst sein. Ach komm schon ... Wir könnten es wieder so schön miteinander haben. Sag mir eins: Was hat sie, was ich nicht habe?«

Die Antwort auf diese Frage interessiert mich nun aber doch brennend und ich stehe stocksteif da, halte die Luft an und warte mit Spannung auf seine Erwiderung. Doch leider geht die Antwort in meinem Schmerzensschrei unter, als mir ein Einkaufswagen in die Hacken fährt.

»Aua.«

»Entschuldigung.« Eine ältere Dame lächelt mich freundlich an. »Können Sie mir wohl bitte helfen? Ich suche rote Kerzen für meine Weihnachtspyramide. Wissen Sie?« Hilfe suchend zeigt sie mit der Hand auf die unzähligen Regale um uns herum, in denen alles Mögliche dekoriert ist, nur keine Kerzen. Ich zucke mit den Schultern.

»Tut mir leid«, flüstere ich. »Ich weiß es nicht.« Hinter dem Regal höre ich Luisa weiter auf Juli einreden.

»Mensch, überleg doch mal, was ich dir hier gerade für ein Angebot mache. Wir zwei ...«

»Können Sie wohl bitte lauter reden? Ich verstehe Sie nicht.« Die Dame unterbricht erneut meinen Lauschangriff und zeigt auf ihr Ohr. »Ich höre schwer.« Dafür sprichst du doppelt so laut, denke ich. Wieder habe ich ein wichtiges Detail verpasst. Von was für einem Angebot redet Luisa nur? Und warum hat ihre Stimme einen so drohenden Unterton? Ich möchte mehr darüber wissen, doch die ältere Dame lässt mich nicht aus ihren Fängen und steht abwartend vor mir. Seufzend ergebe ich mich meinem Schicksal und wiederhole nochmal, dass ich keine Ahnung habe. Diesmal etwas lauter, aber es reicht der Dame offensichtlich immer noch nicht.

»Hä? Lauter, bitte!«, verlangt sie erneut.

»Verdammt, Luisa. Das kannst du doch nicht ernsthaft von mir verlangen.« Mir stockt der Atem. Wovon reden sie nur?

»Ich habe Sie nicht verstanden. Wo sagen Sie?«, fragt die Dame nun noch einmal. Das ist eindeutig nicht mein Tag heute.

»Ich habe keine Ahnung«, schreie ich nun doch zurück, weil sie mich nervt und weil sie mich vergessen lassen hat, dass hinter dem Regal Juli und seine Luisa stehen. Und prompt höre ich, wie Juli mitten im Satz unterbricht. Ich hoffe, dass er mich nicht erkannt hat und möchte im Erdboden versinken. Aber der hat kein Einsehen mit mir und bleibt verschlossen. Die Dame hingegen lächelt.

»Ach, schade. Na gut, dann suche ich mal weiter. Schönen Tag noch«, ruft sie mir hinterher, doch ich bin schon zwei Regale weiter geflohen. Ich verschiebe das Papier- und Kartenkaufen auf ein anderes Mal und durchstreife wachsam den Laden, bei jedem Schritt darauf bedacht, ja nicht Juli in die Arme zu laufen. Als ich vorsichtig um die nächste Ecke linse, sehe ich die beiden. In einer Umarmung. Und dann hebt Juli den Kopf, blickt in meine Richtung und direkt in meine Augen. Ich erstarre.

So sehr, wie ich vor einem Moment noch gehofft habe, dass er Luisa stehen lässt, weil er sich für mich entschieden hat, so sehr fällt mein Herz gerade in dieser Sekunde ins Bodenlose. Und fällt und fällt …

Unsere Augen verhaken sich ineinander und ich sehe die Überraschung. Und dann das Entsetzen. Ich sehe, wie er sich losmachen will. Doch Luisa hält ihn fest. Ich sehe, dass er etwas sagen will, aber sein Mund keinen Laut hervorbringt. Ich sehe all das wie in Zeitlupe. Und dann sehe ich die ältere Dame auf der Suche nach ihren roten Kerzen, die ihre Zweisamkeit stört. Ich erwache aus meiner Starre, schicke ein Danke gen Himmel und nehme die Beine in die Hand.

Letztendlich weiß ich nicht einmal, wovor ich mit Tränen in den Augen wegrenne. Ich habe keine Ahnung, was Juli für mich empfindet. Seiner Aussage nach, dass zwischen uns nichts ist, glaube ich jedoch, dass er immer noch nur die Freundin seiner kleinen Schwester in mir sieht. Auch, wenn das vorhin auf dem Eis ganz anders geklungen hat. Aber vermutlich habe ich mal wieder nur etwas Falsches in seine Worte hineininterpretiert. Aber das werde ich wohl niemals herausfinden. Er will nach Australien.

Fort von hier. Vielleicht für immer? Ich halte mühsam meine Tränen zurück.

Ich ärgere mich über mich selbst, weil dieses Wortgefecht der beiden es geschafft hat, mich so durcheinanderzubringen. Luisas besitzergreifende Art hat mir einen gewaltigen Stich ins Herz versetzt und immer mehr begreife ich, dass meine Gefühle für Juli intensiver sind, als ich mir eingestehen wollte. Doch das tut jetzt nichts mehr zur Sache. Juli will fort ...

Von einem Moment auf den anderen fühle ich mich unglaublich müde. Deswegen hole ich mir beim Bäcker einen Kaffee und mache mich auf dem Weg zu meinem Auto. Dafür muss ich mich einmal durch die ganze Einkaufsstraße drängeln, denn das Parkhaus befindet sich natürlich am anderen Ende der Meile.

Wie leergebrannt lasse ich mich von den Menschenmassen mitschieben, lege dem Violinenspieler mechanisch einen Euro in seinen Hut, was er mit einem Lächeln und einem Augenzwinkern quittiert, und denke nach.

Vor einigen Stunden noch glaubte ich tatsächlich, mein Jungmädchen-Traum wäre wahr geworden und Juli hätte mich nach all den Jahren endlich bemerkt. Als Frau und nicht nur als die Freundin seiner Schwester. Ich fühlte mich beachtet und für einen kurzen Moment war ich sogar glücklich. Als wir gemeinsam auf der Eisfläche lagen und er mir so nahe war wie noch nie, dachte ich wirklich, dass ich am Ziel meiner Wünsche wäre. Oder zumindest auf einem guten Weg dahin. Doch dann ... kam diese ... Schnepfe.

Was zum Teufel soll es mir sagen, dass er mich für seine Ex stehen lässt? Okay, es ist vermutlich normal, dass man jemanden, mit dem man so lange zusammen war, nicht einfach ignoriert. Ich habe keinerlei Besitzansprüche auf Juli und es steht mir absolut nicht zu, wütend zu sein. Das ist sogar ziemlich lächerlich.

Von daher sollte ich mal wieder runterkommen und aufhören, über Gefühle nachzudenken, die höchstwahrscheinlich niemals erwidert werden. Der Moment auf dem Eis war ein schwacher. Was passiert ist, hat sich einfach aus der Situation ergeben ohne Hintergedanken und ohne Pläne für die Zukunft.

»Ich werde dich vergessen müssen, ob ich will oder nicht.« Schniefend schmeiße ich den leeren Kaffeebecher in den nächsten Mülleimer und wühle in meiner Handtasche nach dem Parkticket. »Oh Mann, irgendwo muss dieses blöde Ding doch sein.« Ich kann das Ticket vor lauter Tränen, die mir jetzt ungehindert die Wangen hinunterlaufen, nicht finden. Obwohl ich mir sicher bin, dass ich es in dem inneren Reißverschluss-Fach verstaut habe, ist es nicht da. »Das kann doch nicht wahr sein.« Ich bleibe stehen, hocke mich auf den Boden und wühle systematisch nochmal die ganze Tasche durch. In dem Moment klingelt mein Handy. Ich wische meine Tränen fort und schlucke den Kloß in meinem Hals runter.

»Ja?« Genervt klemme ich das Telefon zwischen Kinn und Schulter, während ich das Chaos im Innenleben meiner Tasche weiter durchsuche.

»Lea?« Ich kenne diese Stimme. Juli. Mein Herz setzt einen Schlag aus, dann rast es in doppelter Geschwindigkeit auf und davon.

»Juli?«

»Ja. Lea, hör zu. Wo bist du?«

»Am Parkdeck. Also gleich auf dem Weg nach Hause. Wenn ich meinen blöden Parkzettel jemals finde.« Ich höre ihn leise lachen.

»Chaotisch wie immer, was?«

»Du hast nicht angerufen, um dumme Sprüche zu klopfen, oder?«

»Nein, natürlich nicht.«

»Gut.« Mittlerweile bin ich fix und fertig. Der halbe Inhalt meiner Tasche liegt auf dem Boden verteilt und das Ticket ist immer noch nicht auffindbar. Mir wird langsam kalt und ich würde jetzt alles für eine heiße Schokolade mit Rum geben.

»Lea?«

»Ja.« Ich höre Geigenspiel im Hintergrund. Juli muss gerade an dem Mann vorbeigehen, dem ich mein Kleingeld in den Hut gelegt habe.

»Lea ...«

»Ja?«

»Das mit Luisa eben ...«

»Schon gut«, unterbreche ich ihn schroffer, als ich will. »Ist alles in Ordnung.« Ich konnte noch nie gut lügen, und hoffe, dass er das Zittern in meiner Stimme nicht hört.

»Nein, es ist eben nicht alles in Ordnung. Und ich möchte, dass du das weißt.«

»Warum?« Er schweigt und ich halte inne. Es hört sich an, als wüsste er nicht, was er dazu sagen soll. Nein, anders. Es hört sich an, als wüsste er genau, was er sagen will, nur nicht wie.

»Weil ... weil ... Ach, Lea. Mach es mir doch nicht so schwer.« Ich lache auf.

»Was? Wieso mache ich es dir schwer?« Auf die anfänglich lockere Unterhaltung legt sich ein ernsthafter Schatten. Meine Stimmung ließe sich jetzt einzig dadurch heben, dass ich das Parkticket finde. Wie durch ein Wunder schieben sich meine Finger plötzlich zwischen einen kleinen Riss im Innenfutter meiner Tasche und siehe da ich ergreife endlich das Ticket. Puh.

»Weißt du das wirklich nicht, Lea?« Ich schüttele den Kopf.

»Nein, ich weiß es wirklich nicht. Nun sag schon«, fordere ich ihn auf.

»Luisa ist nur zurückgekommen, weil es mit ihrem Typen nicht geklappt hat. Und ...«

»Was?« Meine Stimme ist nur noch ein Flüstern.

»Sie will zu mir zurück.« Hätte ich nicht schon auf dem Boden gehockt, wäre ich spätestens jetzt in die Knie gegangen.

»Schön, das freut mich für dich.« Ich hole tief Luft und versuche, cool zu bleiben. »Und? Gehst du zurück?«

»Sie hat mir ein Angebot gemacht, das ich schwer ablehnen kann«, fährt er zögernd fort.

»Aha.« Besser, ich bleibe kurz angebunden, bevor mir wieder etwas Unpassendes herausrutscht. Warum habe ich nur das Gefühl, dass ich mich gerade selbst schützen muss?

»Und ...?« Ich zögere. Soll ich es wirklich aussprechen?

»Ja?«

»Was ist das für ein Angebot, das du nicht ablehnen kannst?«

»Luisas Vater ist ein sehr hohes Tier mit guten Kontakten. Er würde mir eine Stelle in seiner Filiale in Australien anbieten, in einer Position, auf die ich schon sehr lange scharf bin. Der Flieger geht in der ersten Januarwoche.« Juli hört sich ziemlich gehetzt an und der Unterton in seiner Stimme klingt so, als ob an dieses Angebot eine Bedingung geknüpft ist.

»Wow. Das nenn ich mal ein Angebot ...«, sage ich, auch wenn der Gedanke daran, dass er tatsächlich aus meinem Leben verschwinden könnte, mir fast das Herz heraus reißt. »Wenn es das ist, was du machen willst, dann solltest du die Chance nutzen«, sage ich. Ich muss jetzt hart bleiben, darf ihn nicht wissen lassen, wie es in mir aussieht. In mir dem Mädchen, dass für ihn nur die beste Freundin seiner Schwester ist. Ich lache trocken auf. Als würde er sich ausgerechnet von mir aufhalten lassen. Doch Moment mal ... Am liebsten möchte ich mir die Ohren zuhalten und nichts mehr davon hören, doch ich habe weder eine Hand frei, noch kann ich meine Neugierde einfach beiseiteschieben. »Aber warum erzählst du mir das?«

»Weil ich ..., weil ...« Seine Stimme bricht ab und dann die Verbindung.

»Hallo? Juli?« Das Telefon ist tot. »Mist. Ausgerechnet jetzt.« Ich werfe meinem Smartphone einen wütenden Blick zu. »Blödes Mistding! Immer dann, wenn es spannend wird.«

Die Tüte mit den Zimtsternen fällt mir ins Auge. Zerquetscht liegt sie ganz unten in der Tasche und blickt mich strafend an. »Ach, Scheiße!« Ich nehme sie heraus und stopfe mir frustriert eines der Gebäckstücke in den Mund. Aber auch die zimtige Süße kann den faulen Geschmack, den Julis Worte hinterlassen haben, nicht vertreiben.

»Was wolltest du mir sagen, Juli? Was, verdammt? Bestimmt wolltest du dich nur verabschieden. Weil du so ein anständiger Kerl bist«, jammere ich leise. Der Kloß in meinem Hals wird dicker und ich bekämpfe ihn mit einem weiteren Stern. Ich räume gerade den Inhalt meiner Tasche wieder ein, als ich eine Stimme hinter mir höre.

»Weil ich nicht sie will, sondern dich.« Ich fahre herum. Vor mir steht Juli, das Handy noch in den Fingern, etwas aus der Puste, aber mit einem zuckersüßen Lächeln auf den Lippen. Ich starre ihn nur an, während der Keks in meinem Mund immer mehr wird. »Ich ... eigentlich wollte ich, ... ach Mensch, Lea.« Hilflos fährt er sich mit der anderen Hand durch die Haare. Dann holt er tief Luft. Ich kann sehen, wie sein Brustkorb sich hebt und senkt, bevor er weiterspricht. Diesmal ohne Punkt und Komma.

»Das Angebot steht schon länger. Ich schleppe es schon einige Wochen mit mir herum. Der Job wäre super. Ich würde viel lernen und auf der Karriereleiter um einiges nach oben klettern, aber ... Ich hatte das anders geplant und dann ... du warst einfach da und dann ...« Ich habe Juli noch nie so verlegen und durcheinander gesehen und noch immer weiß ich nicht, was er mir eigentlich sagen will. Mit großen Augen sehe ich ihn an, ziehe die Augenbrauen fragend nach oben. Ich knie noch immer mit vollem Mund vor ihm und bin viel zu perplex, als dass ich etwas erwidern könnte. Sollte sich mein Traum doch gerade erfüllen?

»Mpf?«

»Lea ...« Langsam kommt Juli näher und ich bemühe mich, meinen Mund leer zu machen. Endlich schaffe ich es, den Keks herunterzuschlucken. Gerade, als ich mich aus meiner Hocke erheben will, kniet Juli sich zu mir herunter.

»Heute, auf dem Eis ... Lea ich habe erst vorhin so wirklich begriffen, wie viel du mir bedeutest. Ich wollte es euch heute sagen, dass ich für lange Zeit nach Australien gehen werde, aber...« Er schüttelt langsam den Kopf. »Ich kann nicht.«

»Warum nicht?«, frage ich leise. Mein Herz schlägt bis zum Hals und die Erleichterung, die mich bei seinen Worten gepackt hat, wandelt sich in diesem Moment in schiere Aufregung um.

»Wegen dir.«

»Wegen mir?« Mir wird schwindelig.

»Ich habe mich in dich verliebt, Lea. Und das schon vor langer Zeit. Und erst heute habe ich begriffen, dass ich mich nicht länger dagegen wehren kann.« Mein Hals ist ganz trocken, ich muss mich räuspern. »Wenn du mich überhaupt willst«, setzt er leise hinterher. Sein Blick geht mir durch und durch und trotz der eisigen Kälte schwitze ich jetzt.

»Was ist mit Luisa?«, krächze ich.

»Als ich ihr gesagt habe, dass ich nicht wieder zu ihr zurückkomme, und dass ich nicht mit ihr nach Australien fliegen werde, um neu anzufangen - im Dekoladen, du erinnerst dich?« Er zwinkert mir zu. Ich nicke peinlich berührt. Als könnte ich meinen peinlichen Auftritt vergessen. »Da ist sie ausgetickt«, fährt er fort. »Sie hat das Angebot, das ihr Vater mir gemacht hat, an die Bedingung geknüpft, das wir zusammen fortgehen. Und da wurde mir bewusst, dass es falsch wäre, zu gehen. Nicht mit ihr.« Sein Blick wird ernst und er schüttelt den Kopf. »Ich habe Luisa nie geliebt. Es warst immer nur du. Schon seit du mir mit zwölf deinen Ken über den Kopf gezogen hast, weil ich dich ausgelacht habe ... Es warst immer nur du ...« Seit ich zwölf war? Ich rechne nach ...

»Das ist doch ... schon so lange her?«

»Ja. Verdammt lange.« Er lächelt mich zaghaft an, zieht einen Handschuh aus und berührt mit dem Finger sanft meinen Mundwinkel. Ich bewege mich nicht.

»Du hast da noch einen Krümel«, flüstert er leise.

»Dann mach ihn doch weg«, bringe ich heiser hervor. Ein überraschter Ausdruck huscht über sein Gesicht, bevor er mir näher kommt. Und dann sehe ich nichts mehr. In dem festen Glauben, dass er mich diesmal wirklich küssen wird, schließe ich die Augen und spüre kurz darauf seine warmen, sanften Lippen ganz zart auf meinen. In mir keimt ein Gefühl des Glücks auf, dass so intensiv ist, dass ich nichts um mich herum mehr wahrnehme und die Augen benommen erst wieder öffne, als mich seine Lippen schon lange wieder verlassen haben.

Verwirrt blinzele ich und sehe in Julis wunderschöne braune Augen. »Wow.« Meine Stimme ist nicht mehr als ein Flüstern.

»Ja. Wow.« Er nimmt meine Hand und zieht mich hoch. Mir ist schwindelig und ich bin froh, dass er seine Arme fest um mich legt. »Das war längst überfällig«, bringt er heraus. »Ein Zimtsternkuss.« Fragend sehe ich ihn an. »Der Kuss«, beantwortet er meine stumme Frage. »Du schmeckst nach Zimtsternen. Das mag ich.« Ich muss lächeln.

»Möchtest du nochmal?« Seine Augen leuchten und er nickt.

»Wenn ich darf?«

»Jederzeit.« Das ist meine Liebeserklärung an ihn, und ich meine es ganz genau so, wie ich es sage. Keinen Gedanken verschwende ich mehr an Luisa, keine Zweifel lasse ich mehr zu, was Julis Gefühle mir gegenüber angeht. Ich glaube ihm. Bedingungslos. Seine Nähe, die Art, wie er mich festhält und geküsst hat, ist Beweis genug für seine Worte. Er liebt mich.

Auf Julis Gesicht legt sich ein Ausdruck, der mir zeigt, dass mein Traum nun doch endlich Wirklichkeit geworden ist.

»Jederzeit?«, fragt er nochmals nach. Ich nicke stumm.

Das lässt er sich nicht zweimal sagen und ich versinke in seinem Blick, während er sich zu mir hinunterbeugt und mich erneut küsst. Und wieder pocht mein Herz und das Glücksgefühl lässt das Blut so rasant durch meine Adern rauschen, dass mir ganz schwindelig wird.

Ich klammere mich an Juli fest und versinke ganz und gar in diesem Kuss. Ein Kuss, der nach Zimtsternen schmeckt und süßer nicht sein könnte ...

The Fairy Teacup

Romana Grimm

Der erste Advent steht vor der Tür und im Studio ist die Hölle los. Seit Tagen komme ich kaum zur Tür hinaus , ohne Kunden vertrösten zu müssen, mich wegen der liegengebliebenen Zeichnungen zu schämen, oder wegen der in Dauerschleife laufenden Weihnachtsmusik an Ohrwürmern zu leiden.

Aber heute nicht.

Heute habe ich um Punkt sechs meinen Bleistift weggelegt und verlasse den Laden, bevor Hollis, Brandon oder Giulia mir doch noch »etwas Kleines« aufdrängen können.

Es tut gut, aus der Wärme in den kalten Abend hinauszugehen, sich unter die vorbeidrängenden Menschen zu mischen und ihnen durch die Stadt zu folgen. So sehr mein freier Abend erkämpft ist, so wenig habe ich einen Plan dafür. Ich möchte einfach lockerlassen und die Gerüche und die erwartungsvolle Vorfreude im weihnachtlichen London genießen. Nur ein paar Blocks weiter gibt es einen großen Weihnachtsmarkt, aber danach steht mir noch nicht der Sinn. Was ich jetzt brauche, ist ein langer, musikfreier Spaziergang und danach eine gute Tasse Tee in einem hübschen Café.

Ich wickle meinen langen, regenbogenbunten Strickschal fester um meinen Hals und streiche mir ein paar Ponysträhnen aus den Augen. Vor mir läuft ein kleiner, älterer Herr mit Wollmantel und Filzhut. Er stützt sich auf einen alten, edlen Spazierstock und hält in der anderen Hand eine lederne Aktentasche. Seine Erscheinung macht mich neugierig – die subtile Hochwertigkeit seiner Kleidung und seine gebeugte aber kontrollierte Haltung lassen Geschichten in meinem Kopf entstehen. Wir laufen gemächlich über etliche Kreuzungen, ich folge ihm mal nach links um eine Ecke und mal nach rechts eine Straße entlang. Einmal bleibe ich neben ihm an einer roten Ampel stehen und muss lächeln, als er zu mir aufsieht und die Augen fragend verengt.

»Junge Dame, wenn Sie mich auf einen Kaffee einladen möchten, sollten Sie das einfach sagen«, wendet er sich streng an mich.

»Entschuldigung«, erwidere ich und grinse. »Ich fand Ihren Hut so hübsch.«

»Die Letzte, die das zu mir gesagt hat, hat mich geheiratet.«

Das entlockt mir ein entzücktes Lachen. »Das glaube ich sofort.«

»Leider bin ich immer noch verheiratet, aber Ihr Interesse schmeichelt mir.« Er legt seinen Argwohn ab und lächelt. All die tiefen Furchen in seinem schmalen, glattrasierten Gesicht rühren mich.

»Darf ich Sie trotzdem auf einen Kaffee einladen?«, frage ich, denn wieso nicht? Ich liebe Menschen und ihre Geschichten, und ich habe gerade die Zeit dafür.

»Da bringen Sie mich in eine peinliche Lage, meine Liebe«, sagt er, doch er hängt den Stock über seinen Ellenbogen und nimmt, ganz Gentleman, meinen Arm. »Ich bin eben auf dem Weg, mich mit meiner Frau zum Tee zu treffen.« »Ist sie denn eifersüchtig?«

Sein Lächeln wird verschmitzt. »Nicht, wenn sie ebenfalls einen Tee spendiert bekommt.«

Die Ampel schaltet auf grün und er führt mich ohne Eile, aber zielsicher noch einige weitere Straßen entlang. Am Ende halten wir vor einer wunderhübschen Teestube. Über der Tür hängt an einem geschmiedeten Halter ein altes Holzschild, auf dem in geschnörkelten Lettern der Name eingebrannt ist.

The Fairy Teacup.

Ich halte ihm die Tür auf und folge ihm respektvoll in das warme, herrlich nach Gebäck duftende Geschäft. Altmodische Swing-Musik ertönt aus versteckten Lautsprechern und in den Fenstern hängen schon Lichterketten. Zur Linken gibt es eine Verkaufstheke aus dunklem Holz. Sie ist gefüllt mit Küchlein, Pralinen und kleinen Teesandwiches. Davor, zum Fenster hin, gibt es hinter kleinen, weiß betuchten Tischen eine gemütlich gepolsterte Sitzbank, auf der Schulmädchen in Uniformen, Geschäftsmänner und eine häkelnde, dicke Frau sitzen. Vor ihnen stehen halbvolle Tassen, Limonadengläser und kleine Etageren mit Leckereien. In der Mitte des Raumes gibt es weitere Tische, mal für zwei und mal für vier Personen. Nicht alle sind besetzt, aber die Gäste sehen allesamt zufrieden und entspannt aus. Hinten rechts hat eine ältere Dame in bunten Gewändern in der Nähe eines bogenförmigen Durchgangs einen Arbeitstisch aufgebaut und bemalt in aller Seelenruhe weiß grundierte Tontassen.

»Meine Frau sitzt gleich da drüben«, sagt der alte Herr und schiebt sich an einem schmusenden Pärchen vorbei. »Die Schönheit im Pelz.«

Die alte Dame ist eine Erscheinung mit kunstvoll aufgeplusterten Haaren und Make-up, das Marlene Dietrich neidisch gemacht hätte. Sie reicht mir zur Begrüßung ihre beiden perfekt gepflegten, runzeligen Hände.

»Keine Sorge, Liebes, der Pelz ist nicht echt. Das könnte ich den kleinen Schätzchen niemals antun. Setzen Sie sich zu uns. Wie heißen Sie?«

Wir stellen uns einander vor – wir heißen beide Adele, was zum Schießen ist – und ich verbringe eine bezaubernde Stunde in der Gesellschaft der beiden alten Herrschaften. Wir schlürfen Tee aus handgemachten Tassen und lassen uns die leichten Sandwiches schmecken.

Als ich bezahlen möchte, steht statt der jungen Bedienung die Frau vom Maltisch hinter der Theke. Im deckenhohen Regal an der Wand sind unzählige Tassen untergebracht, jede liebevoll nummeriert und zum Verkauf bereit und ich verliere mich für einen Augenblick in den vielen Farben und Motiven. Es gibt Blumen, Tiere, Menschen, Szenen aus dem Leben und auch einfach nur brillante Kleckse, die etwas in mir vibrieren lassen.

»Die sind ja hübsch«, sage ich ihr. »Sind das alles Ihre Arbeiten?«

»Die meisten davon«, erwidert sie und tippt etwas in die altmodische Kasse ein. »Falls Ihnen eine gefällt, lassen Sie es die Bedienung wissen. Alle Tassen hier stehen den Gästen zur Verfügung.«

»Kann man sie auch kaufen?«

»Natürlich. Auch wenn es jemandem das Herz brechen könnte.«

Ich lache. »Na gut, dann nehme ich mich heute zusammen. Aber nächstes Mal möchte ich die da hinten mit dem Toskana-Motiv haben.« Es ist nicht die klassische Toskana, obwohl die Bemalung bemerkenswert fein und doch irgendwie aquarellartig ist, sondern ein Spiegelbild der Gefühle, die der Betrachter der Landschaft empfunden haben muss. Die Mohnfelder sind scharlachrot, das Gras saftig grün und der Himmel ein berauschender Wechsel aus orange-goldener Sonne, violetten und rosafarben Wolkenschleiern sowie kobalt- und nachtblauem Weltall. Vom verträumten, goldenen Schleier Italiens keine Spur. »Denken Sie, sie wird dann noch da sein?«

Die Frau zwinkert.» Ich werde sie zurückhalten, versprochen.«

»Dann komme ich bestimmt ganz bald wieder.«

Ich bezahle die zwanzig Pfund, die ich ihr schulde, und lasse ein paar Münzen in das Trinkgeldglas neben der Kasse fallen. Nach einem letzten Blick auf die wunderschöne Tasse verabschiede ich mich und mache mich auf den langen, gar nicht gemütlichen Weg nach Hause.

Es dauert fast eine Woche, bis ich es erneut in die Teestube schaffe. Schuld daran sind meine Kollegen, die ausgerechnet jetzt der Meinung sind, dass ich genug auf Schweinehaut geübt habe und nun meine Künste an den ersten willigen Kunden versuchen darf. Es ist aufregend und mir ist übel, sobald ich mit der Pistole an die entblößte Haut komme, aber nach jedem überstandenen Job festigt sich der Glaube, den richtigen Beruf gewählt zu haben. Die Biker, die sich mir gutmütig als Versuchskaninchen zur Verfügung stellen, sind jedenfalls zufrieden mit meiner Arbeit.

Statt der älteren Dame steht dieses Mal ein Mann in meinem Alter hinter der Theke. Er wirkt inmitten von Kitsch, Kuchen und Swing-Weihnachtsmusik ein bisschen fehl am Platz, aber er nimmt die Bestellungen geübt an und lässt das offensichtliche Interesse der weiblichen Teenager vor mir höflich an sich abgleiten.

Glücklicherweise entscheidet sich keine von ihnen für meine Tasse.

Als ich endlich dran bin, sind meine Finger wieder aufgetaut und meine Ohren schmerzen nicht mehr vom kalten Wind in den Straßen.

»Eine Tasse heiße Schokolade mit Zimt und ein paar kleine Sandwiches bitte«, sage ich. »Und ich hätte gern die Toskana-Tasse da drüben. Nummer 141.«

Er hebt den Blick und schaut mich kurz, aber intensiv an. Aus nächster Nähe sieht er noch besser aus als vom Ende der Schlange. Er hat diesen Mr. Darcy-Look: Dunkles, leicht gelocktes Haar, dunkle Augen und ein ebenmäßiges Gesicht, das durch ein Grübchen im Kinn und ungewöhnlich gerade Augenbrauen aufregend wirkt. Außerdem scheint er sportlich zu sein, denn seine in Hemd, Pullunder und dunkle Stoffhose gekleidete Figur ist schlank und aufrecht und er sieht so korrekt aus, dass ich lächeln muss.

»Darf es noch etwas sein?«, fragt er. Für so dramatische Augenbrauen hat er eine sanfte Stimme und ich spüre, wie in meinem Kopf die Räder anfangen, sich zu drehen und eine Geschichte darüber zu spinnen.

»Vielleicht später, danke« erwidere ich ebenso sanft und setze mich an einen freien Tisch bei der Sitzbank. Von dort habe ich einen guten Blick auf die neuen Weihnachtssterne in den Fenstern, die Tannengestecke an den Wänden und den Maltisch der älteren Dame. Er ist in Gebrauch, das erkenne ich an einigen unfertigen Tassen, Pinseln und Farbtöpfen, aber im Augenblick verlassen.

Ich lege meine Sachen ab, hole mein Skizzenbuch aus meiner enormen Tasche und suche verzweifelt meinen Lieblingsbleistift. Noch während ich vor mich hinmurmelnd krame, kommt der junge Mann an meinen Tisch und platziert vorsichtig den heißen Kakao und die Etagere mit den niedlichen Sandwiches. Ich gebe mich geschlagen und sinke schmollend in die gemütlichen Polster.

»Danke schön.« Ich fange seinen Blick auf und meine, Belustigung über mein zerrauftes Aussehen zu entdecken. »Sagen Sie, kann ich doch noch einen Wunsch anmelden?«

»Natürlich.«

Ich deute auf den verlassenen Werktisch. »Könnte ich mir vielleicht einen Bleistift von der Künstlerin borgen? Würde es ihr etwas ausmachen?«

»Ich gehe fragen. Welche Härte brauchen Sie?«

Diese Antwort lässt mich kurz erröten, obwohl ich weiß, was er meint, und er es ganz bestimmt nicht anzüglich gemeint hat. Aber noch viel mehr macht sie mich neugierig, zeigt sie doch, dass er sich zumindest ein bisschen auskennt.

»2B, wenn das geht«, stottere ich.

Er hält kurz inne, und als er begreift, weshalb ich so verlegen bin, steigt auch ihm die Röte ins Gesicht.

»Oh Gott, Entschuldigung«, stammelt er. »Ich meinte den Härte*grad*. Ich … ich bin gleich wieder da.« Nach einem letzten, etwas zu langen Blick in mein heißes Gesicht flieht er, und als er wenig später mit einem bereits halb verbrauchten Markenbleistift und einem extra Stückchen Zitronenkuchen als Entschuldigung zurückkommt, ist es beschlossene Sache: Ich werde ihn zeichnen.

Nach einer Weile erscheint die ältere Dame wieder. Bei ihr ist ein junges Mädchen, kaum älter als sechs Jahre. Sie hat dunkle, zu Zöpfen gebundene Haare und sieht dem Mann an der Theke sehr ähnlich. Gemeinsam nehmen sie Platz am Tisch und beschäftigen sich mit einer der Tassen.

Während das Mädchen ihren Pinsel schwingt, skizziere ich ohne Eile meinen Bleistiftbringer und genieße in den Pausen die heiße Schokolade und den göttlichen Kuchen. Ich zeichne fast immer, und meistens macht es mir auch Spaß, wenn es nicht gerade für einen schwierigen Kunden ist, doch jetzt fließen mir die groben Striche nur so aus den Fingern.

»Das ist ein ziemlich ansehnliches Bild meines Sohns«, reißt mich die Stimme der Künstlerin aus dem Fluss. Ich habe gar nicht gemerkt, dass sie aufgestanden und herübergekommen ist.

»Sie haben Talent.« »Vielen Dank.« Ich sehe in ihr amüsiertes Gesicht und brauche eine Sekunde, um zu kapieren, dass sie wahrscheinlich ihren Stift wiederhaben möchte. »Oh, Verzeihung, hier. Den brauchen Sie bestimmt zurück.«

Anstatt ihn anzunehmen, gleitet sie auf den Stuhl mir gegenüber. »Heute nicht, Liebes. Aber du kannst mir verraten, wie du heißt. Ich bin Joane, mir gehört das Teehaus und das kleine Atelier da hinten.«

»Adele.« Wir reichen uns die Hand und ich sehe mich kurz um. »Dein Laden ist echt toll. Ich mag es, dass die Kunden sich ihre Tassen aussuchen können.« Ich streiche mit dem Daumen über den violetten Himmel meines Toskana-Bechers. »Ich hätte diese hier schon letztes Mal genommen, wenn ich das gewusst hätte. Sie ist fantastisch.«

»Du kannst dir gerne auch die anderen ansehen, wenn du möchtest«, sagt Joane freundlich. »Wir haben hier sozusagen eine Dauerausstellung.«

»Wenn ich nicht störe, sehr gerne.«

Ich packe meine Sachen wieder ein, schlürfe den letzten Tropfen Schokolade aus der Tasse und nehme das letzte Sandwich in die Hand. Nach diesem Fest brauche ich kein Abendessen mehr. Joane scheucht ihren Sohn, Jamie, hinter der Theke hervor und lacht über seine finstere Miene. Der Gegensatz zwischen ihnen könnte kaum größer sein – sie in bunten, außergewöhnlichen Kleidern und mit langem, ergrautem Zopf, und er so steif in Hemd und Hose mit Bügelfalte gekleidet.

»Setz dich kurz zu Maribeth«, fordert sie ihn auf und holt mich an ihre Seite. Jamie trollt sich, aber nicht, ohne mir und seiner Mutter fragende Blicke zuzuwerfen.

Joane lässt mich nach Herzenslust Tassen aus dem Regal nehmen und begutachten. Meine vielen Fragen beantwortet sie mit gelassener Heiterkeit. Es gibt ein paar Porzellantassen, die sie offensichtlich nicht selbst modelliert, sondern lediglich bemalt hat, und ich stimme ihr zu, dass der gewisse Zauber dabei fehlt.

»Das Besondere ist doch, ein hässliches Entlein in den Brennofen zu schieben und einen wunderschönen Schwan wieder herauszuholen«, meint sie und reicht mir eine Tasse mit karibischem Strandmotiv.

Wellen branden auf den vom Sonnenuntergang geküssten Strand. Ich würde am liebsten kopfüber in das Motiv eintauchen und für die nächsten paar Wochen dort Urlaub machen. »Aha, wie vermutet.«

»Was vermutest du?«

Anstatt mir zu antworten, reicht sie mir noch eine Tasse, diesmal mit einem herzzerreißend schönen Herbstmotiv.

»Hör auf«, flehe ich lachend. »Die sind alle viel zu schön. Willst du mich arm machen?«

Die Türglocke kündigt neue Gäste an und ich gebe Joane ihre Tasse zurück. Sie lächelt wissend, stellt sie wieder ins Regal und wir verabschieden uns nach dem Bezahlen meines Gedecks herzlich voneinander.

»Komm bald wieder«, lockt sie. »Ab nächster Woche haben wir Lebkuchen und Walnussschnitten.«

»Und deutsches Weihnachtsgebäck«, fügt Jamie hinzu. Sein Blick ist verhalten, aber doch einladend, und ich verspreche, davon zu probieren, sobald ich kann.

Mein nächster Besuch fällt auf einen Samstagnachmittag. Der dritte Advent steht direkt vor der Tür und ich habe noch nicht ein einziges Geschenk besorgt. Der Plan, mit meinem Tablet-PC in Ruhe das Internet zu durchforsten, geht allerdings den Bach hinunter, als ich Bernhard und Adele in der Teestube sitzen sehe. Die alten Herrschaften wollen nicht in Ruhe gelassen werden, sondern bestehen darauf, dass ich mich zu ihnen setze.

»Geschenke muss man persönlich besorgen oder selber machen«, sagt meine betagte Namensvetterin und schürzt ihre angemalten Lippen. Auf ihrem Haar thront ein altmodisches Hütchen mit Schleier. Sie sieht aus wie ein Filmstar, der sich von Frank Sinatra persönlich *I'll Be Home For Christmas* vortragen lässt. »Wir sammeln immer noch jedes Jahr Obst auf den Feldern vor der Stadt und ich koche für unsere Rasselbande Marmelade. Die wollen gar nichts anderes von uns.«

»Das wäre eine tolle Idee, wenn ich kochen könnte, aber ich bin leider eine Katastrophe in der Küche«, seufze ich. »Ich kann nur zeichnen.«

Mein Blick wandert zum Arbeitstisch hinten im Raum. Tiegel, Töpfe und unbemalte Tontassen stehen darauf, allerdings nicht wild durcheinander, sondern ordentlich an der Seite aufgereiht. Joane hat offensichtlich mit ihrer Arbeit noch nicht angefangen.

»Na, wenn das so ist, dann geh doch in einen von Joanes Workshops und gestalte ein bisschen Geschirr für deine Lieben«, sagt Adele und tätschelt meinen Arm. »Ist besser, als einfach irgendwem Geld in den Rachen zu werfen, findest du nicht?«

Sie hat recht und ich erhebe mich, um an der Theke meine Bestellung aufzugeben und nach dem nächsten Workshop zu fragen.

»Der ist gleich am Dienstag. Soll ich dich eintragen?«, fragt das junge, Kaugummi kauende Mädchen. Sie steckt mir meinen Teilnehmerschein und einen Info-Flyer unter den Teller und lässt ihren Blick über meine Haare wandern. »Coole Farben. Wie lange dauert es, diese Zöpfe zu flechten?« Als sie erfährt, wo ich arbeite, schmuggelt sie mir einen extra Erdnussbutterkeks auf meinen Kuchenteller und holt mir ohne zu jammern eine Tasse vom obersten Regal herunter. »Ich komm euch besuchen, sobald ich die Kohle zusammen habe. Wenn deine Bilder cool sind, kannst du mir was stechen.«

Nachdem ich meine Geschenksorgen los bin, kann ich völlig unbeschwert den vielen Anekdoten aus dem Leben meiner neuen Freunde lauschen. Eine Stunde später machen sie sich auf den Weg zu ihrem Seniorenkochkurs und ich sehe mir den Flyer genauer an.

»Sie haben gar kein Gebäck bestellt«, reißt mich Jamies sanfte Stimme aus meiner Versunkenheit. Er stellt einen kleinen Teller mit Keksen vor mir ab und sieht erst die Tasse und dann mich verstohlen an. »Falls Sie trotzdem probieren möchten …«

Ich versuche, mein vor Schreck klopfendes Herz zu beruhigen. »Danke«, sage ich ein wenig atemlos. »Das ist sehr aufmerksam.« Und seine braunen Augen sind viel zu hübsch, ich muss aufpassen, damit ich nicht starre. Beinahe völlig gedankenlos nehme ich einen Spekulatius und knabbere daran … und bilde mir nicht ein, dass sein Blick kurz zu meinen Lippen wandert. Ein leises Kribbeln schleicht sich in meinen Bauch.

»Sie nehmen am Workshop meiner Mutter teil«, fährt er fort, bevor die Anspannung zwischen uns peinlich werden kann. »Was wollen Sie gestalten?«

»Ich weiß noch nicht genau«, erwidere ich. »Ein paar Teller und Schalen vielleicht. Das sieht einfacher aus als eine Tasse.«

»Haben Sie noch nie Ton glasiert?«

»Nur als Kind.« Ich muss beim Gedanken an meine damaligen, verkleksten Scheußlichkeiten lächeln. »Aber mit Joanes Hilfe kommt hoffentlich etwas Brauchbares dabei heraus.« Ich streiche mit dem Zeigefinger über den Schneemann auf meiner Tasse. »Ihre Arbeiten sind toll.«

»Dann sehen wir uns am Dienstag«, sagt er und sieht mich erneut so suchend an.

»Ich freue mich drauf«, versichere ich ihm und bringe endlich das lange überfällige Lächeln zustande, das ich ihm für die Kekse schulde. Er lächelt zaghaft zurück - und Himmel, er ist wirklich hinreißend.

Jamie verabschiedet sich mit einem wortlosen Nicken und verschwindet in den hinteren Teil des Ladens. Ein paar Damen sehen mich neugierig an; Joane ist glücklicherweise keine von ihnen. Ich esse die Plätzchen in ungebührender Eile, stecke mein Tablet in meine Handtasche und bezahle vorn an der Theke.

»Was kostet eigentlich so eine Tasse?«, frage ich das tattoobegeisterte Mädchen und deute auf das Regal.

»Kommt drauf an. Wir haben ein Register«, erwidert sie. »Soll ich mal reingucken?«

Ich bin versucht, aber ich schüttle den Kopf. »Danke, vielleicht nächstes Mal.«

»Dienstag«, sagt sie ominös und lässt ihre Kaugummiblase platzen.

Mir wird mulmig, aber vor allem flattert es in meiner Magengegend. »Dienstag«, stimme ich zu.

Es wird knapp, sehr knapp. Giulia, Licht meines Lebens und meine Ausbilderin, musste wegen eines Kindervorfalls mittags aus dem Studio hetzen, sodass man mir ihre kleinen Aufträge übergeben hat. Glücklicherweise war es einigen Kunden zu riskant, sich von einem Lehrling stechen zu lassen – was ich gut verstehen kann und ihnen nicht übel nehme –, aber einige waren eben doch einverstanden. Und nun ist es beinahe fünf und ich sitze noch auf meinem Hocker und habe eine summende Tattoo-Pistole in der Hand, obwohl ich schon längst unterwegs sein müsste.

Die Türglocke schellt und eine junge Frau kommt herein. Ich sehe sie nur aus dem Augenwinkel zum Wartebereich gehen und ein Artbook in die Hand nehmen.

»Nur noch ein paar Linien«, tröste ich meine Kundin. »Gleich hast du es geschafft.«

»Musst du nicht los?«, brüllt Hollis über die Weihnachtsmusik hinweg. »Mach fertig, ich übernehme die Nachsorge!«

»Du bist ein Schatz!«, rufe ich zurück. Die letzten zwei Minuten gehen wie im Flug vorbei und ich betrachte ein letztes Mal kritisch mein Werk.

»Und?«, fragt das Mädchen, eine hübsche, blonde Abiturientin, schwach.

Ich halte ihr den Spiegel hin. Hollis kommt heran, begutachtet meine Arbeit und lobt meine Linien und die kleinen Schatten, die ich geschafft habe.

»Sieht gut aus«, bescheinigt sie und nimmt ein Tuch, um das Blut und die Farbreste zu entfernen. »Pack ein, ich glaube, da drüben wartet jemand auf dich.«

Ich blicke auf und tatsächlich sieht mir die junge Bedienung aus dem *Fairy Teacup* entgegen. Sie hält mein Portfolio hoch und hebt den Daumen. Rasch wasche ich meine Hände, verabschiede mich von meiner tapferen Patientin und hole meinen Überraschungsgast von der Couch ab.

»Wann kann ich einen Termin bei dir machen?«, fragt sie mich ohne Umschweife, noch während ich in meinen Mantel schlüpfe und den Schal um meinen Hals und die untere Gesichtshälfte wickle. »Deine Bilder gefallen mir.«

»Für einen Termin müsste ich zuerst deinen Namen wissen, und dein Alter«, necke ich sie.

»Maddie«, sagt sie augenrollend. »Im März werde ich achtzehn. Also?«

»Wenn du solange warten kannst, gerne.« Ich weiß nicht, ob es an der Weihnachtsstimmung liegt, aber trotz ihrer schnörkellosen Art finde ich sie irgendwie liebenswert.

Wir sind zwanzig Minuten zu spät, als wir uns zu den anderen Teilnehmern in Joanes Atelier stehlen, doch außer neugierigen Blicken und einer kurzen Vorstellungsrunde passiert Maddie und mir nichts.

Während ich mich setze und von Joane Teller- und Schalenrohlinge angeboten bekomme, kümmert Maddie sich um Tee und kleine Snacks für alle und schreibt auf, wer was verwendet und mit welchem Symbol er später seine Sachen kenntlich macht, damit nach dem Brennen nichts vertauscht wird.

Am anderen Ende des langen Holztisches berät Jamie die Teilnehmer bei ihrer Motiv- und Farbwahl. Er hat richtig Ahnung davon und seine unaufdringliche Kompetenz lässt mein Herz schneller schlagen. Joane bemerkt meinen Blick und zwinkert. »Er zeigt dir nachher bestimmt gerne unsere Glasurmuster, Liebes. Aber zuerst konzentrieren wir uns auf die Vorzeichnung und die Umrisse. Wir wollen doch nicht, dass du deine Verspätung bereust.«

Da hat sie Recht und ich lasse mich von der unaufdringlichen Weihnachtsmusik und der guten Stimmung der anderen Teilnehmer mitreißen. Links und rechts von mir werden Blümchen und Katzen auf den Ton gebracht, aber ich halte mich tapfer an die ambitionierten Ideen, die ich am Wochenende mit Aquarell in meinem Skizzenbuch verewigt habe. Zum Glück ist Platz auf dem großen Tisch, sodass ich es vor mir hinlegen kann.

»Das sieht gut aus«, sagt Jamie über meine Schulter. »Sind Sie auch Künstlerin?«

»Fast fertige Tätowiererin«, informiert Maddie den ganzen Raum und grinst spöttisch, als mir die Hitze ins Gesicht schießt. »Aber malen kann sie.«

Jamie beugt sich noch etwas weiter herab. Er duftet dezent nach Hugo Boss und auch ein bisschen nach Tonstaub. »Ganz eindeutig. Welche Farben haben Sie dafür im Sinn?«

»Etwas Intensives«, sage ich und bemühe mich, nicht zu auffällig einzuatmen, an ihm zu schnuppern. »Dunkles Blau, Smaragdgrün … kräftiger als auf der Vorzeichnung.«

»Ich bringe Ihnen die Muster, Miss.«

»Um Himmels willen, nun sag schon *du* zu dem armen Mädchen«, schilt Joane ihn und der Raum bricht in unterdrücktes Gekicher aus.

Jamies Wangen sind ein wenig pink, als er die Scherben mit den Farbproben aufklaubt, aber das Geplänkel hat ihn offensichtlich nicht verletzt. Es hätte mir sehr leid getan, wenn er sich meinetwegen unwohl gefühlt hätte.

»Oh, das ist schön«, sage ich und deute auf ein intensives Blau, das an dünnen Stellen ein ganz kleines bisschen ins Grüne abweicht. »Und das Magentarot dort auch.«

Er hilft mir, Farben für alle meine Projekte auszuwählen und schreibt ihre Tiegelnummern für mich auf, damit der nächste mit den Mustern arbeiten kann.

»Dein Geschirr wird bestimmt sehr schön«, sagt er. »Viel Spaß beim Bemalen.«

Joane bringt mir die Töpfe und Pinsel und gibt mir viele Tipps zum Auftragen. Ihre heitere Art lässt mich den Perfektionismus vergessen, der mich oft antreibt und zugleich hemmt. Dank ihr komme ich gut voran, aber bei sechs verschiedenen Motiven habe ich mich leider ganz schön übernommen. Am Ende der Zeit habe ich erst vier geschafft, und das auch nur, weil ich mich wirklich beeilt habe.

»Ich hoffe, ihr seid alle zufrieden mit euren Werken«, sagt Joane in die Runde. »Wer es noch nicht gemacht hat, zeichnet bitte jetzt sein Symbol auf seine Stücke. Durch das Brennen werden sich die Farben massiv verändern, also verlasst euch nicht nur auf euer Gedächtnis.«

In der folgenden Aufbruchstimmung werden Tassen und Schalen geprüft und letzte Pinselstriche gesetzt. Ich bin ein bisschen trübsinnig, weil ich nicht alles geschafft habe und es nun zu spät für einen weiteren Workshop ist.

»Bleib einfach noch ein bisschen«, schlägt Joane im allgemeinen Durcheinander vor. »Es wäre doch albern, dich jetzt rauszuwerfen. Jamie«, sie winkt ihn heran, »hilf du ihr, und gib ihr einen Keks. Ich bringe unsere Gäste hinaus. Maddie kümmert sich ums Aufräumen.«

Während um uns herum geredet und mit Mänteln und Hüten hantiert wird, setzt Jamie sich neben mich und betrachtet den noch weißen, nur mit leichten Bleistiftlinien verzierten Teller. Ich habe eine halbfertige Schale vor mir, bei der mich gerade der Mut verlässt.

»Bist du müde?«, fragt er.

Ich seufze und tunke meinen Pinsel in die dunkelrote Glasur. Die Innenseite der Schale hat schon Nasen vom Überschuss und ich versuche, sie zu glätten. »Ein bisschen. Aber ich bin froh, hier zu sein, die letzten Wochen waren nur anstrengend.«

»Lassen sich wirklich so viele Leute vor Weihnachten ein Tattoo stechen?«

»Davor und auch danach. Der Winter ist dafür eine gute Zeit. Sonne schadet frischen Tattoos, genauso wie Salzwasser. Bis zum Sommer ist alles gut verheilt. Und außerdem«, ich zucke mit den Schultern, »gibt es jetzt Weihnachtsgeld und Bonusse. Da haben die Leute etwas für ein Tattoo übrig.«

Sein Blick wandert von meinen flachsblonden, mit bunten Strähnen durchsetzten Haaren über mein Gesicht bis zu meinem

Wonder Woman-Shirt. Er ist dabei nicht aufdringlich, nur neugierig.

»Eigentlich hätte ich es mir denken können«, sagt er schließlich. Er nimmt sich einen Pinsel und zieht den Teller zu sich. »Du bist genau der Typ dafür.«

»Wirklich? Was arbeitest du? Ich kann dich gar nicht einschätzen.«

Jamie tupft Glasur auf den Tellerrand. »Ich bin Reisejournalist und Fotograf. Manchmal auch Keramikbemaler.« Er lächelt schief. »Überrascht?«

»Ein bisschen«, gebe ich zu. »Aber vor allem beeindruckt. Das hört sich toll an. Schreibst du für Magazine, oder veröffentlichst du online?«

»Ich habe einen Blog«, sagt er und senkt ein wenig den Kopf. Seine Bescheidenheit lässt mein Herz einen Sprung machen.

»Wo warst du zuletzt?«

»In Island.« Er beendet seine Tupferei und nimmt sich den nächsten Farbtiegel und einen frischen Pinsel. »Fast zwei Monate lang. Es war fantastisch.«

Ich denke an das kleine Mädchen, das ihm so ähnlich sieht, und kann nicht anders, als gleichzeitig Freude und Mitleid für sie zu empfinden.

»Für deine Tochter ist das sicher wahnsinnig spannend«, sage ich ehrlich und ist es nicht gemein, dass ich ihn wegen des Kindes nicht weniger anziehend finde, sondern beinahe noch mehr? »Sie wird das Reisen bestimmt vermissen, wenn sie mit der Schule anfängt.«

 »Meine Tochter?« Jamie runzelt die Stirn, als wüsste er nicht, wovon ich spreche. »Meinst du Maribeth?«

Ich werde rot. »Ist sie nicht von dir? Ihr seht euch so ähnlich.«

»Gott, nein.« Auch seine Ohren werden ein bisschen rosa. Er streicht sich mit dem Handrücken ein paar Haarsträhnen aus der Stirn. »Ich meine nicht Gott sei Dank, dass sie nicht von mir ist. Es wäre eine Ehre, ihr Vater zu sein, aber sie ist nur meine Nichte. Meine Mum passt oft auf sie auf, wenn meine Schwester länger arbeiten muss.«

»Tut mir leid«, stammle ich, jenseits von peinlich berührt. »Ich dachte nur … du hast dich so toll um sie gekümmert und sie ist so ein süßer Knopf ...«

»Würdest du mit mir ausgehen?«, unterbricht er mich.

Mein Magen schlägt einen riesengroßen Salto. Sprachlos sehe ich auf, direkt in seine wunderbaren, schokoladenbraunen Augen.

»Nur, wenn du willst. Und keinen Freund hast«, schiebt er hinterher. Er hat diesen gewissen Zug um den Mund, tatsächlich ein bisschen wie Mr. Darcy, der Elizabeth einen vollkommen überraschenden Heiratsantrag macht und vor Anspannung kaum weiß, was er mit sich anfangen soll.

Im Gegensatz zu Elizabeth habe ich jedoch nicht die Absicht, ihm einen Korb zu geben. »Oh Gott, bitte sag, dass du keinen Freund hast.«

»Kein Freund«, sage ich rasch und lächle. »Ich will.« Die Spannung verpufft und wir lachen leise.

Er streift meinen Ellenbogen mit seinem. »Wie wäre es morgen Abend um sieben? Ich kenne den besten Inder der Stadt.«

»Sehr gerne. Ich liebe indisches Essen.«

Das Eis bricht, und während wir beide unsere Keramik bemalen, sprechen wir über alles Mögliche. Die Unterhaltung ist leicht und ungezwungen. Wir streifen unsere Familien und Freunde, aber im Grunde ist es nur ein süßes Herantasten, das meine Vorfreude auf den nächsten Abend steigert.

Dennoch, als wir fertig sind und Maddie und Joane beim Aufräumen geholfen haben, fühlt es sich für mich schon wie ein erstes Date an.

»Wir lassen den Ton jetzt für drei Tage in der Trockenkammer stehen, dann brennen wir«, erklärt Jamie mir beim Abschied. Es ist schon spät, aber ich will noch nicht gehen. »Nächste Woche Dienstag kannst du deine Sachen abholen.«

»Okay.« Ich beiße mir auf die Unterlippe. Er war mutig genug, mich um ein Date zu bitten, da kann ich doch auch mutig genug sein, kurz seine Hände in meinen zu halten. Ganz sachte berühre ich seine Finger und er kommt mir tatsächlich entgegen. Es ist kaum mehr als ein Verhaken unserer Fingerspitzen und doch so viel mehr. »Bis morgen, Jamie.« »Bis morgen, Adele.«

Als meine Ausbilder den Grund für meine freudige Erregung herausfinden, gibt es kein Halten. Sie necken mich gnadenlos und Brandon erinnert mich alle drei Minuten daran, dass es meinem Ex, dem Männerflittchen, recht geschieht, dass ich ihn endlich hinter mir lasse. Er kommt damit durch, weil er schwuler und tuckiger nicht sein könnte und ich ihn außerdem sehr gern habe.

Nach dem Gestichel kommen die Tipps – lieber Himmel, so viele widersprüchliche Tipps –, die ich so schnell vergesse, wie ich sie höre.

»Du ziehst dich doch noch um, oder?«, bohrt Giulia kritisch.

»Ich bin schon froh, wenn ich hier pünktlich rauskomme«, kontere ich und grinse über ihren entsetzten Ausruf.

Sie haben Mitleid mit mir und so stehe ich fünf Minuten zu früh an der verabredeten Stelle am Piccadilly Circus und zittere vor Kälte. Glücklicherweise bin ich nicht die einzige, die zu früh da ist. Jamie kommt über die Straße auf mich zu und nimmt meine kalten Hände in seine.

»Lass uns gehen, bevor du erfrierst«, sagt er und führt mich zur nächsten Bushaltestelle.

Wenig später erreichen wir den Inder. Schon von Weitem können wir die Gewürze riechen und ich schäme mich nicht für meinen knurrenden Magen.

Jamie ist ein echter Gentleman. Er hält mir die Tür auf, lässt mich zuerst Platz nehmen und beschwert sich nicht, als ich eine gefühlte Ewigkeit brauche, um mich zwischen all den köstlichen Gerichten auf der Karte zu entscheiden.

»Ich hoffe, das ist in Ordnung«, sage ich verlegen, sobald der Kellner weg ist. Bei Vorspeise, Hauptgericht *und* Nachtisch wird man als Frau schon mal unsicher.

»Vollkommen in Ordnung«, versichert er mir. Im gedämpften Licht sieht er gelöster aus als im Laden seiner Mutter und das liegt nicht nur an seiner weniger formellen Kleidung. »So haben wir mehr zum Teilen.«

Unsere Vorspeisen kommen und wir sprechen angeregt über unsere Pläne für Weihnachten.

»Ich muss nächste Woche nach Portsmouth, meinen Eltern bei den Vorbereitungen für den Familientrubel helfen. Hoffentlich überleben die Tonsachen die Fahrt.«

Er lächelt. »Hoffe lieber, dass sie den Brennofen überleben. Wobei das Risiko beim Glasurbrand sehr gering ist.«

»Ich freue mich wirklich schon sehr darauf. Dein Teller interessiert mich am Meisten.« Ich zwinkere ihm zu und genieße das verlegene Lächeln auf seinem ernsten Gesicht.

Bei der Hauptspeise erzähle ich ihm ein bisschen mehr von meiner Familie, von der Enttäuschung meiner Eltern, mich an die brotlose Kunst verloren zu haben, und dem kaum verhohlenen Neid meiner Cousinen, weil ich es nach London geschafft habe und sie in Portsmouth geblieben sind.

»Ich liebe sie«, beende ich meinen kleinen Monolog, »aber sie können anstrengend sein.«

»Das hört sich nicht nach einem entspannten Fest an«, sagt Jamie mitfühlend.

Ich schiebe ihm ein Stück Butterhühnchen zu. »Es ist okay. Die Feiertage sind nur deshalb so schlimm, weil alle aufeinander hocken und die anderen beeindrucken wollen.«

»Wenigstens ist Portsmouth schön«, tröstet er mich. »Wann kommst du zurück?«

»Vor Silvester. Das Studio ist zwar geschlossen, aber meine Kollegen haben trotzdem ein paar VIP-Kunden. Es sind nur ein paar Stunden am Tag, es macht mir nichts aus.«

Er reicht mir etwas von seinem Lamm. »Hättest du denn vielleicht auch Zeit für mich?«

Mein Atem setzt für einen Augenblick aus und in meinem Bauch tanzen Schmetterlinge. »Fragt man das nicht erst am Ende vom Date?«

Er hebt leicht die Schultern. »Ich weiß jetzt schon, dass ich dich wiedersehen möchte.«

»Ich …« Mir wird warm und das hat nichts mit dem scharfen Curry zu tun. »Ich dich auch. Sehr gern sogar.«

Den Rest unseres Essens bedauere ich es, dass wir uns gegenüber sitzen, und nicht nebeneinander. Ich möchte ihm näher sein, denn zum Füßeln ist es noch viel zu früh, aber seine Körperwärme hätte ich schon sehr gern gespürt, vielleicht auch seine Schulter an meiner. Nach dem Dessert fahren wir mit dem Bus zum Weihnachtsmarkt und spazieren Hand in Hand an den vielen Ständen entlang.

»Das alles haben wir mehr oder weniger von den Deutschen übernommen«, erzählt er mir, als wir eine Glühweinpause einlegen und frische Zimtsterne aus einer kleinen braunen Papiertüte knabbern. »Bis auf den Glühwein, den importiert leider niemand.« Er lächelt über mein zustimmendes Kichern. »Warst du schon mal dort? Zu Weihnachten kann ich das nur empfehlen.«

»Mich zieht es eher nach Osten«, sage ich. »Mal Weihnachten in Asien am Strand verbringen. Das hast du bestimmt schon gemacht.«

Jamie neigt den Kopf zu mir, bis seine Nase fast mein Haar berührt. »Leider noch nicht, aber es klingt gut.«

»Wo möchtest du unbedingt mal hin?«, will ich wissen und schließe genießerisch die Augen.

»Indien steht schon lange auf meiner Wunschliste. Vielleicht klappt es nächstes Jahr.«

»Wirst du dann auch wieder ein paar Monate lang weg sein?« Es ist eine gewagte Frage, aber ich muss sie stellen. Ich mag ihn, vielleicht schon zu sehr, doch ich werde nicht das Mädchen sein, das sich in einen Globetrotter verliebt und daheim vergessen wird.

»Wahrscheinlich schon, ja«, gibt er leise zu. Seine Stimme ist ernst, vorsichtig. »Aber falls das mit uns … ich meine, ich verreise nicht immer so lang. Normalerweise bleibe ich nur für ein, zwei Wochen. Würdest du …«, er atmet frustriert aus und wischt sich mit der Hand über das Gesicht. »Wäre das in Ordnung? Für dich?«

»Ich weiß es nicht«, seufze ich. Eine innere Wärme strahlt von meiner Mitte in meine Finger- und Zehenspitzen. »Aber ich würde es gerne herausfinden.«

»Ich auch«, haucht er und küsst mich auf die Schläfe.

Sein nächster Kuss landet auf meinen Lippen und wir teilen den süßen Geschmack von Glühwein und Zimt.

An diesem Abend schenken wir uns, begleitet von Musik und Gelächter, noch viele weitere Zimtsternküsse, danach Dominosteinküsse und zum Abschied Küsse, die einfach nur nach uns schmecken und irgendwie die schönsten von allen sind.

Ein Jahr später zu Weihnachten

»Es ist wunderschön hier«, hauche ich, als Jamie mir aus unserem kleinen Mietwagen hilft. Auf dem Mount Haleakala, Hawaii, ist es um diese Tageszeit eiskalt, gerade einmal null Grad, aber das sich anbahnende Spektakel am Himmel ist diese Widrigkeit mehr als wert. Bis auf wenige andere Touristen haben wir den Berg für uns.

Wir suchen uns das perfekte Plätzchen, breiten eine Decke aus und öffnen unseren Picknickkorb. Jamie hat sich um die Tour gekümmert, das Frühstück ist meine Angelegenheit. Er nimmt dankbar einen Pappbecher mit Kaffee entgegen und sein Lächeln wird im Licht der aufgehenden Sonne zu einem kleinen Wunder.

Stumm vor Staunen sehen wir zu, wie sie höher und höher steigt, Wolken und kleinere Berge in dramatische Orange- und Purpurtöne taucht. Der eigentliche Zauber beginnt jedoch erst, nachdem sie vollständig aufgegangen ist. Plötzlich ist ganz Maui vor uns in einen goldenen Schleier gehüllt. Ich bin sicher, dass ich nie wieder etwas so Schönes sehen werde.

»Ich liebe dich«, flüstere ich und küsse Jamies Wange. »Frohe Weihnachten.«

Er küsst mich zurück und dann kramt er etwas aus seinem Rucksack.

»Frohe Weihnachten«, sagt er und sieht mich so unwiderstehlich liebevoll an. »Bitte mach es gleich auf.« »Okay.« Lächelnd entferne ich das mit Cartoon-Schneehäschen bedruckte Papier und klebe die Schlaufe an meine Mütze. Unter der Lasche des Kartons kommt etwas sehr Bekanntes zum Vorschein. »Ist das…«

»Die Toskana-Tasse«, vollendet er meinen Satz und sieht mit einem Mal nervös auf seine Hände. »Du nimmst sie immer noch so oft im *Fairy Teacup* und ich wollte nicht, dass sie eines Tages weg ist.«

»Das hätte mir das Herz gebrochen«, murmle ich und streiche zärtlich über die kühle Glasur. Im goldenen Morgenlicht strahlen die Farben regelrecht. »Zumal ich glaube, dass diese Tasse uns zueinander gebracht hat.«

Obwohl Jamie mich selten verspottet, erwarte ich in diesem Moment ein Lachen wegen meiner blühenden Fantasie.

Doch er lacht nicht. Er sieht mir direkt in die Augen und umfasst meine Hände mit seinen, sodass wir beide die Tasse festhalten. »Nimm den Tüll heraus«, flüstert er.

Ich tue es und entdecke einen in allen Regenbogenfarben funkelnden Diamantring im Schaumstoff darunter.

»Adele, ich habe dich das erste Mal gesehen, als du aus dieser Tasse getrunken hast. Da dachte ich noch: Wow, ist die hübsch, mit ihren langen Punk-Haaren und den großen, verträumten Rehaugen. Aber dann hast du auch alle meine anderen Tassen auf diese Art angeschaut und ich wusste, dass du irgendwie *mich* siehst … das klingt albern, es tut mir leid. Trotzdem war es so, und ich hatte Recht. Es hat nicht einmal bis zum Ende unseres ersten Dates gedauert, bis ich wusste, dass du die Frau bist, mit der ich den Rest meines Lebens verbringen will.« Er kniet sich vor mich hin und sieht mich ernst und nervös und auch ein bisschen blass an. »Adele, möchtest du meine Frau werden?«

Wie so oft raubt er mir den Atem und die Worte. Ein Jahr mit ihm hat mich noch lange nicht immun gegen seine Großherzigkeit und seine schier unerschöpfliche Fähigkeit zur Liebe gemacht.

»Ja, ich will«, schluchze ich. »Natürlich will ich!« Bebend erlaube ich ihm, mir den Ring an den Finger zu stecken, dann umarme ich ihn, so fest ich nur kann. »Aber … was meinst du mit ›deine anderen Tassen‹?«

Er löst sich von mir und grinst fast ein bisschen verschmitzt. »Die Toskana-Tasse ist von mir, genau wie alle anderen, die du jemals im *Fairy Teacup* ausgesucht hast. Mum ist ein bisschen beleidigt, das soll ich dir ausrichten.«

»Wirklich?«, frage ich verblüfft.

»Es hat mich gewundert, dass du es nicht gemerkt hast, als wir dir deine Sachen vom Workshop zurückgegeben haben. Du hast meinen Teller behalten.« Er küsst mich auf die Stirn. »Aber du wolltest nie eine der Tassen kaufen. Wieso?«

Ich lasse mich in das Glück fallen, das uns beide umspinnt. »Ich konnte etwas so Schönem keinen Preis geben«, hauche ich. »Das hätte es irgendwie zerstört.«

Dafür hat er keine Worte, nur feuchte Augen und drängende Küsse, aber das ist in Ordnung. So, wie es jetzt ist, ist es perfekt. Ein flüchtiger Moment, den man nicht festhalten und nie wieder so erleben kann. Uns bleiben seine Artikel, Fotos und Keramikbilder und meine Tattoos, die ich in absehbarer Zeit überall auf der Welt stechen werde. Wo auch immer mein zukünftiger Mann hingeht, werde ich folgen. Solange wir immer wieder nach Hause zu Freunden und Familie finden, freue ich mich auf all die Abenteuer, die uns noch erwarten. Und wer weiß? Vielleicht erleben wir das nächste Weihnachtsfest ja schon zu dritt.

SMS von Unbekannt

Stefanie Hasse

06.12.

»Du hast es tatsächlich gemacht?« Jen sah mich entgeistert an, was mit der Weihnachtsmannmütze auf dem Kopf irgendwie dämlich aussah.

»Ich habe ihm geantwortet.« Um sie zappeln zu lassen, trank ich im Schneckentempo einen Schluck meines Glühweins. Schneller wäre es auch gar nicht gegangen. Das Zeug war so verdammt heiß, in Amerika würde man die Verkäufer sofort verklagen.

Jen wurde bereits ungeduldig und begann, mit dem Fuß zu wackeln. Bewusst langsam ließ ich meinen Blick über den kleinen Markt gleiten. Ich hasste die übervollen Weihnachtsmärkte der Großstädte. Gedränge, verschüttete Getränke, Senf auf der Jacke - nein, das war nichts für mich. Hier in der Kleinstadt war es gemütlich. Jen und ich hatten einen Stehtisch unter einem Heizpilz ergattert und konnten unseren Glühwein trinken, ohne dass wir Angst haben mussten, ihn umsonst gekauft zu haben.

Die kleinen Holzstände der lokalen Vereine und Wohltätigkeitsorganisationen schmiegten sich am Fuße des alten Schlosses nah aneinander. Der Duft nach Weihnachten war zwischen den Mauern gefangen. Lebkuchen, Glühwein, geröstete Mandeln und Maronen - ein Duft, der einen von Kindheit an nicht mehr loslässt. Unzählige kleine Lämpchen beleuchteten die Hütten, in deren Zentrum eine wunderschöne Tanne stand, majestätisch und erhaben, funkelnd von zahlreichen kleinen Leuchten. Aus jeder Ecke klangen Glöckchengeläut und Weihnachtslieder. Ich liebte die Vorweihnachtszeit und hätte beinahe seufzen können.

Nun war Jens Geduld zu Ende.

»Jetzt mach es doch nicht so spannend!«, drängte sie. »Was antwortet man einem Verrückten, der anonyme Nachrichten schickt?«

»Er ist nicht verrückt!« Zumindest gab es dafür keine Beweise. Abgesehen davon, dass er mir nicht sagen wollte, woher er meine Nummer hatte, war er auch nicht ein einziges Mal ans Handy gegangen, wenn wir versucht hatten, anzurufen - ganz gleich zu welcher Tages- oder Nachtzeit, ob mit unterdrückter Nummer oder ohne. Wir gingen auch nur auf gut Gück davon aus, dass es ein *er* war.

»Oh bitte! Du bist vermutlich der erste Mensch, der auf solche Sprüche reinfällt. Mensch, Kira, mach die Augen auf.« Um ihre Aussage zu unterstreichen, fuchtelte Jen so wild mit der Hand zwischen uns herum, dass sie dabei an den Tisch stieß und ihre Tasse ins Schwanken geriet. »Alles, was der Typ schreibt, hat er aus dem Buch *Flirten für Dummie*s.« Sie verdrehte die Augen.

»Ich weiß doch selbst nicht, warum, aber ich finde es spannend.«

»Das haben die Opfer von Jack the Ripper sicher auch gesagt.«

»Der hat Prostituierte ermordet, Jen. Das ist ja wohl etwas ganz anderes.«

»Dann eben«, sie wedelte weiter mit der Hand, wie um die richtigen Worte einzufangen, »ich-weiß-nicht-wer. Aber solche anonymen Nachrichten gehen nie gut aus. Denk nur an Tom Riddles Tagebuch.«

»Jen!«, nun musste ich die Augen verdrehen. »Wir sind hier weder in Hogwarts noch im London des 19. Jahrhunderts. Es war nur eine SMS.«

Okay: viele SMS.

»Und du bist immer noch der Überzeugung, dass sie von dem Arsch sind?«

»Er ist kein Arsch. Er ist nur ...« Jetzt fehlten mir die Worte.

»Arrogant, selbstherrlich, arschig?«, half Jen mir auf die Sprünge.

»Nein!«, unterbrach ich sie, ehe sie ihre Beschreibung von Sebastian fortführen konnte.

Ganz unrecht hatte sie ja nicht, zumindest war Sebastian, den ich mehrmals die Woche im Tierheim traf, alles andere als die Freundlichkeit in Person. Das musste aber daran liegen, dass er den Job - im Gegensatz zu Matt und mir - nicht freiwillig machte. Man munkelte, dass es eine Art Bewährungsauflage war, Gerüchte von Diebstahl bis zu Drogenhandel innerhalb einer Motorradclique kursierten. Sebastian hielt sich dazu bedeckt - wie eigentlich immer. Er sprach nur sehr selten. Vielleicht fiel ihm das Schreiben einfach leichter?

Ich hatte mir geschworen, nie eine so oberflächliche Tussi zu werden, die sich von Äußerlichkeiten blenden ließ ... aber der Vorsatz war gescheitert. Genau an dem Tag, an dem Sebastian das erste Mal im Tierheim aufgetaucht war. Um es mit Jens Worten auszudrücken, die mich an dem Tag abholen kam: »Selbst Edward Cullen hat keinen besseren ersten Auftritt hingelegt.«

Das Problem war, dass Sebastian mindestens zehnmal besser aussah, als es glitzernde Vampire jemals könnten. Doch seine Ausstrahlung war es, die mich wirklich fesselte. Unnahbar, gefährlich, tiefgründig. Ich war wohl ein hoffnungsloser Fall.

Mein Hirn war der Meinung, dass wir unbedingt hinter die Fassade schauen sollten. Mein Herz war einverstanden, da es seit einer viel zu langen Zeit eh nichts mehr zu tun gehabt hatte und schloss sich freudig an. Wahre Freudensprünge machte es, sobald Sebastian in meiner Nähe war. Was blieb mir also anderes übrig, als mitzuspielen?

»Er kann auch nett sein«, grummelte ich in meine Tasse hinein.

»Ja klar. Immer, wenn du seine Arbeit für ihn erledigen sollst. Wie kommst du nur darauf, dass er dir die Nachrichten schickt?«

»Hallo?« Ich scrollte schnell durch den sehr einseitigen Chat mit *Unbekannt* - irgendwie hatte ich den anonymen Absender ja benennen müssen. »Hier: ›Ich habe dich im Tierheim gesehen und würde dich gerne näher kennenlernen‹.«

»War das vor oder nach der Nachricht mit den Engeln?« Sie kicherte und ich verdrehte die Augen. Sie schnappte sich mein iPhone und scrollte nach oben. Mit schmachtender Stimme las sie vor: »Guten Morgen, Sonnenschein. Der Wetterbericht sagt, es würde regnen. Ich weiß aber, dass der Himmel um dich trauert, weil er seinen schönsten Engel verloren hat.«

Wir seufzten synchron theatralisch, ehe wir loskicherten. Die besten Sprüche waren es nicht gerade, aber ... Nein, wirklich begründen konnte ich nicht, warum mein dummes kleines Herz trotzdem höherschlug. Es war einfach zu lange arbeitslos gewesen.

Meine letzte Beziehung war vor anderthalb Jahren an *unüberwindbaren Differenzen und Entwicklung in unterschiedliche Richtungen* gescheitert. Seither hatte ich mich einmal an einem

One-Night-Stand versucht, aber das war so gar nichts für mich.

»Du hast mir immer noch nicht gesagt, warum du dir jetzt sicher bist, dass ausgerechnet das Ekel Du-weißt-schon-wer ist.« Sie zuckte mit den Augenbrauen, was mich zu einem weiteren Lachanfall brachte. Vielleicht war der dritte Glühwein keine so gute Idee gewesen.

»Gestern bei der Arbeit. Er hatte ein *wissendes Lächeln*.«

»Oh, ein wissendes Lächeln«, sagte sie trocken. »Dann ist ja alles klar.«

»Jetzt lass mich doch ausreden! Ich habe gerade eine SMS bekommen. Als ich hochgesehen habe, hat er mich angestarrt und wissend gelächelt.«

»Soso.« Mehr hatte sie dazu nicht zu sagen.

»Ja.« Irgendeiner musste ja das letzte Wort haben.

»Und was genau hat er dann für ein Problem? Warum schreibt er dir SMS - steht nicht mal dazu! - und spricht dich nicht einfach an?«

Ich seufzte. Wenn ich das nur wüsste! Ich antwortete nicht, was aber auch gar nicht nötig war. Jen spann wieder einmal die wildesten Theorien. Nach der ersten Begegnung mit Sebastian war sie der Meinung, ein Fantasy-Traum wäre wahr geworden und Typ *mysteriöser Badboy* hatte es aus irgendeinem unbekannten Grund in unsere beschauliche Kleinstadt verschlagen. Vampire (und das, obwohl er nicht glitzerte!), Werwölfe (vielleicht in Anlehnung an die Motorrad-Gang-Geschichte?), aus Licht bestehende Aliens (was zur Hölle?!) oder Dämonen (als sie das erste Mal mit Sebastian gesprochen hatte) ... All das war genauestens von ihr geprüft worden. Mit dem Schluss, dass er einfach doch nur ein Arsch war - zumindest aus Jens Perspektive.

»Hey, ihr zwei!« Ich erschrak zu Tode, als plötzlich ein Kopf nur zwei Zentimeter neben meinem auftauchte. Matt hätte genauso gut »Buh!« schreien können.

Er wusste genau - ungefähr seit fünfzehn Jahren -, dass er so etwas nicht machen sollte. Ich starrte ihn finster nieder, bis mein Genick weh tat, und wandte mich mit einem Seufzen wieder Jen zu.

»Hallo, Matthias«, grüßte Jen ungewohnt höflich und strahlte heller als der Weihnachtsbaum hinter ihr. Wenn ich mir nicht absolut sicher wäre, dass Jen mit Jungs nichts am Hut hatte, würde ich drauf wetten, dass sie auf Matt stand. Er fiel übrigens in die Kategorie *Engel* - vermutlich, weil sie ihn nicht so genau kannte wie ich. Denn Matt war alles andere als ein Engel, aber das war ein anderes Thema.

»Soll ich uns noch eine Runde Glühwein besorgen?«, fragte er mit einem Blick auf unsere leeren Tassen.

»Nein, danke. Für mich besser nicht«, antwortete ich schnell. »Noch einen und du kannst mich nach Hause tragen.« Was nicht nur einmal der Fall gewesen war. Nicht wortwörtlich. Aber so ein bisschen? Praktisch, dass er quasi nebenan wohnte - aber was bezahlbare Wohnungen anging, gab es hier in der Stadt nicht sehr viele Möglichkeiten.

Jen lehnte ebenfalls dankend ab. Ihre Mutter würde wieder einmal ausrasten, sollte sie betrunken nach Hause kommen. Das Los derer, die mit zwanzig immer noch zuhause wohnten. Zumindest an den Wochenenden. Unter der Woche hatte sie eine winzige Wohnung, die sie mit einer anderen Lehramts-Studentin teilte, über deren Männergeschichten sie ständig lästerte.

»Dann wollt ihr echt schon nach Hause?« Matt sah mich mit seinem Hundeblick an und ich war kurz davor, weich zu werden.

»Ich habe mich für morgen früh eingetragen«, jammerte ich. Er verzog das Gesicht. Die Frühschicht im Tierheim begann auch am Sonntag um sieben. Und wenn ich auch nur eine Tasse mehr trinken würde, war an Aufstehen nicht mehr zu denken.

»Wie alt bist du? Fünfzig?«

Jen verschluckte sich vor Lachen und bekam einen kräftigen Hustenanfall, sodass Matt sich genötigt fühlte, ihr auf den Rücken zu klopfen wie auf einen staubigen Teppich. Bei dem Vergleich musste ich laut loslachen. Oh ja. Drei Tassen waren mehr als genug.

Jen zog eine Grimasse, weil sie dachte, ich lachte sie aus. Dann flüsterte sie Matt ins Ohr, dass ich viel zu viel getrunken hatte, um mein nicht vorhandenes Liebesleben zu ertränken. Dabei streckte sie mir die Zunge raus.

Matt schüttelte nur lachend den Kopf. Ich verstand nicht, warum sie auf *meinem* Liebesleben herumritt, wo ihres doch weniger belebt war als eine Leiche.

»Ich glaube, ich begleite euch besser«, wandte sich Matt an mich. »Wenn die hübschesten Mädels der Stadt den Platz verlassen, muss ich auch nicht hierbleiben.« Er nahm unsere Tassen und brachte sie zu dem Glühweinstand zurück, kehrte um und legte jeweils einen Arm um mich und Jen.

Nach unserem Auftritt wollte er wohl auf Nummer sicher gehen, dass wir nicht annähernd so viel Alkohol getrunken hatten, wie unser Verhalten ihn glauben ließ.

Wir verabschiedeten Jen an der Haustür ihrer Mutter und schlenderten zu zweit durch die Kälte. So langsam ließ die Wirkung des Alkohols nach und mir wurde immer kälter. Matt sah, wie ich fröstelte, und drückte mich fester an sich. Mein Matt. Mein Held. So war es immer gewesen. Ich seufzte.

13.12.

›Guten Morgen, Engel. Ich hoffe, du hattest süße Träume? Wenn nicht, sollte ich mal ein ernstes Wörtchen mit dem Sandmann reden.‹

Es war zum Verrücktwerden. Mittlerweile war das Erste, das ich morgens tat, nach dem Handy zu greifen und zu schauen, ob ich wieder eine SMS von *ihm* hatte. Und ich war kein einziges Mal enttäuscht worden, außer am Mittwoch.

Lächerlich, wenn ich an diese Ernüchterung zurückdachte. Wie schnell konnte man sich an sowas gewöhnen?

Jen war nicht sehr hilfreich gewesen, als ich ihr mein Leid geklagt hatte. ›Du-weißt-schon-wer hatte sicher einen Termin innerhalb gewisser neun Kreise‹, hatte sie via SMS geantwortet. Der teuflische Smiley dahinter war eindeutig gewesen. Nur leider half mir das auch nicht über die Enttäuschung hinweg. Und es fühlte sich dadurch nicht besser an, dass auch den ganzen weiteren Tag keine einzige Nachricht einging. Eindeutig ein erstes Anzeichen für Abhängigkeit, hatte ich festgestellt. So konnte es nicht weitergehen.

Aber es war ein weiteres Indiz dafür, dass es sich bei dem anonymen Schreiber um Sebastian handelte. Der hatte Mittwoch nämlich unentschuldigt gefehlt und seinen Dienst nicht angetreten.

Bei dem späteren Telefonat mit Jen hatte sie sogar eingelenkt und zerknirscht zugegeben, dass es tatsächlich möglich sein konnte.

Es war Zeit für Plan B. Die Offensive, wie Jen es nannte, bestand daraus, in jeder erdenklichen Situation zu versuchen, mit Sebastian ins Gespräch zu kommen. Der schwierige Teil bestand in dem Wort Gespräch, denn das setzte voraus, dass sich mindestens zwei Menschen an einer Konversation beteiligten - was eigentlich nie der Fall war.

Ich stöhnte beim Gedanken an Freitag, als ich versucht hatte, Plan B umzusetzen und mich mit Sebastian zu unterhalten. Dabei ließ ich mich wieder von der Seitenlage auf den Rücken rollen. Der Moment zog vor meinem inneren Auge vorbei wie eine alberne Comedy-Nummer.

»Simone hat gesagt, du sollst mir im Lager helfen und die Bestände kontrollieren.« Ich hatte versucht, so distanziert wie möglich zu wirken. Auch wenn dieses dumme Herz ihn anscheinend liebend gern angefallen hätte. Aber wer behauptete, dass er nicht einfach nur heiß aussah, wie er dort über sein Handy gebeugt im Aufenthaltsraum saß, der log. Definitiv.

Auf meine Aufforderung hin sah er vom Telefon auf. Eine Strähne seines dunklen Haars fiel ihm ins Gesicht und störte den Blick auf seine wunderbaren blauen Augen.
Genau so hatte ich den Gedanken wortwörtlich gedacht! Einfach peinlich und kitschig - ich verbrachte zu viel Zeit mit Jen und ihren Theorien. Zu allem Überfluss hatte sich die Sonne in exakt dem Moment hinter einer Wolke vorgekämpft und ein breiter Strahl fiel genau auf Sebastian und ließ ihn unwirklich, ja übernatürlich wirken. Oh mein Gott!

Dieser Umstand hatte mir jegliche Gedanken aus dem Hirn vertrieben und ich war nicht länger in der Lage, fortzuführen, was ich begonnen hatte.

Obwohl er saß, wirkte Sebastians Blick nun von oben herab. Mit erhobenen Augenbrauen sah er mich an und wartete auf etwas. Auf irgendeine Reaktion. Was ...

Ich wäre am liebsten im Boden versunken. Er wartete immer noch.

»Du sollst ...«, begann ich zu stammeln.

»Ich soll was?«, unterbrach er mich. Sein Ton war so scharf, dass ich zusammenfuhr.

Ich holte tief Luft und fuhr fort: »Du sollst mir im Lager helfen. Die Inventur ist fällig.«

Mit einem theatralischen Seufzen stand er auf und schob sein Handy in die Hosentasche. Dabei verdrehte er die Augen, als hätte ich ihn um etwas absolut Lächerliches gebeten. Er ging in Richtung Tür und blieb abrupt neben mir stehen, vielleicht zehn Zentimeter von mir entfernt. Zu nah. Meine Atmung setzte aus, mein Herz schlug mit jeder Sekunde schneller und schneller. Dummes Ding!

»Kira.« Seine Stimme war plötzlich wie verwandelt. Dunkler, melodischer, beinahe hypnotisch und ich starrte unwillkürlich auf seine vollen Lippen. Sie bewegten sich, ich konnte jedoch kein einziges Wort verstehen. Er hätte genauso gut chinesisch sprechen können. Wie in einem kitschigen Film lief die Situation in Zeitlupe ab. Wirklich! Er kam mir immer näher, ich konnte jede einzelne Wimper sehen ...

Dann schnippte er mit dem Finger direkt vor meiner Nase und ich fuhr zusammen.

»Ich glaube, das macht keinen Sinn«, seufzte er erneut und wandte sich ab. Der magische Moment war vorüber und ich fühlte mich, als hätte ich ihn verpasst. Verdammt! Und was zum Teufel machte keinen Sinn? Eine Unterhaltung mit mir? Ich wagte es nicht zu fragen und folgte ihm wie der kleine Welpe, der letzte Woche aufgrund einer Allergie abgegeben worden und seinem ehemaligen Herrchen hinterhergelaufen war. Ein wirklich demütigendes Gefühl.

Nur wenig später versuchte ich es erneut. Ich machte die ganze Arbeit, während Sebastian lediglich die Zahlen notierte, die ich ihm nannte. Mit jeder noch so kleinen Geste drückte er seine Abneigung gegen diesen Job aus. Wenn er gerade nichts zu schreiben hatte, tippte er auf seinem Handy herum.

Plötzlich vibrierte es auch in der Gesäßtasche meiner Jeans. Ich fischte mein iPhone so schnell heraus, dass ich es beinahe fallengelassen hätte. Oh Gott, ich war einfach nur krank. Doch ganz gleich, wie fest ich mir das einredete: Das Grinsen, das meinen ernsten Gesichtsausdruck zerstörte, zeugte von einer anderen Meinung. Noch ein weiteres Mal las ich die SMS:

›Wer freut sich denn schon aufs Wochenende, wenn er seinen Engel nicht sehen kann? :'(‹

Ich schmolz beinahe dahin. Sofort warf ich Sebastian Blicke zu, auf die jede verliebte Comicfigur neidisch gewesen wäre. Und was tat er? Er starrte auf sein Handy. Mit einem Seufzen gab ich auf und tippte die Antwort: ›Vielleicht würde dich der Engel ja genauso gern sehen?‹

Ich beobachtete Sebastian ganz genau, der immer noch auf sein Display starrte. Doch seine Mimik war für mich so lesbar wie kyrillische Schriftzeichen. Nichts. Nada.

»Und, was hast du am Wochenende so vor?«, fragte ich so beiläufig wie möglich, was mich enorm anstrengte. Was hatte der Typ nur an sich, das mich so sehr beeindruckte?

Nun sah er verblüfft hoch, als hätte ich ihm angeboten, einen Strip hinzulegen. Die erhobene Augenbraue hätte sehr gut gepasst. Eine Antwort bekam ich jedoch nicht. Den Rest der Schicht verbrachten wir in völliger Stille - zumindest hoffte ich, dass er meinen rasenden Herzschlag nicht bemerken würde.

Sofort nach der Arbeit im Tierheim musste Jen als Seelenklempnerin herhalten. Während ich nach Hause lief, rief ich sie an und berichtete ihr vom fehlgeschlagenen Plan B.

»Also entweder ist er wirklich nicht in der Lage, eine normale Konversation zu führen, oder ...«

Das Oder wollte ich nicht hören. Er war es. Wer denn auch sonst? Wir waren doch bereits alle durchgegangen, die wir so im Bekanntenkreis hatten. Und von allen, die in Frage gekommen waren, hatte ich die Handy-Nummer. Außer von Sebastian. Ich erzählte ihr von der SMS während der Inventur.

»Und wenn er nun wirklich nicht fähig ist, normal zu reden? Wie kriege ich ihn dazu, es mir zu sagen?«, schloss ich meinen Bericht.

»Ist dir denn schon in den Sinn gekommen, dass er es wirklich sein könnte und sich nur einen Scherz erlaubt?«

Das war nicht das, was ich hören wollte. Selbstverständlich hatte ich daran auch schon gedacht - und sofort hatte sich mein Magen verknotet. Für so etwas war Sebastian eindeutig zu alt, oder? Wir waren ja schließlich nicht mehr in der fünften Klasse.

Jen interpretierte mein Schweigen richtig und versuchte sofort, mich aufzumuntern: »Vielleicht hat er aber auch einen Grund, warum er so arschig ist.«

Ich hörte ihr Grinsen sogar durchs Handy. Trotz der Kälte setzte ich mich auf die Stufen zum Eingang des Mehrfamilienhauses, in dem ich wohnte. Der Empfang im Haus war teilweise unterirdisch.

»Und was könnte das für ein Grund sein? Gibt es eine Ich schreibe nur SMS, rede aber nicht mit dir-Krankheit?« Ich seufzte. Die Frage war eher, ob es dafür ein Heilmittel gab.

»Vielleicht will er einfach die Distanz wahren? Bis er sich sicher ist?«

»Na toll. Und wenn es so wäre?«

»Dann müssen wir gemeinsam den Grund dafür herausbekommen. Du solltest ganz schnell ganz viel mit ihm schreiben.«

»Ich soll Du-weißt-schon-wer überrumpeln?«

Oh Gott, jetzt fing ich auch schon damit an!

»Exakt! Geh auf jedes Detail ein, das er dir verrät. Und versuche, ihm mehr zu entlocken. Wenn das Ekel wirklich Mr. Anonym ist, dann wird er sich verraten, wollen wir wetten?«

»Mit wem redest du?« Matts tiefe Stimme aus der Dunkelheit erschreckte mich zu Tode.

»Ich muss aufhören«, sagte ich schnell. Mein Puls raste.

»Halte mich auf dem Laufenden, Süße! Morgen bin ich ja wieder da. Küsschen.«

»Küsschen.«

»Hast du einen anonymen Verehrer?«, fragte Matt mit hochgezogenen Augenbrauen und sofort schlug mein Herz schneller. Ich fühlte mich ertappt. Wie viel von dem Gespräch hatte er mitbekommen? Mein Blick glitt nach rechts und links. Ich war eine miese Lügnerin und konnte ihm nicht in die Augen sehen. Er würde sofort wissen, dass er recht hatte.

»Küsse am Telefon?«, half er mir auf die Sprünge.

Beinahe erleichtert sackte ich zusammen. »Du meinst Jen?« Ich wurde wohl paranoid.

»Seit wann küsst du Jen am Telefon? Willst du mir irgendwas beichten?«

Sein Lächeln war einfach umwerfend. Kein Wunder, dass er reihenweise Mädchen um den Verstand und in seine Junggesellenbude brachte. Nur ab und an, in Momenten wie diesem, stach der erwachsene Matt hervor und überlagerte das Bild von dem dreckverschmierten unverschämten kleinen Kerl mit den verstrubbelten dunkelblonden Haaren, der mir immer meine Süßigkeiten weggefressen hatte.

Ja, aus dem war ein Prachtexemplar von Mann geworden - auch wenn sich an den Haaren nichts verändert hatte.

»Sorgen? Wegen Jen?« In dem Moment, in dem ich es aussprach, schlug ich mir mit der Hand auf die Stirn. Na daran hatte ich nicht gedacht. »Nein!«, setzte ich sofort hinterher.

»Dann ist es ja gut.« Er grinste in sich hinein und ich glaubte sogar, ein Glucksen zu hören.

»Was tust du überhaupt hier?«, fragte ich, um ihn und mich abzulenken.

»Ich wohne hier.« Irgendwie klang es eher nach einer Frage als nach einer Aussage.

»Ich wohne hier. Du wohnst dort.« Ich deutete auf den Wohnblock gegenüber. »Also warum schleichst du hier im Dunkeln herum und erschreckst brave kleine Mädchen?«

»Brave kleine Mädchen? Hast du mal in den Spiegel geschaut? Die Zeiten sind wohl schon eine Weile vorbei.« Sein Lachen war ansteckend. Scheinbar hatte er denselben Gedanken wie ich über ihn.

Ich reichte ihm meine Hand und er zog mich hoch. Mein Hintern fühlte sich taub an. Nun bemerkte ich auch, wie kalt es wirklich war.

»Ich dachte, wir gehen zusammen einen Weihnachtsbaum besorgen«, schlug er vor.

Ich musste ihn angeschaut haben wie ein Mondkalb, denn er setzte hinzu: »Willst du etwa wieder so ein verkrüppeltes, krummes Ding wie im letzten Jahr? Wir hatten doch ausgemacht, dass wir uns dieses Mal früher kümmern.«

Da hatte er recht. Mich schüttelte es bei dem Gedanken an das schiefe, beinahe nadellose Gestrüpp, das als einziges noch unter den Schildern Weihnachtsbäume verkauft worden war. Man sollte einfach nicht bis Heiligabend warten.

Bevor wir aufbrachen, ging ich noch kurz in meine Wohnung und holte mir dicke Handschuhe und eine Mütze, die aussah, wie ein Helm, aber die Einzige war, die ich auf die Schnelle finden konnte.

Mit zerknirschtem Gesicht trat ich nach draußen.

»Wer bist du? Der Grinch?«, lachte Matt, als ich aus dem Haus kam. Er zitterte schon. Warum war er denn nicht wie sonst immer mit hineingekommen? Ich schüttelte den Kopf, während wir zu seinem Auto gingen.

Kaum hatte Matt den Zündschlüssel umgedreht, dröhnte Last Christmas aus den Lautsprechern. Auf der Fahrt grölten wir fröhlich mit.

Es war wie ein Déjà-vu. Seit wie vielen Jahren sangen wir dieses Lied gemeinsam? Und doch klang es keinen Tick besser als damals. Erneut lächelte ich in mich hinein.

Als das Gebläse endlich warme Luft auspustete, zog ich meine Handschuhe aus und das Handy aus der Tasche. Schon mit einem Blick auf den Sperrbildschirm machte mein Herz Freudensprünge. Hektisch öffnete ich die Nachricht.

›Wann beginnen Engel denn mit den Weihnachtsvorbereitungen?‹

Ich antwortete schnell. ›Engel wie ich jedes Jahr zu spät. Ich habe noch kein einziges Weihnachtsgeschenk. Wie sieht es bei dir aus?‹

War die Frage zu persönlich gewesen? Ich bekam jedenfalls keine Antwort, ganz gleich, wie lange ich das Display hypnotisierte. Als Matt den Motor abstellte, gab ich auf und packte das Handy weg. Wieso verhielt sich Sebastian so?

»Darf ich dich etwas fragen?«, druckste ich herum, während wir durch den halbgefrorenen Matsch auf das Feld hinaus gingen, auf dem die Weihnachtsbäume verkauft wurden.

»Hmm?«, kam als geistreiche Antwort von Matt. Wo hing der denn mit seinen Gedanken?

»Kennst du Sebastian näher? Ich meine wirklich kennen, nicht das Halbwissen, das über ihn kursiert.«

»Er ist ein arroganter Idiot. Und das weiß ich, ohne ihn genauer zu kennen«, antwortete Matt schnell.

»Und worauf beruht diese Meinung?«

»Er war eine Zeit lang mit Nadja zusammen.« Das letzte Wort zwängte er zwischen zusammengepressten Kiefern hervor. Matt hatte schon immer einen ausgeprägten Beschützerinstinkt - vor allem seiner jüngeren Schwester gegenüber. Aber die Information schockierte mich.

»Nadja war mit Sebastian zusammen? Das hab ich nicht mitbekommen.«

»Zusammen ist auch die Übertreibung des Jahrhunderts. Dieses Arschloch hat sie nach Strich und Faden ausgenutzt.« Matt trat gegen einen Erdklumpen, der daraufhin zusammenfiel. Ich konnte seine Wut verstehen, aber Matt sollte ehrlich mit sich selbst sein. Er war oft genug ein ebensolches Arschloch gewesen. Noch vor einem Jahr hatte ich jedes Wochenende ein anderes Mädchen aus seiner Wohnung kommen sehen. Glaubte ich zumindest. Vielleicht war auch nur die Hälfte wirklich bei Matt gewesen. Aber was ging es mich schon an? Doch ich sagte lieber nichts zu dem Thema. Es hatte uns beinahe unsere Freundschaft gekostet, als ich ihn einmal darauf angesprochen hatte. Aber wenn Sebastian wie Matt war, konnte er nicht so schlimm sein. Ich mochte Matt - seit frühester Kindheit. Wenn Sebastian nur etwas offener wäre ...

»Er redet nicht viel.«

»Hmmm?«

Mich würde ja zu sehr interessieren, was ihm so den Kopf verdreht hatte. Gab es Stress bei der Arbeit?

»Sebastian. Er redet kaum.«

»Vielleicht hat er nichts zu sagen?« Noch immer klangen seine Worte gepresst.

»Das hast du oft auch nicht und redest trotzdem«, feuerte ich zurück.

»Na danke für deine positive Meinung über mich.« Matt beschleunigte seine Schritte und ich musste joggen, um zu ihm aufzuschließen.

Perfekt. Nicht.

Ich verzog das Gesicht.

»Matt, tut mir leid.« Ich hielt ihn am Arm fest.

Seine Kiefermuskulatur trat deutlich hervor, als er sich zu mir umdrehte.

»Vergiss es einfach. Lass uns Bäume aussuchen gehen.« Er nahm mich an meiner behandschuhten Hand und zog mich zu den winzigen Bäumen ganz am Rand. Das waren die Einzigen, die in unsere kleinen Wohnungen passten.

»Sieh mal, die sehen aus wie Zwillinge«, rief ich und deutete auf zwei etwas abseits stehende Tannen.

»Die wären perfekt!« Matts Augen begannen zu leuchten wie bei einem kleinen Kind. »Die nehmen wir.«

Er schnappte sich die beiden Bäumchen an den Spitzen und trug sie zu dem kleinen Verkaufsstand, in dem ein junger Mann, dick eingepackt wie ein Eskimo, wartete. Matt bezahlte auch meinen Weihnachtsbaum und trug ihn den ganzen Weg zum Auto. Ich setzte mich hinein, während er ohne große Schwierigkeiten beide Bäume im Kofferraum unterbrachte. Mein Handy vibrierte.

›Ich habe auch noch nicht alles.‹

Mit der Antwort konnte ich ja viel anfangen. ›Was hast du denn schon?‹

»Wollen wir noch etwas trinken gehen?«, fragte Matt, als er einstieg und den Motor startete.

»Mir ist eher nach Sofa und Lesen«, antwortete ich abwesend, während ich auf eine weitere Nachricht von Sebastian wartete.

»Wir könnten auch einen Film schauen«, schlug Matt vor. So verlockend das Angebot klang, mich an meinen besten Freund zu kuscheln und Chips zu essen … Meine Gedanken waren doch ständig bei Sebastian. »Warum redet er nur nicht?«, sprach ich meinen Gedanken laut aus.

»Wer?«

»Sebastian. Was hat er für ein Geheimnis, das er niemand an sich ran lässt.«

Matt bekam einen Lachanfall.

»Was?«, fragte ich irritiert.

»So wirkt er auf dich? Geheimnisvoll?« Er schien die Welt nicht mehr zu verstehen und riss die Hände vom Lenkrad.

»Hey! Hände ans Steuer!«, befahl ich ihm. Ich wusste, dass er ein sehr guter Autofahrer war, aber dennoch verursachte es ein Panikgefühl, wenn man hilflos auf dem Beifahrersitz saß und sofort Bilder von Autounfällen vor dem inneren Auge vorüberzogen.

»Ist ja schon gut«, lachte er und griff wieder ans Lenkrad. In perfekter zehn vor zwei-Position, was mich zum Lächeln brachte.

»Erzählst du mir dann, wie du auf die Idee kommst, dass Sebastian ein Geheimnis hat und nicht einfach nur ein Idiot ist? Vielleicht kann ich dann Nadja besser verstehen. Die heult ihm manchmal immer noch hinterher.« Er seufzte.

»Er wirkt so distanziert, dann aber gibt es Momente, da ist so eine Anziehung zwischen uns …«

»Da ist etwas zwischen euch?« keuchte Matt und starrte mich an.

»Sieh bitte auf die Straße«, jammerte ich und sein Blick ließ sofort von mir ab. »Ich kann es nicht beschreiben, verdammt. Es ist ... das Gefühl, dass da mehr sein müsste. Und dann noch diese Nachrichten.«

»Welche Nachrichten?«, fragte er sofort. Mist. Darüber wollte ich doch nicht mit ihm reden. Verdammt! Ich tat so, als hätte ich die Frage überhört und scrollte durch mein Handy.

»Welche Nachrichten, Kira?«, wiederholte er und ich war gezwungen, ihm davon zu erzählen, ganz gleich, für wie lächerlich er mich halten musste. Doch er sagte gar nichts. Und lachte mich auch nicht aus. Seine Hände waren so fest ums Lenkrad gekrallt, dass die Knöchel weiß hervortraten. Dabei schüttelte er nur den Kopf.

Während der restlichen Heimfahrt herrschte eine seltsame Stimmung zwischen uns, die mich bedrückte. Im letzten Jahr war es immer wieder schwieriger zwischen uns geworden, die beschwingte Leichtigkeit der Jugend war verschwunden. Ich hatte gehofft, durch die Zusammenarbeit im Tierheim würde sich das wieder bessern. Auch Matt hatte so gedacht und mir zum FÖJ im Tierheim geraten, ehe ich mich für ein Studium entschied. Die Arbeit machte mir Spaß, keine Frage, aber zwischen uns war es immer seltsamer geworden.

»Wir sind da«, riss Matt mich aus meinen Gedanken und parkte seinen Wagen direkt vor meiner Haustür. Ich schnallte mich ab und stieg aus, öffnete den Kofferraum und nahm mir einen der Zwillinge. Ich wünschte Matt noch einen schönen Abend und bedankte mich fürs Mitnehmen, schloss den Kofferraum wieder und schleppte die Tanne ums Haus auf meine kleine Terrasse. Schließlich musste sie im Kalten stehen, damit sie an Weihnachten immer noch schön aussah.

Hastig öffnete ich wieder meine Augen. Ich hatte mich in der Erinnerung an Freitag total verloren. Während ich meine Decke zurückschlug, dachte ich an die kleine Tanne auf der Terrasse und an Matt, dem ich mit meiner Meinung über Sebastian vor den Kopf gestoßen hatte. Noch ehe ich Sebastian zurückschrieb, öffnete ich den Chat mit Matt und tippte hastig aufs Display. Binnen Sekunden erhielt ich eine Antwort: ›Danke für die Einladung. Ich freue mich. Soll ich Frühstück mitbringen?‹

›Bei solch einem unmoralischen Angebot kann ich nicht widerstehen.‹

›Wie schnell du rumzukriegen bist. Typisch Frau. :-)‹

Ich lachte und schwang mich endlich aus dem Bett. Wie ich Matt kannte, war er in spätestens fünfzehn Minuten hier. Der Bäcker, der sonntags geöffnet hatte, war gleich um die Ecke. Hastig zog ich mir eine Jogginghose und ein Oversize-Shirt an, zischte durchs Bad, brachte mich in einen einigermaßen annehmbaren Zustand und schaltete den Kaffeevollautomaten an, als es gerade klingelte. Ich sah auf die Uhr. Zehn Minuten. Ich grinste wie ein Idiot, als ich die Tür öffnete.

»Du bist ja gut drauf, und das so früh am Morgen. So kenne ich dich gar nicht«, grinste er kopfschüttelnd.

»Na danke.« Ich riss ihm die Papiertüte aus der Hand und legte sie auf den kleinen Tisch in der Küche. Danach stellte ich zwei Tassen unter den Ausguss, hörte dem Geräusch des Mahlwerks zu und genoss den Duft des frischen Kaffees.

Matt holte in der Zwischenzeit Butter und Marmelade aus dem Kühlschrank. Erneut lächelte ich in mich hinein. Wie gut er mich kannte!

Die Croissants von unserem Bäcker schmeckten einfach himmlisch. Aber nach dem zweiten war ich so satt, dass ich mich am liebsten wieder ins Bett gelegt hätte. Matt erkannte meinen Gedanken, sprang vom Stuhl auf und klatschte in die Hände. »Los, an die Arbeit!«

Ich erhob mich grummelnd, fischte eine Frischhaltedose mit Teig aus dem Kühlschrank und reichte sie ihm. »Kneten!«, befahl ich und räumte das Geschirr vom Frühstück beiseite, um die einzige Arbeitsfläche meiner kleinen Küche frei zu bekommen.

»Gib's zu: Den hast du gekauft«, stichelte Matt, der gerade ein riesiges Stück Teig aus der Dose in den Mund gesteckt hatte.

Mit gespielter Empörung entriss ich ihm die Dose und schüttete den Teigklumpen auf das Backpapier, das ich auf dem Tisch ausgebreitet hatte. »Traust du mir überhaupt etwas zu?«, fragte ich in meiner Ehre gekränkt.

Ich liebte Plätzchenbacken und vor allem liebte ich Zimtsterne. Niemals würde ich da einen fertigen Teig nehmen.

»Ist ja schon gut!«, Matt hob ergeben die Hände. »Was soll ich tun?«

»Da muss ein zweites Stück Backpapier drauf, sonst klebt alles am Nudelholz.«

»Das ist aus Plastik«, korrigierte er, deutete auf die rote Teigrolle und grinste breit.

Ich hatte gerade den Mehlsieb aus dem Schrank geholt und konnte es mir nicht verkneifen, ihn kurz über seinem Kopf zu drehen. Es staubte höllisch. Oh Gott, ich musste das wieder putzen! Wer hatte mir nur diesen Gedanken ins Hirn gepflanzt?

Matt hingegen bekam erst einen Hustenanfall und beschwerte sich dann theatralisch über seine Behandlung als Küchensklave.

Wenig später hatten wir uns dann wieder beruhigt und konnten die Zimtsterne in Angriff nehmen. Matt belächelte ein ums andere Mal meine Vorgehensweise, befolgte jedoch rigoros jede meiner Anweisungen.

Ich legte eine Weihnachts-CD ein, um die Stimmung noch etwas weiter zu heben, obwohl sie seit langem nicht mehr so ausgelassen zwischen uns gewesen war.

Über das Backen hatte ich sogar mein Handy vergessen und las die nächste Nachricht erst, als die Zimtsterne bereits einen herrlichen Duft verströmten und wir es uns vor dem Fernseher gemütlich gemacht hatten.

›Schläfst du etwa immer noch, mein Engel?‹ lautete die SMS, die schon angekommen war, während ich mit Matt geschrieben hatte.

›Ich habe heute schon Plätzchen gebacken‹, antwortete ich schnell und legte mein Handy zur Seite. Der Gedanke an Sebastian machte mir nur schlechte Laune. Da zog ich es vor, mit Matt herumzualbern, bis der Küchenwecker klingelte.

Ich zog das Blech aus dem Backofen, stellte es auf den Herd und lachte auf. Die eine Seite war voller akkurater Zimtsterne, die aussahen, als hätte man sie beim Bäcker gekauft. Die andere Seite … Nun ja …

»Ich glaube, das sollten wir noch üben«, gab Matt zu, schnappte sich einen der desaströsen Zimtsterne, warf ihn in den Händen hin und her und pustete kräftig, ehe er hineinbiss.

»Wärst du ein echter Sklave, würde ich dich für das da auspeitschen«, lachte ich und deutete auf seine Hälfte des Blechs.

»Dann sollte ich mir ja überlegen, ob ich das wiederhole.« Seine Augenbrauen zuckten und plötzlich entstand ein Funkeln in seinen Augen, das mir noch nie an ihm aufgefallen war. Für einen Moment versank ich in seinem Blick, war nicht in der Lage, mich zu regen oder auch nur irgendetwas Schlaues zu erwidern. Wie magnetisch angezogen näherten sich unsere Gesichter. Es kribbelte so stark in meinem Bauch, dass ich beinahe laut aufgeschrien hätte.

»Matt?«, stammelte ich, ohne mich zu bewegen.

»Kira?« Er senkte kurz den Blick und biss sich anschließend auf die Lippe. Ich roch den Zimtstern, den er eben gegessen hatte, als sein Atem mein Gesicht streifte. Millimeter für Millimeter kam er näher. Nun nahm ich nur noch den typischen Geruch von Matt wahr, den ich schon immer gekannt hatte, der Duft von Wohlbefinden, einem Zuhause. Ich spürte, wie sein Atem stockte, war nicht länger in der Lage, zu denken oder vernünftig zu handeln.

Mit einem sanften Stöhnen berührten seine Lippen die meinen. Ein so zarter Kontakt, mehr Gedanke als Tatsache - und dennoch zuckten Milliarden Blitze durch meinen Körper, belebten mich. Nahezu willenlos legte ich die Hände auf seine Hüften und zog ihn näher an mich, vertiefte den Kuss. Ein Prickeln überzog meinen Nacken und kroch langsam und quälend den Rücken hinab, als er mit seiner Zunge meine Lippen trennte und mit einem Seufzen in meinen Mund drang.

Mein Herz raste, machte Freudensprünge, setzte aus und feuerte Hormone durch meinen Körper, die es mir unmöglich machten, von Matt abzulassen. Ich schmeckte ihn, spürte ihn auf eine Weise, die ich nie für möglich gehalten hatte. Meine Atmung klang, als würde ich einen Marathon laufen, obwohl wir nur einander zugewandt beieinander standen. Unter immer drängenderen Küssen schob Matt mich langsam aus der Küche hinüber zum Sofa. Ohne die Lippen von mir zu lösen, hob er mich hoch und legte mich sanft zwischen die Kissen. Mein Puls raste in immer schnellerem Rhythmus, als er sich neben mich legte. Während seine Lippen meinen Mund verließen und ich für einen winzigen Moment eine Welle der Enttäuschung verspürte, begann er, seine Hand über mein Shirt wandern zu lassen.

Sein Mund glitt an meinem Ohr entlang, sein Atem kitzelte mich. Das Lachen, das aus meiner Kehle kriechen wollte, wurde zu einem leisen Stöhnen, das er mir entlockte, als seine Zunge meinen Hals entlangglitt. Mein ganzer Körper stand unter Strom. Lange hatte ich mich nicht mehr so gefühlt. Begehrt, brennend ... verrückt. Es war Matt, der hier neben mir lag. Der kleine schmutzige Matt, der vor vielen Jahren an meinen Zöpfen gezogen hatte, um mich zu ärgern.

»Matt«, flüsterte ich, unfähig mehr zu sagen. Seine Hand glitt meine Wirbelsäule entlang, presste meine Hüfte gegen seine. Ich spürte, wie erregt er war, drückte mich ihm unwillkürlich entgegen und er stöhnte so nah an meinem Ohr, dass eine neue Welle von Gänsehaut über meinen Körper rollte. Ich erschauderte, nicht in der Lage, mich aus seinem Bann zu befreien. Meine Zunge benetzte meine Lippen, die von der keuchenden Atmung ausgetrocknet waren. Sofort war Matts Mund zur Stelle, küsste mich innig, sein Verlangen war spürbar, seine Begierde nicht zu verleugnen.

»Kira«, seufzte er in meinen Mund. Seine Hand glitt über meinen Hintern und den Oberschenkel. Reflexartig presste ich mich an ihn und er wurde forscher, ließ mich erzittern. Seit wann hatte er eine solche Wirkung auf mich?

Was tat er da? Ich seufzte auf, seine Zunge umspielte meine. Was taten wir da? Langsam stieg ich aus dem Nebel, der uns umgab, empor. Es war falsch. Wir setzten unsere Freundschaft aufs Spiel.

»Matt«, keuchte ich und versuchte, ihn ein wenig von mir fortzuschieben, rutschte ihm jedoch im selben Moment hinterher. Nein, es durfte nicht sein.

»Wir müssen aufhören, Matt.«

Mein jammernder Tonfall ließ ihn aufhorchen und er zuckte zurück, als hätte ich ihn getreten. Schnell setzte er sich auf, fuhr sich durch die Haare. Seine Schultern zuckten. Ich sah, wie er versuchte, seine Atmung in den Griff zu bekommen.

Dann sprang er kopfschüttelnd auf und rannte aus dem Wohnzimmer. Ich hörte noch das Rascheln seiner Jacke und wie sich die Tür hinter ihm schloss.

Die traurige Erkenntnis schlug mir wie Leuchtreklame entgegen: Wir hatten unsere Freundschaft soeben endgültig zerstört.

Eine Träne rann unbeachtet über meine Wange. Im selben Moment vibrierte mein Handy.

20.12.

›Welche Plätzchen denn?‹ Wie konnte ich mich auf diese kindischen Schreibereien einlassen, wenn ich eben meinen besten Freund verloren hatte? ›Hör zu, das Ganze war ja bisher richtig lustig, aber ich habe keinen Nerv mehr dazu. Ich hatte einen ganz schlechten Tag.‹

Wenige Sekunden später kam die Antwort: ›Willst du mir erzählen, warum?‹

›Nein‹

›Ich kann nicht wissen, dass du unglücklich bist, und nichts dagegen unternehmen.‹

Beim Arbeiten belächelte er mich und nun wollte er Seelenklempner spielen? Nicht mit mir. Schnell schrieb ich Jen eine Notfall-SMS. Als fünf Minuten später noch keine Antwort angekommen war, rief ich sie an und bekam die Mailbox dran. Verdammter Mist! Ich musste einfach darüber reden! Und dann tat ich etwas, was ich nie für möglich gehalten hatte: Ich antwortete Unbekannt mit ›Ich habe eben meinen besten Freund verloren‹.

Keine Reaktion. War ja klar. So langsam hatte ich dasselbe Bild von Sebastian wie Jen. Was für ein blödes Huhn war ich gewesen? Ich zerrte Taschentücher aus der Box und trocknete die Tränen, die immer noch aus meinen Augen rannen.

Herzschmerz. Ha! Ich hätte nie gedacht, dass ich den einmal wegen Matt spüren würde. Er war Matt, verdammt! Allein der Gedanke war zu viel und ich schluchzte auf. Ich war so eine Idiotin! Ich formte das Taschentuch zu einer Kugel und schmetterte es auf den Boden. Was wenig eindrucksvoll aussah, weil es sich entfaltete und sanft auf dem Parkett landete. Nicht einmal das konnte ich. Verdammt! Ein erneuter Anruf bei Jen blieb ebenso ergebnislos. Aber als ich den roten Hörer antippte, sah ich, dass eine Nachricht eingegangen war.

›Das glaube ich nicht. Was könntest du getan haben, um deinen besten Freund so zu verletzen?‹ Ich seufzte auf. Eine zweite SMS kam hinterher: ›Oder hat er dich verletzt? Hat er dir etwas angetan?‹

›Nein, hat er nicht. Und das ist ja genau das Problem.‹

›Das verstehe ich nicht.‹ Das konnte ich gut nachvollziehen. Wie sollte ich nur erklären, dass der Typ, der mein Leben lang für mich da gewesen war und mit dem ich jeden erdenklichen Mist mitgemacht hatte, für einen kurzen Moment mehr geworden war als der beste Freund? Und warum sollte ich das ausgerechnet Mr. Anonym schreiben? Ich warf mein iPhone aufs Sofa neben mich und erschrak über mich selbst. Wie konnte aus unschuldigem gemeinsamem Backen etwas so Konfuses werden? Ich hatte Matt mit anderen Augen gesehen, ihn so gesehen wie all die jungen Dinger, die ihm ständig hinterher schmachteten - aus gutem Grund.

Mein Herz klopfte stark in meiner Brust. Ihm gefiel der Gedanke an Matt. Ich vergrub mein Gesicht in den Händen. Dummes Ding! Machte einfach, was es wollte. Erst Sebastian, nun Matt? Ich konnte es nicht fassen.

›Ich fürchte, ich empfinde mehr für ihn, als gut für unsere Freundschaft ist.‹ Sollte er doch denken, was er wollte.

›Ich bin nicht gut in solchen Dingen ... Aber denkst du nicht, du solltest ihm das sagen?‹

›Und die Hoffnung aufgeben, dass alles wieder normal zwischen uns wird? Niemals.‹

Wieso nur war Sebastian plötzlich so verständnisvoll? War es tatsächlich nur ein dummer Scherz von ihm gewesen und er hatte kein wirkliches Interesse an mir? Welcher Typ gibt Beziehungsratschläge (für die Beziehung mit einem anderen!), wenn er selbst Interesse hatte? Keiner. Und die Tatsache deprimierte mich ebenso sehr wie mein kleines Herz, das zu schluchzen schien.

›Vielleicht empfindet er ja genauso wie du?‹

Bei der Nachricht lachte ich auf. Ja klar. Matt hatte urplötzlich Interesse an mehr als einer Bettgeschichte.

›Das glaube ich nicht.‹

Daraufhin kam keine Reaktion mehr von Sebastian.

Dafür hatte es Jen endlich aus dem Bett geschafft - ein Kunststück um ein Uhr Mittag! - und ich kaute das ganze Desaster des Vormittags mit ihr am Telefon durch.

»Zimtsternküsse! Wie romantisch!«, seufzte sie und ich sah den verträumten Glanz in ihren Augen direkt vor mir. »Er ist ein guter Typ, Kira«, sagte sie leise, als ich damit abgeschlossen hatte, wie Matt zur Tür hinausgestürmt war. »Ich weiß gar nicht, warum du die Situation nicht einfach ausgenutzt hast.«

»Wie bitte?«, keuchte ich, während ich aufgebracht in meinem kleinen Wohnzimmer hin- und hertigerte. Viel Platz hatte ich ja nicht gerade. Dabei fiel mein Blick durch die Terrassentür auf das kleine Tannenbäumchen und sofort standen mir wieder Tränen in den Augen. Nie wieder nadellose Äste oder wunderschöne Bäumchen mit Matt. Ein Schluchzen entstieg meiner Kehle.

»Kira, vielleicht meint Matt es ernst?«, klang es sanft aus dem Hörer.

Ich erzählte ihr von all den Weibergeschichten, von denen ich ihr sonst nie großartig berichtet hatte - es war schließlich Matts Problem.

»Na gut. Ich merke, du willst es einfach nicht glauben. Was macht denn Mr. Anonym?«

Ich erzählte ihr von dem seltsamen Chat, den ich immer noch nicht einzuordnen in der Lage war. Jen gab nicht einmal einen bissigen Kommentar dazu ab. Nachdem wir uns fünf Minuten lang angeschwiegen hatten, vertagten wir das Telefonat auf die nächsten Tage. Sie blieb bis nach Heilig Drei König zuhause und war damit stets für mich verfügbar, wie sie betonte.

Ich fühlte mich leer. Mein Herz schien abgestorben zu sein. Es regte sich nicht mehr. Zerbrochen.

23.12.

Die letzten Weihnachtseinkäufe standen an. Zusammen mit den ersten. Ich war ein notorischer Last-Minute-Shopper, aber es gab noch schlimmere. Beim Einkaufen in der übervollen Einkaufsmeile, zwischen abertausenden von Menschen, begegnete ich ausgerechnet Matt. Ein kurzes Lächeln umspielte seine Lippen, das schnell einer ausdruckslosen Miene wich. Mir ging es ähnlich. Ich wagte es nicht, ihm wie so oft um den Hals zu fallen und mich einfach wohl zu fühlen. Schnell verabschiedeten wir uns förmlich und wünschten uns »Frohe Feiertage«. Es war der reinste Hohn und ich hatte mit den Tränen zu kämpfen.

Seit dem Seelenklempner-Chat war es auch um Sebastian ruhig geworden. Ich hatte vorgestern auf ein ›Wie geht es dir?‹ mit ›Schlecht‹ geantwortet, ehe ich mich aufrappelte und versuchte, etwas über ihn herauszufinden. Einfach so aus Langeweile.

Jetzt, wo ich wusste, dass er kein echtes Interesse haben konnte, verhielt ich mich lockerer. Ich drängte ihn, sein Geheimnis preiszugeben. Warum er denn so schüchtern war und mir nur schrieb. Zur Antwort kam nur, dass er nicht in der Lage sei, normal mit mir zu sprechen und dies als einzigen Ausweg gesehen hatte. Immerhin etwas, aber anfangen konnte ich damit auch nichts.

Nach mehreren Stunden, die mich aufgrund erzwungenen Körperkontaktes sofort zum Menschenphobiker machten, ließ ich mich zuhause entspannt aufs Sofa fallen. Als ich das Handy aus der Tasche zog, bemerkte ich, dass der Akku leer war. Schnell hängte ich es ans Ladekabel, ging kurz duschen (nach so viel Fremdkontakt war das dringend nötig), ehe ich mich fürs Tierheim umzog.

Ich hatte Spätschicht, nur Simone war noch da. Wie immer. Für sie war die Leitung des Tierheims nicht nur ein Job, sondern eine echte Aufgabe, in die sie so viel einbrachte, wie es niemand anderes tun könnte. Mit einem Lächeln legte ich ihr eine kleine Tüte Zimtsterne auf den Schreibtisch. Bis Neujahr würde ich sie nicht mehr sehen, und auch wenn ich die ganzen dämlichen Plätzchen am liebsten in den Mülleimer geworfen hätte, war es doch das perfekte Präsent. Simone strahlte und ließ die düstere Wolke meiner Gedanken der letzten Tage verpuffen wie Nebel in der Sonne.

Wir redeten über dieses und jenes, während wir die Tiere fütterten und die Käfige und Ställe reinigten. Als Sebastian mit etlicher Verspätung endlich seinen Dienst antrat, waren wir schon so gut wie fertig.

Simone lud uns ein, noch kurz einen Glühwein trinken zu gehen und zu meiner Überraschung sagte Sebastian zu. Er war an dem Abend seltsam kommunikativ - leider weniger in meine Richtung. Aber Simone holte allerhand aus ihm heraus, was ihn dann doch - spätestens nach dem zweiten Glühwein - menschlicher erscheinen ließ. Ein normaler Typ einfach, der sich vielleicht etwas arrogant verhielt, aber doch ganz nett sein konnte. Genau so eben, wie ich es immer vermutet hatte.

Als Simone uns kurz allein ließ, um Glühweinrunde Nummer drei zu besorgen, vibrierte mein Handy. Erst wollte ich es nicht beachten - wer konnte es schon sein? - doch nach weiteren SMS-Ankündigungen zog ich es aus der Tasche und entschuldigte mich bei Sebastian dafür.

›Ich wünsche dir einen wundervollen Abend, mein Engel. Morgen ist dein großer Tag.‹

Ich ließ das Handy beinahe fallen. Sebastian hatte seines nicht ein einziges Mal in der Hand gehabt. Im Gegenteil: Seine Hände hatten die letzten anderthalb Stunden nichts als Glühweintassen und Essen gehalten. Ich spürte, wie mein Gesicht an Farbe verlor.

Sebastian legte den Kopf schief und musterte mich. »Schlechte Neuigkeiten?«, fragte er.

»Schockierend trifft es eher«, murmelte ich, mein Kopf schüttelte sich fassungslos, ohne dass ich etwas dazutun musste. Ich sah von meinem Handy zu Sebastian. Immer und immer wieder.

»Hey, kann ich dir irgendwie helfen?« In Sebastians Stimme schwang tatsächlich etwas Sorge mit.

In dem Moment trat Simone wieder an den Tisch, drei dampfende Tassen in der Hand. »Bei was helfen? Ist etwas passiert?« Sie sah mich mit einem durchdringenden Blick an.

»Die Nachrichten«, begann ich ungläubig. »Du hast mir grad keine SMS geschickt?« Beinahe flehend sah ich Sebastian an.

Dieser lachte laut auf und schüttelte den Kopf, als würde er mich für verrückt halten und eine SMS von ihm niemals infrage kommen.

»Warum sollte er dir schreiben?«, mischte sich Simone ein und trat dicht neben Sebastian.

»Ich ... Da waren diese Nachrichten von einer fremden Nummer ...«, die Worte blieben mir im Hals stecken, als endlich die Erkenntnis bis zu meinem Hirn durchdrang: Simone war so dicht an Sebastian getreten, weil sie seine Hand hielt. Er war so gesprächig, weil sie dabei war. Waren die beiden ein Paar? Mein Blick huschte zwischen Simone und Sebastian hin und her. Die Frage beantwortete sich von selbst, als sie einander ansahen und Sebastian die Lippen zu dem Lied im Hintergrund bewegte. »All I want for Christmas is you«.

Ich fürchtete, mein Magen würde im nächsten Moment den Glühwein und die Pommes wieder von sich geben und verabschiedete mich schnellstmöglich. Sebastian rief mich kurz und ich blieb stehen. Mit schnellen Schritten war er bei mir und sagte nur: »Ich habe dir keine Nachrichten geschickt.« Er sah kurz zu Simone zurück. »Sie meinte, ich sollte es dir noch einmal direkt sagen. Was immer da war, ich habe nichts damit zu tun.«

Desillusioniert lief ich nach Hause. Eigentlich hatte ich den Weihnachtsbaum schmücken wollen, damit ich morgen meinen Eltern bei den Vorbereitungen für das Weihnachtsessen helfen konnte, aber ich war nicht in der richtigen Stimmung.

Ich war nicht einmal in der Lage, Jen von den neuesten Entwicklungen zu erzählen. Nein, ich wollte einfach nur meine Ruhe haben.

Das wird ja ein fantastisches Weihnachten werden, flüsterte mir mein Herz zu. Immer und immer wieder, bis ich über diesem Gedanken auf dem Sofa einschlief.

24.12.

Seltsame Geräusche hatten meinen Schlaf gestört, aber immer nur so wenig an meinem Unterbewusstsein gekratzt, dass ich sie in meine Träume eingebaut hatte. Kaum hatte ich den Halbschlafzustand überwunden, waren die Erinnerungen daran verloren. Etwas vom Weihnachtsmann? Ich schüttelte den Kopf, rieb meine Augen und versuchte erfolglos, die Muskeln in Rücken und Nacken zu entzerren. Fürs Auf-der-Couch-Schlafen war ich wohl zu alt. Mir tat alles weh und ich stöhnte laut, um meiner Wohnung etwas vorzujammern.

Im Affengang schlurfte ich zur Küche und schnappte mir das Handy vom Couchtisch.

›Frohe Weihnachten mein Engel. Ich hoffe, dass all deine Träume in Erfüllung gehen <3‹

›Wer bist du?‹, fragte ich direkt. Ich war am Vorabend nicht mehr in der Lage gewesen, ihm zu antworten. Nach der Erkenntnis war die Aufregung Sorge gewichen. Es machte mir Angst, mit einem Menschen etwas ausgetauscht zu haben, das so intim war wie der Verlust von Matt. Mit einem fremden Menschen. Ich schluckte bei dem Gedanken daran, was für ein Irrer hinter den Nachrichten stecken könnte.

Natürlich antwortete Mr. Anonym nicht. Ich sah auf die Uhr. Es war schon nach zehn. Mit meiner Mutter hatte ich vereinbart, dass ich um elf bei ihr sein würde, damit wir genügend Zeit für die Weihnachtsgans und auch den Weihnachtsbaum hatten. Ich machte mich zurecht - vor dem Essen würde ich sowieso noch einmal heimkommen - und fuhr zu ihr. Weihnachtsmusik dröhnte mir entgegen und mit den Vorbereitungen verging der Tag wie im Flug. Wir waren eher fertig, als ich vermutet hatte und so ging ich nach Hause, zog mich um und lief anschließend noch zum Tierheim, um meinen Kopf etwas frei zu bekommen. Der Spaziergang am von zahlreichen Lichterketten durchleuchteten Abend würde mir guttun und hoffentlich für eine Erkenntnis irgendeiner Art sorgen. Ich musste es einfach wissen.

Natürlich war Simone auch da. Gemeinsam mit Sebastian. Waren die beiden jetzt hier eingezogen? Naja, das konnte mir egal sein.

Ich nahm eine Handvoll Hundekekse in die Hand und wollte zu meinen Lieblingen gehen. Als ich um die Ecke bog, prallte ich mit jemandem zusammen. Der Duft nach Zimt stieg mir in die Nase und mein Herz raste. Ich blickte auf und sah direkt in Matts strahlende Augen, die von dunklen Ringen umgeben waren. Er war bleich, als hätte er nächtelang nicht geschlafen.

»Frohe Weihnachten, Kira«, flüsterte er. Erneut so nah, dass es mir unmöglich war, nicht sofort an die gemeinsame Backaktion zu denken. Meine Wangen brannten. »Dir auch frohe Weihnachten, Matt.« Hastig trat ich einen Schritt zurück, versuchte, um ihn herumzugehen - genau wie er. Erneut stießen wir zusammen, prallten zurück und starrten uns an.

Die Geschehnisse standen wie eine unüberwindbare Mauer zwischen uns. Die Stille, die uns umgab, war Beweis genug.

»Kira, ich ...«, begann er, doch ich winkte ab.

»Bitte nicht, Matt. Heute ist Weihnachten.«

Mit einem Schulterzucken holte er sein Handy aus der Tasche - war es nicht immer weiß gewesen?-, fixierte mich dabei mit seinem Blick, damit ich ja nicht verschwinden konnte. Nachdem er kurz aufs Display eingehackt hatte, steckte er es wieder weg.

In genau dem Moment vibrierte es in meiner Gesäßtasche. Mein Herz tat einen Satz, drängte mich, schneller zu machen, wusste, was geschehen war, ehe ich es mir erlaubte, auch nur daran zu denken.

›Hast du die Überraschung nicht gefunden?‹

Ich sah zu Matt, der gequält lächelte. Ich schüttelte den Kopf. Nein, das konnte nicht sein. Matt. Mein Matt!

Er musste mir das Durcheinander in meinem Kopf angesehen haben, trat einen Schritt auf mich zu. »Wollen wir sie uns gemeinsam anschauen?« Ich nickte, paralysiert, hypnotisiert, wie erstarrt beim Blick in Matts Augen, und ließ mich von ihm führen.

Wortlos schlenderten wir zu unserem Viertel, zu meinem Wohnhaus. Matt führte mich durchs Gebüsch auf meine Terrasse.

Mein Mund öffnete sich, ohne dass auch nur ein Ton herauskam.

Niemals hätte ich mit Worten ausdrücken können, was ich in dem Moment empfand.

Dort, mitten auf der Terrasse, stand das kleine Tännchen, von etlichen LED-Lämpchen beleuchtet und von Lametta erdrosselt. An den Ästen hingen lauter Dinge, die Sternen glichen. Ich kniff die Augen zusammen: Zimtsterne! Daher der Geruch von Matt!

Ich biss mir vor Rührung auf die Lippen, versuchte, diese dummen Tränen zurückzuhalten, die sich vermutlich mit meinem Herz gegen mich verschworen hatten. Ohne Erfolg. Wie vom Blitz getroffen stand ich hier draußen, starrte auf die arme kleine Tanne und heulte. Das war die allerschönste Überraschung, die ich jemals bekommen hatte.

»Kira? Ich ...«

Ich ließ ihm keine Zeit, den Satz zu vollenden. Ich zog ihn an mich und erstickte jegliche Erklärung mit meinem Mund. Mein kleines Herz jagte eine Horde Glückshormone durch meinen Körper, als sich unsere Lippen berührten. Und ich glaubte, dass ich neben dem Glöckchenklingeln aus weiter Ferne auch ein entnervtes Flüstern hörte. »Na endlich.«

Wahrheit oder Pflicht

Sina Müller

Das Licht der Wintersonne brach sich auf der weiß gepuderten Oberfläche und glitzerte wie tausend Brillanten. Fasziniert ließ ich den Blick über die hohen verschneiten Berge schweifen, die bis zum Horizont in den Himmel ragten und nach der Sonne zu greifen schienen. Ich liebte den Anblick der wilden Schönheit. Das tiefe Winterblau, das blauer und kälter wirkte als an jedem anderen Ort in der Schweiz.

Schneeflocken stoben empor, als ich an der Mittelstation abbremste. Einige meiner Freunde warteten bereits, lachten und bewarfen sich gegenseitig mit Schneebällen. Ich atmete die eiskalte Winterluft ein, ein breites Lächeln auf den Lippen. Es herrschten ideale Bedingungen zum Skifahren: Bitterkalt, keine Wolke am Himmel und Pulverschnee. In der Nacht hatte es heftig geschneit. Keiner hatte gedacht, dass uns ein herrlicher Skitag oberhalb von St. Moritz bevorstand.

Der pudrige Neuschnee sorgte für ein unvergleichliches Fahrgefühl. Nahezu schwerelos glitt man über die menschenleeren Hänge. Die Schickeria, die sich in St. Moritz die Ehre gab, war an Heiligabend mit anderem als Skifahren beschäftigt.

Aus den Lautsprechern der nahegelegenen Alm drangen Weihnachtslieder im besten Alpen-Rock-Stil. Die Songs klangen grauenvoll – und hatten Ohrwurmpotential. Selbst hier, knapp 2.000 Meter über dem Meeresspiegel, herrschte diese knisternde Weihnachtsstimmung, auf die ich jedes Jahr hinfieberte. An jedem Lifthäuschen hingen festlich geschmückte Tannenzweige und Weihnachtsmänner oder standen hell erleuchtete Tannenbäume. In den Skihütten wurde *Weihnachtszauber* und *Christmas-Punsch* angeboten, die Wirte und Bedienungen trugen rote Weihnachtsmützen. Ich liebte Weihnachten.

Doch heute hatte ich keine Zeit, um den Weihnachtszauber aufzusaugen. Einen wehmütigen Blick auf die Uhr später, schnallte ich die Ski ab. Kurz nach drei.

»Machst du schlapp?«, fragte Helen mit geröteten Wangen. Ihr war die Begeisterung über den Skitag ins Gesicht geschrieben. »Komm, wir fahren noch einmal nach oben und in einem Rutsch bis ins Tal.« Ich überlegte einen Moment. Die Versuchung war groß, aber nein. Die Zeit drängte. In einer knappen Stunde musste ich zum Küchendienst antreten. Ich verfluchte mein Pech, dass ausgerechnet ich an Heiligabend Dienst schieben musste. Aber das Los hatte entschieden und ich somit die Arschkarte gezogen. Ich konnte noch nicht einmal auf einen der Betreuer sauer sein.

»Nee, wirklich nicht. Du weißt, dass Eva und Lydia ausrasten, wenn ich zu spät komme.« Die Regeln im Skilager waren simpel: Erscheine pünktlich zum Küchendienst und sie lassen dich in Ruhe. Dennoch war ich versucht, mit den anderen zu einer weiteren Abfahrt zu starten. Wenn wir uns beeilten … Aber selbst bei den idealen Bedingungen war es unrealistisch, in einer Stunde auf den Gipfel zu liften, die Abfahrt bis ins Tal zu fahren und anschließend zum Haus zu laufen. Davon abgesehen, dass ich auf keinen Fall ungeduscht in den Heiligabend starten wollte.

»Hey Jule, wenn du mit der Gondel fährst … nimmst du meinen Kram mit?«, hörte ich Larissa rufen und schon hatte ich auf wundersame Weise ihren Rucksack in der Hand.

»Cool, meinen auch.«

»Und meinen.« Einige Augenblicke später hatte ich gefühlt hundert Rucksäcke an den Armen hängen. Glücklicherweise war die Vesper bereits aufgegessen und die Taschen somit leer.

»Na danke«, murmelte ich. »Damit wäre geklärt, ob ich die Talabfahrt mache, oder runtergondele. Hilfst du mir?« Ich legte den Kopf schief und zwinkerte meiner besten Freundin durch den Berg Taschen zu. Sie schaute gedankenversunken auf die Piste und schien zu überlegen. Weiße Atemwolken stiegen empor, als sie ausatmete. Einen Moment verharrte sie, ihr Blick blieb an etwas hängen. Mit einem breiten Grinsen drehte sie sich um.

»Nee, sorry. Bei dem Powder … das verlangst du nicht ernsthaft von mir. Frag Marlon, der hilft dir bestimmt«, sagte sie einen Tick zu laut. Augenblicklich beschleunigte mein Herzschlag und ich spürte beim Klang seines Namens die Hitze in meinen Kopf steigen. Zum Glück trug ich einen Helm und eine große Sonnenbrille. So konnte es nicht allzu offensichtlich sein, dass ich knallrot anlief. »Schhhhhhh«, wies ich sie automatisch zurecht und bedeutete ihr, leiser zu sprechen. Sie lachte schadenfroh und stützte sich auf ihren Skistöcken ab. Ihre ebenmäßigen weißen Zähne blitzten im Sonnenlicht.

»Was ist mit mir?«, fragte Marlon mit seiner unverwechselbaren Stimme. Bei ihm hörte es sich immer so an, als trüge er ein Lächeln auf den Lippen. Marlon – der beste Freund meines Bruders. Marlon – meine heimliche Liebe. Sie war sogar so heimlich, dass niemand davon wusste, nicht einmal Marlon selbst. Hoffte ich zumindest. Nur Helen hatte mit ihrem siebten Sinn ins Schwarze getroffen. Gestern Nacht hatte sie mich ausgequetscht und gefragt, warum ich so still wurde, sobald Marlon den Raum betrat. Warum ich ihn ständig beobachtete und mich kaum traute, ihm in die Augen zu sehen.

»Nichts. Soll ich deinen Rucksack auch mitnehmen?«, beeilte ich mich zu fragen, bevor ich in seinem Anblick versinken konnte und mein Sprachzentrum betäubt war. Selbst mit seiner grün-schwarzen Skilehrerkluft und dem anthrazitmatten Helm sah er stylisch und cool aus. Sein Blick war durchdringend. Ich versuchte, ihm standzuhalten und deutete ein nervöses Lächeln an.

»Jule wollte fragen, ob du ihr mit den Taschen hilfst«, mischte sich Helen ein und legte einen Arm um meine Schulter. Mordgelüste machten sich in mir breit. *Danke. Und du willst meine beste Freundin sein?*

Marlon musterte mich und ich suchte in meinem Hirn nach einem halbwegs sinnvollen Spruch. Doch wie immer blieb ich in seiner Gegenwart still. Es war einmal anders gewesen. Damals, als er bei uns ein- und ausging, als würde er zur Familie gehören. Marlon und mein Bruder Yannick gingen seit der Grundschule in dieselbe Klasse und verbrachten ihre komplette Freizeit miteinander. Irgendwann war es selbstverständlich gewesen, dass Marlon bei unzähligen Abendessen und Ausflügen dabei war. Zu dieser Zeit hatte ich mir nicht viel aus ihm gemacht. Er war nett. Er war süß. Aber er war der Freund meines Bruders. Ich hatte andere Dinge im Kopf gehabt. Jungs aus meiner Schule zum Beispiel.

»Klar«, holte mich Marlon aus meinen Gedanken zurück und schnallte seine Ski ab. Mein Herz pochte viel zu schnell und vor allem zu laut.

»Musst du nicht. Ich schaffe das schon.« Ich hob ihm demonstrativ die Taschen entgegen, um zu beweisen, dass es für mich kein Problem war, mit den sechs Rucksäcken klarzukommen. Es klang patziger, als es gemeint war. Am liebsten hätte ich die Hand gegen meine Stirn gehauen. *Das war eine ganz bescheuerte Idee gewesen, Helen.*

»Das weiß ich.« Schon stand er neben mir, bedachte mich mit seinem Zahnpastalächeln und streckte die Hände nach meinen Ski aus. »Hey, bei den genialen Bedingungen willst du doch nicht freiwillig früher ins Haus ...« Ich versuchte mich an einem Grinsen. Warum ich nicht einfach die Chance ergriff, mit Marlon ein paar ungestörte Minuten zu verbringen, wusste ich selbst nicht so genau. Seit mir klar geworden war, dass er für mich mehr war als der beste Freund meines Bruders, brachte mich seine Nähe total durcheinander. Ich konnte nicht klar denken, wenn nicht ein Sicherheitsabstand von mindestens zehn Metern zwischen uns lag. Dass ich nicht wusste, was er über mich dachte, machte die Sache noch schlimmer. Wahrscheinlich war ich für ihn noch immer das kleine, pickelige Mädchen mit den Zöpfen, mit dem er früher immer spielen musste. Und auf das er – noch immer – aufpassen musste. »Wie heißt es so schön: Man sollte aufhören, wenn es am schönsten ist!« Er grinste mich vielsagend an und nickte Richtung Eingang zur Gondel. »Sollen wir?«

Ehe ich mich weiter dagegen sträuben konnte, hatte Marlon mir zwei Rucksäcke und meine Ski abgenommen und schob mich vorwärts. Ich warf Helen einen hilfesuchenden Blick zu. Panik breitete sich in mir aus. Bald würde ich mit Marlon alleine sein. Ich hatte davon geträumt. Mehr als einmal. Jetzt, da es endlich so weit war, wusste ich nicht, was ich tun geschweige denn sagen sollte. Wäre es nicht so bitterkalt gewesen, wäre ich sicher in Schweiß ausgebrochen.

Wie auf den Hängen war auch vor den Gondeln nichts los. Marlon ließ mir am Drehkreuz den Vortritt. Mit den verbliebenen Rucksäcken im Arm versuchte ich, die Liftkarte an den Scanner zu halten. Hoffentlich blamierte ich mich nicht und ließ die Hälfte der Taschen fallen. Ich atmete tief ein und war froh, dass mein Seufzer vom Rattern und Knattern der Seilbahn verschluckt wurde.

Als eine kleine rot-weiße Gondel schlingernd angefahren kam, warf ich einen Blick über die Schulter, um mich zu vergewissern, dass Marlon hinter mir war. Das war er, und zwar so dicht, dass ich seinen Atem hätte spüren können, wenn es hier drin nicht so zugig gewesen wäre. Ich schluckte und stolperte in meinen steifen Skistiefeln auf die Gondel zu. Durch meine dicke Skijacke spürte ich Marlons Hände, die mich stützten, als ich mich recht unelegant in die fahrende Gondel quetschte und auf eine der Bänke plumpsen ließ. In diesem Moment war ich froh, dass Marlon dabei war und ich mich nur um die Taschen kümmern musste, während er die Ski in die dafür vorgesehenen Halterungen verfrachtete. Als Marlon sich geübt durch die enge Tür schwang und mir gegenüber niederließ, schaukelte die Kabine für einen Moment. Ich nestelte noch etwas rum, stapelte die Rücksäcke neben mir und zog schließlich die Handschuhe aus. Meine Finger waren inzwischen eiskalt. Die Temperatur in dieser Höhe war unerbittlich und kroch selbst durch die dicksten und besten Materialien. Zumal diese inzwischen recht feucht waren. Vorsichtig rieb ich die Hände aneinander und versuchte, sie unauffällig zu wärmen.

»Ziemlich kalt heute«, sagte Marlon, dessen aufmerksamen Augen nichts zu entgehen schien. Er lehnte sich entspannt auf der Bank zurück. Seine Skistöcke hatte er neben sich abgelegt und sah alles andere als verfroren aus. Ich schlug den Blick nieder, nickte und öffnete im nächsten Moment den Verschluss meines Helmes. In der letzten Stunde hatte ich einen leichten

Druck verspürt und ich wollte unter keinen Umständen Kopf-schmerzen bekommen. Nicht an Weihnachten.

Nachdem ich den Helm abgenommen und den Kopf ge-schüttelt hatte, genoss ich das befreiende Gefühl, als meine dunkelbraunen Locken um mein Gesicht wirbelten. Zu lange waren sie durch die Enge des Helmes im Zaum gehalten wor-den. Ich strich mit den Fingern hindurch und war mir bewusst, dass meine Mähne ziemlich platt gedrückt sein musste.

Marlon lächelte mich vielsagend an und zog die Augenbrau-en hoch.

»Was?«, fragte ich. Langsam kam meine Selbstsicherheit zu-rück.

»Ach, ich hab nur gerade daran gedacht, dass ich deine Locken schon immer gemocht habe. Schon damals, als du als Ronja Räubertochter-Verschnitt hin- und hergejagt bist.«

»Der Helm drückt«, entgegnete ich. Keine sehr geistreiche Antwort auf das Kompliment. Aber mein Hirn fühlte sich in seiner Gegenwart so leer an. Die Anspielung darauf, dass ich Marlon und Yannick ziemlich auf die Nerven gegangen war, tat sein Übriges. Ich vermied es weiter, ihn anzuschauen und blickte auf das Tal hinab, das sich unter uns ausbreitete. Ruhig und friedlich lag es da. Ein weißes Meer, durch das sich kleine Adern zogen, die sich beim näheren Hinschauen als Straßen entpuppten.

Ein schnittiger Privatjet kreuzte mein Blickfeld. Wahr-scheinlich irgendein Promi, der sich in seine Winterresidenz fliegen ließ, um die Feiertage im Paradies zu verbringen.

»Boah, ich hätte jetzt richtig Lust auf einen Glühwein«, sag-te ich mit zitternden Lippen.

»Darfst du denn überhaupt schon Glühwein trinken?« Sein Lächeln war neckisch. Und sehr süß. Mein Herz holperte mit der Gondel um die Wette, die gerade über die Träger eines Mastes ratterte.

»Hey, ich bin nicht mehr das kleine Mädchen von damals!«, empörte ich mich und boxte ihn gegen den Oberarm.

»Das habe ich schon festgestellt«, lachte Marlon. »Und? Kommst du nachher mit? Wir wollen noch 'ne Runde an den See, Promis stalken. Mal schauen, wer sich die Ehre gibt. Dann gebe ich dir einen Glühwein aus. Oder zwei«, unterbrach er die Stille. Promis stalken – eine beliebte Nachmittagsbeschäftigung, denn der See, der mit seinen schicken Schneebars zahlreiche Berühmtheiten anzog, lag keine 30 Minuten Fußmarsch von unserer Unterkunft entfernt.

So nahe bei Marlon zu sitzen war ungewohnt. Zu sehr hatte ich seine Nähe in den letzten Tagen gemieden. Ich achtete darauf, dass sich unsere Knie nicht berührten. Gar nicht mal so einfach in der Enge der kleinen Gondel, die für höchstens sechs Menschen gedacht war. Sechs winzige Menschen, wohlgemerkt, wenn ich mich so umschaute. Mit all den Rucksäcken, Skistöcken und unseren sperrigen Skischuhen, blieb nicht viel Platz.

»Nee, geht nicht«, seufzte ich bedauernd. »Ich hab Küchendienst.« Enttäuscht hob ich den Blick und verzog meinen Mund zu einer Grimasse, die zum Ausdruck bringen sollte, wie blöd ich das fand.

»Och nö, echt jetzt? Verdammt. Du bist aber auch eine Pechmarie.« Pechmarie? So hatte er mich früher immer genannt, wenn ich mit aufgeschlagenen Knien oder verschrammten Händen angelaufen kam. Beim Gedanken an die längst vergangenen Zeiten unterdrückte ich ein Kichern.

»Jep. So kann man es sagen.« Ich versuchte mich an einem tapferen Lächeln. Da ich es aber selbst total scheiße fand, heute Küchendienst zu haben, gelang es mir nicht wirklich. Die Tatsache, dass ich einen Nachmittag mit Marlon am zugefrorenen St. Moritzer See verpasste, machte es nur noch schlimmer.

»Okay. Wir machen es so: Ich greif dir heute beim Küchendienst unter die Arme, wenn du morgen mit mir den See unsicher machst.« Er schaute mich herausfordernd an. Mein Herz trommelte unkontrolliert und schien vor meinem Hirn kapiert zu haben, was Marlon da gerade gesagt hatte. Was?

»Ähm ...« Noch immer wirbelte sein Angebot in meinem Kopf hin und her. Warum sollte er mir so etwas anbieten? Ich musste da etwas falsch verstanden haben. Aber bevor ich nachfragen konnte, nickte mein Kopf – Verräter. Okay, dann hatte ich wohl eine Verabredung mit Marlon. Ich dankte Helen im Stillen für diese Gelegenheit. Ein Lächeln breitete sich auf meinen Lippen aus und ich hoffte, dass mir meine Freude nicht zu sehr ins Gesicht geschrieben stand.

»Wie geht es eigentlich Yannick?«, versuchte Marlon das Gespräch am Laufen zu halten. Seine leuchtend grünen Augen schienen mich zu durchbohren. Ich war schon immer neidisch auf diese wundervollen, dichten Wimpern gewesen, die sie einrahmten.

»Weißt du das nicht besser als ich? Wenn mich nicht alles täuscht, spielt ihr doch jedes Wochenende zusammen *World of Warcraft*, oder?« Er grinste dieses Sunnyboylächeln, das jedes Mädchen zum Dahinschmelzen brachte. Ich versuchte standhaft zu bleiben und maßregelte mein Herz, das klopfte und pulsierte, als wollte es im Moment lieber in seiner Brust weiterschlagen.

»Das stimmt schon, Jules, aber da haben wir ehrlich gesagt keine Zeit, um uns über solche Nebensächlichkeiten auszutauschen. Da geht es um Schlachten. Um Intrigen. Die Weltherrschaft. Da geht es um Strategie.« Er lachte und bedeutete mir, dass seine Worte nicht so ernst gemeint waren, wie sie klangen.

»Oh, ich wusste nicht, dass ihr da Nacht für Nacht die Welt rettet. Vergib mir.« Für Computerspiele konnte ich mich noch nie begeistern. Und *World of Warcraft* hatte ich bis heute nicht verstanden.

Plötzlich gab es einen Ruck. Stille. Die Gondel hing scheinbar schwerelos über dem verschneiten Wald. Panik stieg in mir auf. Warum hielten wir an? Ich suchte in Marlons Blick eine Erklärung, doch er wirkte ganz ruhig und entspannt. Mit einem Klick löste er den Verschluss seines Helmes und legte ihn neben sich auf die braun gemusterte Bank. Ging er etwa davon aus, dass wir hier länger sitzen würden? Oh nein.

Seine Haare klebten an seinem Kopf, bis er sich mit einer für ihn typischen Bewegung einmal darüber fuhr und sie zerzauste. Ich mochte seine Frisur. Seine hellbraunen, halblangen Haare wellten sich und standen dank unzähliger Wirbel in alle Richtungen ab. Ich richtete mich auf. Meine Schienbeine brannten vom Fahren in den engen Skischuhen und ich war versucht, sie zu öffnen. Aber ich wusste aus Erfahrung, dass es danach nur noch schlimmer werden würde, schließlich hatte ich noch einen zehnminütigen Fußmarsch zu unserem Haus vor mir. Ich reckte den Hals, um etwas zu sehen. Utopisch. Wir mussten ziemlich genau in der Mitte zwischen Berg- und Talstation sein. »Was meinst du, was da los ist?«, fragte ich und versuchte, meine Unruhe durch Neugier zu kaschieren. Ein dumpfes Gefühl hatte sich in meiner Magengegend eingenistet.

»Ach, die werden sicher die Promigondel einspannen. Vielleicht möchte das Königspaar von Schweden noch eine Runde Skifahren, bevor sie zum Dinner gehen, wer weiß. Und das Fußvolk darf warten – ist doch nichts neues.« Ich erinnerte mich an die mit rotem Samt ausgestattete Nobelgondel, die für gewöhnlich am Ausgang der Talstation auf ihren Einsatz wartete. Unrealistisch war das nicht, was Marlon sagte. Trotzdem …

»Und was, wenn sie dichtmachen, weil nichts los ist und sie uns hier drinnen vergessen?« Ich spürte, wie sich mein Atem bei dem Gedanken beschleunigte.

»Red keinen Unsinn. Sie wissen, dass jemand in den Gondeln drin ist. Wir sind doch durch das Drehkreuz gegangen und haben unsere Karten eingescannt. Also keine Panik.« Seine Stimme klang belustigt. Nichts ließ darauf schließen, dass er sich ebenfalls fragte, warum wir angehalten hatten. Im Gegenteil. Ihn schien meine Nervosität zu amüsieren. Ich versuchte, die Ruhe zu bewahren. Marlon war bei mir. Er kannte sich aus. Schließlich war er Skilehrer.

Mein Magen knurrte. Wie immer, wenn ich aufgeregt war. Ich kramte mit klammen Fingern in meinem Rucksack auf der Suche nach etwas zu Essen. Freude machte sich in mir breit, als ich mich an eine Tafel Schokolade erinnerte, die ich heute Morgen eingesteckt hatte. Alpenvollmilch mit Zimtsterngeschmack. Helen lachte inzwischen nur noch über mein Faible für Zimtsterne. Ich machte mir nicht viel aus Weihnachtsgebäck. Aber Zimtsterne verdrückte ich in allen Variationen. Klassisch als Plätzchen, als Schokolade, Eis oder neuerdings auch als i-Tüpfelchen im Joghurt. Triumphierend hielt ich die Schokolade in die Luft und spürte, wie sich vor lauter Vorfreude ein breites Grinsen auf mein Gesicht schlich.

»Magst du auch?«, fragte ich Marlon, während mein Magen lautstark nach dem süßen Etwas verlangte, das ich ihm gerade entgegenstreckte.

»Ja, warum nicht?« Er nahm sich ein Stück und ich betrachtete fasziniert, wie die Schokolade seine Lippen berührte. Augenblicklich kam mir die Diskussion mit Helen in den Kopf: *Schmeckten wohl Zimtsternküsse oder Marzipanküsse besser?* Wie gerne hätte ich in diesem Moment getestet, was an der ersten Variante dran war. Ich seufzte gedankenverloren, riss meinen Blick von Marlons unverschämt schön geschwungenem Mund los und biss genüsslich in die Zimtsternschokolade. Zumindest ein kleiner Trost.

Die Minuten verrannen, ohne, dass sich unsere Gondel wieder in Bewegung setzte. Das Heulen des Windes schnitt in das Schweigen, das zwischen Marlon und mir hing. Es wollte sich einfach nicht die Vertrautheit einstellen, die früher zwischen uns geherrscht hatte. Bislang war Yannick Mittelpunkt unserer Begegnungen gewesen. Seit er in Wien studierte, hatte ich Marlon kaum gesehen. Er hatte keinen Grund mehr, bei uns vorbeizuschneien. Und die zufälligen Treffen auf Partys oder in irgendwelchen Kneipen waren zu selten gewesen.

»Ich wusste gar nicht, dass du auch mitkommst«, stellte ich fest, um irgendetwas zu sagen. Und um mich von der Sorge abzulenken, warum die Bergbahn noch immer stillstand.

»Das hat sich auch total kurzfristig ergeben. Charlie hat sich ja so blöd am Knie verletzt und gefragt, ob ich seinen Platz übernehmen kann. Und dann habe ich gehört, wer alles mitkommt und dachte, das könnte lustig werden.« Er zuckte mit den Schultern und lächelte mich vielsagend an. Trotzdem hatte ich den Eindruck, dass er nicht die ganze Wahrheit sagte.

»Seit wann bist du eigentlich Skilehrer?«

»Schon eine Weile. Hast du das nicht mitbekommen?« Ich schüttelte den Kopf. »Seltsam.« Schweigen. Er tat, als wüsste ich über alles in seinem Leben Bescheid, dabei hatten wir uns eine Ewigkeit nicht gesehen.

»Was ist denn jetzt? Warum geht das denn nicht weiter?« Ungeduld mischte sich mit Sorge. Ich wollte endlich ankommen, auch wenn das hieß, dass die Zweisamkeit mit Marlon ein Ende hatte. Aber ich dachte an den Küchendienst. An Evas missbilligenden

Blick, wenn ich zu spät kommen würde. Und an die heiße Dusche, die immer weiter außer Reichweite rückte. Ich rieb meine Hände und versuchte sie zu wärmen. Resigniert zog ich die Handschuhe über. Doch die waren inzwischen so klamm und ausgekühlt, dass sie es eher schlimmer machten.

»Na, du scheinst es eilig zu haben, mich loszuwerden.« Marlon presste die Lippen aufeinander, sein stets präsentes Lächeln war aber noch nicht gänzlich verschwunden. »Und das ist der Dank, dass ich den letzten Ride ausgelassen habe. Für dich. Tsss.« Er verschränkte gespielt entrüstet die Arme vor seiner Brust und schaute mich strafend an. Ich wurde einfach nicht schlau aus ihm.

»Nein, es ist nur … ich will … ach …« Ich hatte den Faden verloren. Und war durcheinander. Erst wollte Marlon mit mir an den See, dann dieser Kommentar. »Sag mal, flirtest du etwa mit mir?«

»Wäre das schlimm?« Schelmisch funkelten mich seine grünen Augen an und er schien sich köstlich zu amüsieren, dass er mich so in die Enge getrieben hatte.

»Nein. Eigentlich nicht. Nur …« Ich druckste rum. Ein Kommentar hatte meine Welt letzte Woche gehörig ins Wanken gebracht. Ich wusste nicht, was dran war. Aber nun war meine Chance gekommen, es herauszufinden. »Clara fände das sicher nicht so prickelnd, wenn sie davon wüsste.«

»Clara? Häh? Hab ich was verpasst?« Er schüttelte verwirrt den Kopf und zog die Augenbrauen fragend zusammen.

»Ich dachte, du und sie …« Ich blinzelte schwerfällig.

»Ich und Clara? Wie kommst du denn auf die bescheuerte Idee?« Lachen mischte sich in seine Frage und plötzlich wurde mir ganz warm ums Herz.

»Clara. Sie hat da neulich so etwas fallen lassen. Na, dass ihr auf irgend so einer Party rumgemacht habt …« Ich konnte noch immer den Stich in meinem Herz spüren, den mir ihre Worte versetzt hatten. Da erst hatte ich verstanden, wie viel mir Marlon tatsächlich bedeutete. Aber ich hatte ja kein gottgegebenes Anrecht auf ihn und zudem hatte ich ihn seit Monaten nicht mehr gesehen. Marlon lachte.

»Eifersüchtig?«, fragte er mich mit einem breiten Grinsen auf den Lippen. Gänsehaut zog sich über meinen Rücken und zeitgleich stieg Hitze in mir auf. Jedenfalls fühlte ich mich seltsam.

»Auf Clara? Das fragst du nicht ernsthaft!« Gleichzeitig brachen wir in schallendes Gelächter aus. Clara hatte den Ruf weg, ihre Jungs öfter als ihre Unterwäsche zu wechseln. Sie als Flittchen zu bezeichnen, kam mir zwar unfair vor, traf ihr Verhalten aber ziemlich gut. Die Frage, ob Marlon tatsächlich so bescheuert wäre, auf ihre durchaus vorhandenen Reize reinzufallen, nagte an mir. Bis jetzt.

»Okay, ich geb's zu. Wir haben ein oder zwei Cocktails miteinander getrunken. Mehr nicht. Interessant, dass sie dann gleich damit hausieren geht, wir hätten eine Affäre.« Er zog die Augenbrauen hoch und grinste mich an. »Wo wir schon bei dem Thema sind … Ist dein Freund nicht traurig, dass du die Feiertage hier im Schnee verbringst?« Freund? Marlon schien mehr zu wissen als ich, denn einen Mann gab es derzeit nicht in meinem Leben.

»Woher … wer erzählt dir denn so einen Quatsch?« Ich überlegte fieberhaft, ob ich in letzter Zeit Yannick etwas von einem Kerl erzählt hatte. Aber wir telefonierten nicht so oft miteinander. Und wenn, dann sprachen wir nur über Belangloses.

»Du weißt, dass man seine Quellen nicht verrät.«

»Vielleicht solltest du dir zuverlässigere Informanten suchen.« Ich lächelte ihn vielsagend an und versuchte, meine Beine zu sortieren. Mit den sperrigen Skischuhen gar nicht so einfach. Langsam wurden die harten Sitzbänke unbequem. Meine Zehen mutierten zu Eisklumpen und die Kälte kroch in jeden Knochen. So hatte ich mir Weihnachten nicht vorgestellt.

»Also keinen Freund?«, stellte er nüchtern fest. So ausgedrückt hörte es sich ziemlich erbärmlich an.

»Keinen Freund«, bestätigte ich und presste die Lippen zerknirscht zusammen.

»Prima.« Prima? Prima konnte alles bedeuten. Und nichts. Ich hauchte meine Finger an und versuchte, meine steif gefrorenen Zehen zu bewegen.

»Ist dir immer noch kalt?«, fragte Marlon. Ich überlegte, ob ich das taffe Mädchen spielen sollte, entschied mich dann aber doch für die Wahrheit.
»Saukalt«, gab ich zähneklappernd zu.

»Ihr Mädchen … Tsss. Warte.« Er kramte in seinem Rucksack und hantierte an einem Plastiktütchen herum. Anschließend streckte er mir ein weißes kleines Päckchen hin. »Hier, wird gleich warm.«

Ich warf einen misstrauischen Blick auf das Ding. Was war das? Wollte mir Marlon hier oben Drogen unterjubeln? Yannick hatte einmal etwas erzählt, dass er mit Marlon ein bisschen was ausprobiert hatte. Aber gleich so einen Beutel Koks hier anzuschleppen? Der musste ein Vermögen wert sein.

»Äh, nein … Ich nehm das Zeug nicht?« Bestimmt schob ich seine Hand beiseite.

»Was hast du gegen einen Handwärmer?« Marlon schüttelte irritiert den Kopf.

»Oh, äh, ich dachte, du hättest ,nen Zentner Koks dabei. Na dann, gib her.« Beherzt griff ich nach dem weißen Päckchen und grinste Marlon an.

»Koks? Meinst du ernsthaft, ich würde dir hier oben eine Ladung Schnee verpassen? Yannick würde mich umbringen!« Er lachte auf. Sein Blick huschte nervös zur Uhr. »Vielleicht solltest du Eva anrufen. So, wie es momentan aussieht, schaffst du es nicht mehr rechtzeitig zur Schicht ...«

»Stimmt. Sie wird not amused sein ...« Kurz war ich versucht, Marlon zu bitten, mit ihr zu sprechen. Seiner charmanten Art konnte niemand widerstehen. Nicht einmal Eva. Aber er hielt sich bereits selbst sein iPhone ans Ohr.

Ich seufzte und zog mein Handy aus der Jackentasche. Während ich die Nummer vom Betreuertelefon suchte, hörte ich Marlon bereits mit seiner Mom sprechen. Wie süß. Er wünschte ihr schöne Weihnachten ...

»Eva?«, vergewisserte ich mich, als nach gefühlten hundert Freizeichentönen jemand mit einem genervten »Ja« abnahm.

»Ja, wer denn sonst?« Das klang eindeutig nach Eva. »Wer ist denn dran?«

»Ich bin's, Jule. Es tut mir echt leid, aber ich schaffe es leider nicht rechtzeitig zum Küchendienst. Ich ...«

»Das ist jetzt nicht dein Ernst, Jule! Du kennst die Regeln. Warum hast du dich denn nicht eher auf den Weg gemacht?« Sie klang angesäuert.

»Hab ich ja, aber die verdammte Gondel ist einfach stehen geblieben und ich hänge hier irgendwo mitten am Berg.«

»Papperlapapp. Deine Ausreden werden auch immer abenteuerlicher. Jetzt mach, dass du endlich herkommst. Wir haben noch eine Menge Arbeit vor uns. Das Weihnachtsbuffet zaubert sich nicht von alleine. Also hopp. Und du kannst dich gleich drauf einstellen, dass du morgen zeigen kannst, was Pünktlichkeit bedeutet. Neuer Tag, neues Glück!«

Was? Morgen nochmal Küchendienst? Das konnte sie nicht ernst meinen.

»Aber Eva, ich kann ...«

»Spar dir deine Ausreden und beeil dich lieber. Sonst wird aus dem einen zusätzlichen Dienst noch mehr. Und jetzt: Beeilung, junge Dame.« Resigniert legte ich auf. Erwartungsvoll blickte mich Marlon an, der sein Gespräch offensichtlich auch beendet hatte. Mist. Damit konnte ich mir den Ausflug mit Marlon morgen auch in die Haare schmieren.

»Und? Warum schaust du so als hätte dich ein Fünfzehntonner überrollt?«

»Eva. Überraschung: Ich darf eine Zusatzschicht schieben. Als Dankeschön, dass ich zu spät komme. Und zwar morgen.« Marlon stöhnte.

»Och nö. Fuck. Das kann doch nicht wahr sein. Wie assi ist das denn? Hast du ihr nicht gesagt, dass wir hier feststecken? Höhere Gewalt und so?«

»Doch, aber sie hat was von abenteuerlicher Ausrede gefaselt und gar nicht zugehört.« Ich atmete tief ein. »Wann fährt dieses Scheiß-Ding endlich weiter?« Verärgert kickte ich mit meinem Skistiefel an die Tür, die bedrohlich klapperte.

»Hoho … immer langsam mit den jungen Pferden.« Er legte mir beschwichtigend eine Hand auf den Arm. »Hör auf dieses *Scheiß-Ding*, wie du es nennst, zu demolieren. Es ist alles, was wir haben und bis wir nicht wissen, wie lange wir hier noch sitzen, wäre es toll, wenn du sie nicht zerstören würdest.« Zerknirscht zog ich einen Mundwinkel hoch und trat noch einmal gegen die Tür. Marlon schmunzelte.

Meine Wut war noch immer nicht verraucht. Wer war eigentlich auf die blöde Idee gekommen, über Weihnachten in den Schnee zu fahren? Helen. Natürlich.

»Hey, jetzt beruhig dich mal. Es gibt schlimmeres, als mit mir in einer Gondel zu sitzen, oder? Wir haben es hier doch ganz nett zusammen. Also: cool down.« Seine Stimme war sanft und wirkte augenblicklich beruhigend. Er fing an die Taschen auf seine Bank zu räumen, stapelte sie fein säuberlich übereinander, als würde er Tetris spielen.

»Äh, was wird das?«, fragte ich und beobachtete sein Werk fasziniert.

»Achtung, Achtung«, hallte uns eine blecherne Stimme aus einiger Entfernung entgegen. »Bitte bewahren Sie weiter Ruhe. In der Talstation gab es einen technischen Defekt. Es besteht kein Grund zur Beunruhigung. Unsere Spezialisten arbeiten bereits an einer schnellen Lösung. Die Bergwacht ist informiert. Wir melden uns, sobald es etwas Neues zu berichten gibt.« Die Durchsage in starkem Schweizer Akzent konnte ich nur schwer verstehen.

Ich sah Marlon ratsuchend an. »Na, dann wissen wir ja jetzt, dass alles in Ordnung ist. In der Zwischenzeit machen wir es uns einfach gemütlich.« Ein breites Grinsen zeichnete sich auf seinen Lippen ab. Und bevor ich etwas erwidern konnte, rutschte er noch ein Stückchen näher an mich.

Ich nickte. Guter Plan. Was sollten wir auch sonst tun?

»Hier, der funktioniert nicht«, sagte ich bedauernd und streckte Marlon den Taschenwärmer hin.

»Echt nicht?« Marlon griff nach dem kleinen Päckchen, das noch immer kalt war, und streifte dabei meine Hand. Seine Haut war ebenfalls eiskalt und dennoch prickelte diese kurze, unbedachte Berührung und schenkte mir ein bisschen Wärme. »Seltsam.«

»Was meinst du, was da los ist?«, fragte ich leise.

»Sagten sie doch: ein technischer Defekt.«

»Ein technischer Defekt kann alles heißen. Was, wenn sie uns die ganze Nacht hängen lassen?« Panik machte sich in mir breit.

»Nein, das ist Quatsch.«

»Woher willst du das wissen?« Ich hörte selbst, wie hysterisch das klang. Marlon lachte und stieß mich mit dem Ellbogen an.

»Ich wusste gar nicht, dass du so ein Hasenfuß bist, Jules.« Wieder dieser Spitzname, mit dem nur Marlon mich ansprach. »Aber ruhig Blut. Hier drin kann uns ja nicht viel passieren.«

»Klar. Außer, dass wir abstürzen oder jämmerlich erfrieren. Und ...«

»Stopp«, lachte Marlon und legte seine kalten Finger auf meine Lippen. »Niemand wird abstürzen, und dass du nicht erfrierst, dafür werde ich schon sorgen.«

»Und wie bitteschön willst du das machen?« Noch immer konnte ich das Kribbeln spüren, das Marlons Finger auf meinen Lippen hinterlassen hatten. Viel zu kurz hatten sie mich gestreift. Dennoch hatte diese flüchtige Berührung ausgereicht, um mein Blut auf Hochtouren durch meine Adern zirkulieren zu lassen. Ich wollte mehr.

Statt eine Antwort zu geben, beugte er sich zu den Taschen und brachte seine Ordnung durcheinander, indem er seinen Rucksack aus dem Berg hervorzog. Er kramte einen Augenblick darin herum.

»Stell dich mal hin.« Er mied meinen Blick, während ich neugierig beobachtete, wie er eine winzige goldene Rascheldecke hervorzog. Ich kannte die Dinger noch aus dem Erste-Hilfe-Kurs, den ich vor ein paar Monaten für den Führerschein belegt hatte. Eine Rettungsdecke.

Ehe ich mich dagegen wehren konnte, wickelte Marlon das metallene Laken um mich. Er drehte mich und machte eine dicke, golden glänzende Wurst aus mir. Nie fühlte ich mich unattraktiver als in diesem Moment und ich blickte beschämt zu Boden.

»Boah, ne. Du machst nicht wirklich eine dickes, goldenes Michelin-Männchen aus mir? Marlon!« Ich versuchte mich aus dem viel zu engen Kokon zu schälen.

»Was denn? Mich erinnerst du eher an eine Christbaumkugel.« Er lachte schallend und klopfte sich amüsiert auf die Schenkel. Ich war versucht, ihm einen Tritt mit meinen schweren Skistiefeln zu verpassen oder ihn gegen den Oberarm zu boxen. Aber ich konnte mich keinen Millimeter bewegen. »Oh, Jules, es wird warm!«

Was? Was wird warm? Mir war trotz der Christbaumkugel-Wurst-Verpackung noch immer bitterkalt. Marlon hielt den Handwärmer triumphierend hoch und unterstützte mich in meinem Bemühen, mich aus dem goldenen Kokon zu schälen.

Ich ließ mich neben ihm nieder und griff gierig nach der lauwarmen Rettung für meine frostigen Hände. Tausend Nadeln stachen in die Haut, als sich die Wärme durch die gefühlte Eisschicht arbeitete. Ich seufzte genüsslich und blickte in das Tal, das vor uns lag.

Die Schatten der Berge tauchten immer größere Teile der Winterwelt in eisiges Grau.

Ich sah über die Schulter.

Die Sonne hatte sich bereits hinter den Gipfeln verkrochen.

»Meinst du nicht, wir sollten irgendwo anrufen? Vielleicht haben die ja noch mehr Informationen oder können uns sagen, wie lange das dauert. Es muss doch irgendeine Notrufnummer geben, oder so.« Marlon seufzte.

»Auf die Idee bin ich auch schon gekommen, aber ...« Er nickte zu einem kleinen blauen Metallschild, auf dem ganz offensichtlich Anweisungen für einen Notfall standen. Doch es war so zerkratzt, dass beim besten Willen nichts mehr zu lesen war.

»Internet?«

»Hast du Empfang?« Ich kramte mein Handy raus und stellte fest, dass Marlon Recht hatte. Kein Internet.

»Wir rufen Eva einfach nochmal an«, schlug ich vor.

»Du hast ihr doch schon gesagt, dass wir hier festhängen. Also, was soll das bringen?« Ich horchte auf. Warum klang er plötzlich so resigniert und mutlos? Bis vor wenigen Momenten war seine Laune noch bestens gewesen. Er seufzte und verkroch sich tiefer in seiner grünen Skilehrer-Montur.

»Ist dir auch kalt?« Ein schlechtes Gewissen machte sich in mir breit. Selbstlos hatte mir Marlon den Handwärmer überlassen, dabei hatte er ihn selbst bitter nötig.

Das Rascheln der Decke, die ich über uns beide legte, übertönte das lautstarke Pochen meines Herzens. Noch immer beunruhigte mich seine Nähe.

»Hier.« Ich streckte ihm das warme Päckchen entgegen. »Wir können uns ja abwechseln.«

»Nein, behalt ihn ruhig.« Als seine kalten Finger meine Hand ergriffen, damit ich den Handwärmer wieder annahm, erschauderte ich.

»Och Marlon, jetzt spiel hier nicht den edlen Ritter. Wir teilen ihn uns einfach, okay?« Ohne weiter darüber nachzudenken, nahm ich seine Hand, packte das warme Etwas zwischen unsere Handflächen und realisierte erst jetzt, dass sich unsere Finger miteinander verschränkten. Ein dümmliches Grinsen stahl sich auf mein Gesicht und ich versuchte, es schnell wieder unter Kontrolle zu bringen.

»Sieht wundervoll aus, wie das Tal im Dunkeln liegt und nur noch die verschneiten Spitzen der Berge glühen.« Mein Versuch, Smalltalk zu machen, drohte in einer Katastrophe zu enden. Aber ich ertrug dieses verdammte Schweigen einfach nicht länger. Ich hielt Marlons Hand und bisher hatte er keinen Rückzieher gemacht.

Beide blickten wir in die Tiefe des Tals und hingen unseren Gedanken nach. Der Wind heulte noch immer und pfiff durch die wenigen Ritzen. In wenigen Momenten wäre es stockdunkel.

Das Klingeln meines Handys durchschnitt unser Schweigen.

»Helen?«, fragte ich, als es in der Leitung raschelte.

»Jule, oh mein Gott. Mann, ich hab mir solche Sorgen gemacht. Seid ihr ...« Der Lärm im Hintergrund nahm ab. Helen war wohl gerade aus einem Raum rausgegangen. »Seid ihr in der Bahn? Oder macht ihr euch einen schönen Tag? Ich hätte ja auch keine Lust auf Küchendienst ...« Wie verlockend der Gedanke war, den Dienst zu stemmen und mit Marlon im Anschluss gemeinsam einen Ausflug an den See zu unternehmen. Stattdessen saßen wir auf anderthalb Quadratmetern fest. Aber abgesehen von der Kälte und der unterschwelligen Angst gab es durchaus Schlimmeres, als hier mit ihm alleine zu sein.

»Leider Ersteres. Hör zu. Ich habe Eva zwar schon Bescheid gegeben, aber sie hat mir nicht geglaubt. Kannst du ihr nochmal sagen, dass wir hier drin sitzen? Die haben eine Durchsage gemacht und irgendetwas von einem technischen Defekt gefaselt. Aber vielleicht könnt ihr ja mit denen an der Talstation sprechen und mal nachfragen, was da wirklich los ist. Und wie lange das noch dauert.«

»Technischer Defekt. Mhm, das erklärt dann auch das Aufgebot an Techniker-Fahrzeugen, die an der Talstation standen, als wir unten ankamen.«

»Sag einfach Eva Bescheid, okay? Ich mach mal Schluss. Wer weiß, wie lange wir hier noch festsitzen. Wir sind dann sicher froh, wenn wir noch Akku haben.«

»Okay. Hey, in meinem Rucksack ist noch eine dünne Fleecejacke, falls du die anziehen möchtest. Und ein Schokoriegel oder so müsste auch noch in irgendeiner Seitentasche sein. Also: Macht's gut. Und genieß die Zweisamkeit mit Marlon. Seid ihr euch schon näher gekommen?«

»Ich leg jetzt auf.« Ich spürte die Röte, die inzwischen meine kalten Wangen zieren musste, und verstaute das Handy wieder in meiner Jackentasche. »Also, sie spricht mit Eva. Unten an der Talstation stehen wohl jede Menge Techniker rum.«

»Dachte ich mir.« Ich suchte in dem Berg nach Helens silbergrauem Rucksack und zog triumphierend ihren Fleece hervor. Das Problem: Ich müsste erst einmal meine Jacke ausziehen, und das brachte ich beim besten Willen nicht über mich. Also nestelte ich weiter in ihrer Tasche herum und fand den Schokoriegel.

»Magst du?«, fragte ich Marlon. Eigentlich hatte ich gerade keinen Appetit. Der Geschmack der Zimtsternschokolade lag mir noch auf der Zunge.

»Ne, danke«, lehnte auch Marlon höflich ab. Also legte ich den Schokoriegel wieder zurück und schloss den Rucksack. Den Fleece legte ich mir um die Schultern und schlang die Rettungsdecke wieder dichter um Marlon und mich. So eingepackt sollte es doch langsam wärmer werden, oder?

Ich fingerte an den Ärmeln meiner Jacke herum, um meine Arme und Hände von der Kälte abzuschirmen. Noch immer lag das warme Päckchen in Marlons Hand, aber ich traute mich nicht, erneut seine Finger zu berühren. Um keinen Preis wollte ich aufdringlich sein.

»Komm, wir spielen was.« Marlon grinste mich an und nahm wie selbstverständlich meine Hand. Langsam strömte die Wärme von meinen Fingern in den Arm und hinauf in meinen

Körper. Ich wusste nicht, ob es die wohltuende Hitze des Wunderdings war, oder aber die ungewohnte Nähe von Marlon. Ich versuchte, mich zu beruhigen. Nur mein Herz pochte verräterisch. Zu laut. Zu schnell.

»Spielen? Okay. Und was? Karten hast du ja wohl nicht zufällig dabei?« Marlon und Yannick hatten vor ihrer *World of Warcraft*-Zeit stundenlang Karten gespielt. Von *Skat* über *Poker* war alles dabei gewesen. Manchmal hatte ich als *der dritte Mann* herhalten müssen, bis sie eingesehen hatten, dass höhere Mathematik einfach nicht mein Ding war.

»*Ich sehe was, was du nicht siehst?*«, schlug Marlon vor.

»Ähm, wie alt bist du nochmal? Überleg dir was Besseres.« Ich hatte das Spiel als Kind schon gehasst und erinnerte mich an quälend lange Autofahrten, bei denen Yannick nicht genug davon bekommen konnte.

»Wie wäre es dann mit *Wahrheit oder Pflicht?*« Er schaute mich herausfordernd an und ich wurde das Gefühl nicht los, dass Marlon den ollen Vorschlag zuvor gemacht hatte, damit ich jetzt nicht ablehnen konnte. Ich schluckte und überlegte einen Moment. Wer nicht mitspielte, war feige – das war Gesetz. Und zu befürchten hatte ich im Grunde nichts. Marlon konnte unmöglich eklige Käfer hervorzaubern, die ich essen musste, oder peinliche Details aus meiner frühen Kindheit wissen wollen. Die hatte er nämlich meist live miterlebt.

»Ich fang an. Wahrheit oder Pflicht?«

»Wahrheit – und bitte eine Frage zum Aufwärmen.« Der Blick seiner grünen Augen bohrte sich in mein Inneres. Schlagartig wurde mir mulmig. Ob es eine gute Idee gewesen war, dieses Spiel zu spielen? Aber wir waren gefangen in einer winzigen Skigondel und würden noch weiß Gott wie lange hier sitzen. Ein bisschen Ablenkung tat uns beiden gut.

»Okay, dann starten wir mal mit deiner Lieblingsschauspielerin.«

»Och, Jules. Du sitzt hier mit mir in luftiger Höhe und fragst nach einer Schauspielerin? Mehr hast du nicht auf Lager?«

»Was denn? Das interessiert mich.« Ich zog entschuldigend die Schultern hoch.

»Tsss. *Charlize Theron*. Du bist dran. Was wählst du?«

»Moment. Auf solche Frauen stehst du?«

»Hey, du hast deine Frage schon gehabt.« Marlon lächelte verschmitzt. »Also? Was nimmst du?« Wieder taxierte er mich mit diesem Blick, den ich nicht deuten konnte.

»Wahrheit«, antwortete ich.

»Was ist dein Lieblings-Weihnachtsfilm?« Ich lachte ungläubig.

»Ich darf dich nicht nach deiner Lieblingsschauspielerin fragen und du willst allen Ernstes wissen, was mein Lieblings-Weihnachtsfilm ist? Echt jetzt?« Meine Mundwinkel zuckten und lieferten sich ein Duell mit Marlons. Wer breiter grinste, konnte ich in diesem Moment nicht sagen, weil Marlons Anblick mein Gehirn lähmte und ich mit Sicherheit meinen eigenen Namen falsch buchstabieren würde.

»Du hast dich für Wahrheit entschieden. Also.«

»*Tatsächlich Liebe*«, seufzte ich.

»Welche Szene?«

»Hey, das gehört aber nicht zur Frage!«

»Aber ich kann mich doch zwischendrin ganz normal mit dir unterhalten, oder?«

Seine Stimme hüllte mich ein und vernebelte weiter meine Sinne. Ich schüttelte den Kopf, um wieder zu Verstand zu kommen.

»Das hat vorhin auch nicht gezählt. Aber ich bin ja nicht so verbohrt, wie du.« Ich zog die Augenbrauen hoch und wartete auf einen Kommentar. Der blieb aber aus. Also antwortete ich.

»Eigentlich habe ich zwei Lieblingsszenen. Die eine ist die mit den Sternsingern ...«

»Oh ja, die mag ich auch gerne. Coole Idee, dass er seine Liebeserklärung auf Plakate schreibt. Du hattest noch eine Zweite?«

»Du kennst den Film?« Jungs schauten normalerweise keine Liebesschnulzen. Und wenn, dann ...

»Hab ihn letztes Jahr mit Laura angeschaut.« Laura. Ein kaltes Messer schnitt sich in mein viel zu weiches Herz, das sich in der letzten Stunde Marlon geöffnet hatte. Ich erinnerte mich daran, dass es eine Zeit gegeben hatte, in der sich Marlon selbst bei Yannick rar gemacht hatte. Der Grund: Laura – seine erste große Liebe.

»Was ist los? Habe ich was Falsches gesagt?«, durchschnitt Marlons Stimme meine Gedanken. Ich zwang mir ein Lächeln auf die Lippen.

»Nein, quatsch. Wo waren wir?« Ich versuchte, mir gut zuzureden. Schließlich saß Marlon hier mit mir. Nicht, dass er groß eine Wahl gehabt hatte. Aber er hielt meine Hand und das war ja schon mal etwas.

»Deine zweite Lieblingsszene in *Tatsächlich Liebe*«, half Marlon mir auf die Sprünge.

»Ah ja, als der kleine Drummer auf der Bühne das Lied mit dem Mädchen rockt.«

»Ja, das war echt niedlich. Schon mit dreizehn wusste er, was Liebe ist.« Marlon seufzte und zwinkerte mir zu. »Ich bin dran und nehme ... Pflicht.«

»Pflicht?« Ich musste erst einmal überlegen, was ich Marlon aufbrummen konnte.

Normalerweise musste man bei diesem Partyspiel irgendetwas Peinliches machen. Jemanden küssen, einen Eimer Bier trinken, einen Käfer essen. So Dinge eben. Aber das schied alles aus. Also: was tun?

»Okay, dann darfst du für mich ein Weihnachtsgedicht aufsagen.« Ich freute mich über den zerknirschten Ausdruck, der über Marlons Gesicht huschte, bevor es sich erhellte.

Er setzte sich aufrecht hin, räusperte sich und klopfte sich einmal mit der Faust auf den Brustkorb.

Mit ehrfurchtsvoller Stimme rezitierte er ein mir bislang unbekanntes Gedicht. Über einen Karpfen, der gekocht wird, und Tränen, die man unterm Weihnachtsbaum vergießt. Ich musste mir das Lachen verkneifen. Es war zu süß, wie Marlon voller Hingabe mit den Händen fuchtelte und ein doch eher ironisches statt besinnliches Weihnachtsgedicht von sich gab.

So schnell, wie er sich aufgesetzt hatte, ließ er sich wieder sacken und machte es sich bequem. Als wäre es das Normalste der Welt, verschränkten sich wieder unsere Finger. Mit einer sanften Bewegung lagen unsere beiden Hände auf Marlons Oberschenkel.

Noch immer stieg unser Atem in dünnen weißen Schwaden empor, doch in mir hatte sich eine Wärme ausgebreitet, der die eisigen Temperaturen nichts anhaben konnten.

»Von wem war das?«

»Heinz Erhardt natürlich. Der beste deutsche Komiker aller Zeiten. Du bist dran. Willst du Rache, oder wägst du dich auf vermeintlich sicherem Terrain?« Mein Blick suchte in der Ferne nach einer Antwort. Doch dort fand ich nur die Dunkelheit, die inzwischen aufgezogen war. Shit.

»Wahrheit. Ich nehme Wahrheit«, murmelte ich und war gespannt, was sich Marlon ausdenken würde. »Aber nichts Fieses, ich warne dich!« Mein Mund war staubtrocken und ich wünschte mir, ich hätte noch etwas zum Trinken im Rucksack. Oder nein, das würde nur ein weiteres Problem mit sich bringen, denn auf unseren anderthalb Quadratmetern befand sich keine Toilette.

»Ich? Fies?« Er warf mir ein entwaffnendes Lächeln zu und strich mit seinem Daumen über meinen Handrücken. Ich erschauderte. »Wie alt warst du, als du deine erste Zigarette geraucht hast?«

»Woher willst du wissen, dass ich das schon hinter mir habe?« Ich grinste ihn herausfordernd an. Das gehörte zum Spiel.

»Jeder macht das irgendwann. Selbst so brave Mädchen wie du. Also …« Ich überlegte einen Moment, bevor ich antwortete.

»Ich glaube, da war ich dreizehn. Oder vierzehn. Mit Elli in den Reben hinter ihrem Haus. Irgend so eine widerliche Marke …«

»L&M vielleicht?«

»Kann sein.«

»Mmmhm, davon wurde mir auch schlecht. Ekliges Kraut.« Er räusperte sich. »Ich glaube, ich nehme diesmal auch Wahrheit.«

»Dein erster Kuss. Wer war sie?« Mein Herz pochte bei der Frage. Aber auf die Schnelle fiel mir nichts anderes ein.

»Maike. Auf dem Schulhof. Aber wehe, du erzählst es Yannick.«

»Maike?«, prustete ich los und hatte sofort die hochnäsige Sportskanone mit der festen Spange vor Augen. Ich wusste, dass die halbe Klasse von Yannick und Marlon auf sie scharf gewesen war. Aus mir unerfindlichen Gründen. »Okay …«

»Du nimmst auch Wahrheit«, entschied Marlon für mich, und bevor ich protestieren konnte, formulierte er seine Frage, als hätte er seit Langem auf diese Gelegenheit gewartet. »Also, dann erzähl mir von deinem ersten Mal. Wer war der Glückliche? Wo habt ihr's getan? Und wie war es?« Was?

»Niemals!«, spuckte ich empört aus.

»Wahrheit«, flötete Marlon und lehnte sich zurück. Er schien sich köstlich darüber zu amüsieren, dass ich mich zierte.

»Mann Marlon, das geht dich einen feuchten Dreck an, mit wem ich rummache.« Meine Gedanken huschten zu Jan. Es war letztes Jahr im Sommer am See passiert. Wir waren schon seit ein paar Monaten ein Paar und ich dachte, ich würde ihn lieben. Tat ich aber nicht, wie ich heute wusste.

»Ach, komm schon, so traumatisierend wird es schon nicht gewesen sein. Ich gehe in Vorleistung. Ihr Name war Angelique und wir haben es während des Schüleraustauschs in Avignon getan.« Er grinste breit und schien stolz auf seine Eroberung zu sein. Ich erinnerte mich an den Frankreich-Austausch. Die Jungs mussten so um die sechzehn gewesen sein und ich war damals heilfroh, Yannick ein paar Tage von der Backe zu haben. Zu dieser Zeit ging er mir tierisch auf den Keks. Und Marlon gleich mit.

»O lala, Marlon. Du bist ein einziges Klischee. Die übschä Französin atte bestimmt eine niedlische Akson, nisch?« Ich kicherte, als Marlon mich ohne Vorwarnung durchkitzelte.

»Jetzt bist du dran, sag mir wenigstens seinen Namen.« Seine Stimme klang sanft, ohne Hintergedanken. Trotzdem sperrte sich alles in mir, dieses gut gehütete Geheimnis preiszugeben.

»Warum willst du das denn unbedingt wissen?«

»Weil … ich hab da so Gerüchte gehört.« Aha. »Ist das denn so geheim?«

»Was denn für ein Gerücht? Wen interessiert es denn, mit wem ich geschlafen habe?« Ich verstand einfach nicht, warum ihm diese Frage so verdammt wichtig war.

»Komm schon, Jules. Oder ist es dir so peinlich? Wir sind doch unter uns.« Seine Stimme war sanft und ich fand einfach keine Ausrede, wie ich aus der Nummer rauskommen sollte. Was soll's.

»Jan«, flüsterte ich.

»Also doch.« Er klopfte mit der flachen Hand auf einen seiner Oberschenkel.

»Na, dann hat sich das Gerücht ja offensichtlich bestärkt«, murmelte ich zwischen zusammen gebissenen Zähnen. Plötzlich kam mir die Gondel ziemlich bedrückend vor. Scheißidee mit dem Spiel.

»Fuck, Jules. Warum ausgerechnet Jan? Er ist ein absoluter Machoarsch. Ein Vollpfosten!« Unwillkürlich musste ich kichern. Marlon sah mich verständnislos an.

»Vollpfosten«, wiederholte ich lachend. »Arsch. Volldepp. Hirni … such dir was aus. Ich bin durch mit Jan, okay?« Marlons Miene entspannte sich zusehends. »Komm, du bist dran.« Er atmete einmal tief ein und schon war das typische Marlon-Lächeln wieder auf seinem Gesicht eingemeißelt.

»Wahrheit. Ich nehme Wahrheit.« Kurz war ich versucht, ihm eine ähnlich fiese Frage zu stellen, aber ich wollte die Stimmung nicht weiter strapazieren.

»Schon wieder? Du traust dich wohl nicht, Pflicht zu nehmen? Aber gut. Was magst du an Weihnachten? Wie muss ein perfektes Weihnachtsfest für dich aussehen?« Ich selbst liebte Weihnachten. Die Gerüche, die dann in der Luft hingen. Zimt. Orange. Und der Duft nach Tannennadeln. Die bunten Lichter an jedem Haus, in jedem Zimmer. Die Musik, die so herrlich kitschig und einfühlsam war. Ich mochte das Gefühl der Geborgenheit, der Wärme.

»Schwierige Frage. Ich mag die Entschleunigung. Vor Weihnachten versuche ich, mir Zeit zu nehmen. Für Dinge, die sonst an mir vorbeirauschen. Das können spielende Kinder im Schnee sein. Oder auch eine alte Frau, die Vögel füttert. Ich mag das Leise an Weihnachten, das Besinnliche. Und perfekte Weihnachten … das ist hauptsächlich von den Personen abhängig, mit denen ich die Zeit verbringe.« Die unzähligen Facetten von Marlon K. Bisher hatte ich ihn eher als Spielkind, als Rowdy in Erinnerung. Der Klassenkasper, der immer einen Scherz auf den Lippen trug. Aber ich wusste noch aus früheren Zeiten, dass hinter dem Sunnyboy ein empfindsamer Kerl steckte.

»Diesmal nehme ich Pflicht«, unterbrach ich die Stille. Bereit, mich allem zu stellen, was Marlon sich ausdachte. Die Käferaufgabe konnte er nicht stellen. Denn seit Marlon mit der Idee rausgerückt war, das Spiel zu spielen, hatte ich penibel darauf geachtet, dass es hier keine Spinne oder sonstiges Ungeziefer gab. Dafür war es eindeutig zu kalt.

»Tanz für mich«, war seine knappe Aufforderung.

»Was?«

»Tanz für mich!« Ich stöhnte. Wie bitteschön sollte ich mit steifen Skischuhen und einer Skiausrüstung à la Michelin-Männchen tanzen, den Volldeppen zu geben? Die Gondel würde sicher mächtig zu schwanken beginnen, wenn ich mich hier zum Affen machte. Was, wenn ich mir den Kopf stieß, oder wir deshalb abstürzten?

»Na los. Du musst ja keinen Lapdance machen, wenn du das nicht willst. Aber du solltest dich mal wieder etwas bewegen, sonst wird dir noch kälter.«

»Ich hab nicht mal Musik«, maulte ich.

»Du darfst auch dazu singen, wenn dir danach ist.« Marlon amüsierte sich offensichtlich köstlich. Warum fielen mir bei *Wahrheit oder Pflicht* nie solche Sachen ein? Ich fragte nach … Schauspielern.

Schwerfällig ergab ich mich meinem Schicksal und erhob mich. Meine Beine schmerzten und ich spürte, dass meine Glieder durch die Kälte steif geworden waren. Langsam begann ich mich zu bewegen und kam mir wie ein Nilpferd vor. Ein ungläubiges Kichern arbeitete sich meine Kehle hoch. Was tat ich hier?

Ich schloss die Augen, fühlte mich in eine Melodie ein, die nur ich hören konnte, ließ mich treiben und versuchte, mich im Takt zu wiegen. Langsam hob ich die Arme, wankte in den sperrigen Schuhen und spürte, wie ich etwas lockerer wurde.

Meine Bewegungen wurden mutiger, ausladender. Ich verdrängte den Gedanken, wie bescheuert es von außen betrachtet aussehen musste. Ein Grinsen stahl sich auf meine Lippen. Ich hörte den Beat, ließ ihn in meine Beine gleiten. In meine Arme und … verlor das Gleichgewicht.

»Hoppla. Ich glaube, das reicht. Sonst plumpst du noch aus der Gondel.« Marlons starke Hände hielten mich an der Hüfte und stabilisierten mich. Seine Augen funkelten im untergehenden Abendlicht. Nur noch wenige Minuten, dann würden wir im Dunkeln sitzen. »Danke für den … äh, wundervollen Tanz.«

»Gerne.« Ich deutete eine Verbeugung an und setzte mich wieder zu Marlon auf die Bank. Er schlang die goldene Rascheldecke um mich und griff meine Hand. Sein warmer Atem kitzelte meinen Hals und automatisch zog ich die Schultern hoch. Ohne zu fragen zog mich Marlon ein Stückchen näher und ich ließ es zu, dass wir nun so eng beieinandersaßen, dass sich unsere Oberschenkel und Arme berührten. Wie gerne würde ich meinen Kopf auf seine Schulter legen. Nur einen Moment. Einen klitzekleinen Moment. Ich gab diesem Wunsch nach und hieß die wohlige Geborgenheit willkommen, die sich sogleich in mir ausbreitete.

»Pflicht«, murmelte Marlon.

»Du hast nur Schiss vor der Wahrheit«, neckte ich ihn. Noch vor ein paar Stunden hatte ich kein Wort in seiner Gegenwart herausgebracht. Und nun hatte sich die alte Unbeschwertheit eingestellt. Wie wunderschön.

»Es ist Weihnachten. Los, sing mir ein Lied. Ein Weihnachtslied. Aber ja nicht *Oh Tannenbaum* oder so. Was Schönes,
okay?« Ich kuschelte mich tiefer in seine Umarmung, wartete
auf seinen Protest und war verwundert, als er ausblieb. Marlon schien zu überlegen. Das regelmäßige Heben und Senken
seines Brustkorbes beruhigte mich. Ich schloss für einen Augenblick die Lider, als Marlon ein Lied anstimmte. Im ersten
Moment kannte ich es nicht, musste aber bald feststellen, dass
es das Weihnachtslied aus *Tatsächlich Liebe* war. *All I want for
christmas is you.* Ja, das wünschte ich mir auch. Ich grinste.

Marlon hatte eine warme, volle Stimme und ich liebte es,
wie er dieses wundervolle Lied sang, auch wenn er nicht jeden
Ton traf. In seinen Gesang mischten sich Lacher, als könnte er
selbst nicht glauben, was er da gerade tat. Dies war das wunder-
vollste Weihnachten aller Zeiten, das stand für mich in diesem
Augenblick fest. Marlon und ich. Hier. Zusammen.

»Oh Marlon, das war ... wow«, flüsterte ich mit roten Wangen, als er verstummte. »Schade, dass es im echten Leben keine
Repeat-Taste gibt.« Es klang kitschig, wie ich es sagte, aber in
diesem Moment meinte ich jedes Wort genau so.

»Gib mir mal dein Handy.« Mit zittrigen Fingern zog ich
mein Handy aus der Tasche, entsperrte es und reichte es Marlon.

Erneut sang er den Song, ersetzte das ein oder andere *you*
durch *Jules*, den Spitznamen, den er für mich hatte. *All I want
for christmas is Jules.*

Mit einem Zwinkern reichte er mir das Handy zurück.

»Frohe Weihnachten, Kleines.« In seinen Worten lag so viel
Zuneigung, dass ich spürte, wie es mir die Luft abschnürte. Ich
riss meinen Blick los, auf der Suche nach einem unverfängli-
chen Thema.

»Ich habe gar nichts, was ich dir zu Weihnachten schenken könnte.« Ratlos hob ich die Hände und verzog bedauernd den Mund.

»Es gibt da etwas, das ich mir schon einige Zeit wünsche.« Sein Blick durchbohrte mich und ich unterdrückte ein Zittern als Marlons Hand auf meiner Wange lag. Sie war noch immer ein bisschen zu kühl, aber unendlich weich. Er beugte sich zu mir. Langsam, als wollte er die Zeit auskosten. Ich schloss die Augen, spürte seinen Atem auf meinen Lippen und hörte das Blut in meinen Adern rauschen. Gleich, ganz gleich wird er mich küssen, hallte es in meinem Kopf. Und dann gab es einen fürchterlichen Schlag.

Verängstigt schreckten wir beide auf, wischten die inzwischen beschlagenen Scheiben frei und schauten nach draußen. Wir versuchten auszumachen, was so einen Lärm verursacht hatte. Und im nächsten Moment sahen wir es.

»Wir fahren. Oh Gott, Marlon, diese verdammte Bahn fährt wieder.« Mein Lachen erfüllte die kleine Gondel, die in den letzten Stunden unser Unterschlupf gewesen war. Jetzt würde alles gut werden. In ein paar Minuten mussten wir an der Talstation ankommen. Von dort war es nur ein kurzer Weg bis zu unserem Haus. Ich sehnte mich nach der stickigen Hitze des Aufenthaltsraums, nach einer heißen Dusche, einem Tee. Ich sehnte mich nach Helen und nach meinem Bett. Ich sehnte mich nach … Marlon.

»Was ist los?«, fragte ich ihn. Meine Freude war nicht auf ihn übergesprungen. Er saß auf der Bank, faltete in aller Seelenruhe die Rettungsdecke zusammen und verstaute sie in seinem Rucksack.

»Nichts. Ich freue mich riesig auf die ausgelassene Weihnachtsfeier.« Er versuchte sich an einem Lächeln. Erfolglos. Und ich verstand.

Doch so sehr ich die zweisamen Stunden mit Marlon auch genossen hatte, die ganze Nacht hätte ich nicht im kalten Winterwind hoch oben über den Pisten verbringen wollen. Die Talstation trat in unser Blickfeld. Hell beleuchtet lag sie nur noch wenige Meter unter uns. Ich schulterte die Rucksäcke und warf Marlon einen letzten Blick zu.

»Nimmst du wieder die Ski?«

»Klar.« Und dann fuhren wir ratternd in das Haus ein. Als sich endlich die Türen der kleinen Gondel öffneten, machte sich Erleichterung breit. Starke Arme zogen mich aus der Gondel. Eine Decke wurde mir übergeworfen und ich wurde beiseite gezogen.

»Geht es Ihnen gut?«, fragte ein Mann in breitestem Schweizer Dialekt.

»Ja, ja.« Ich blickte mich um, suchte nach Marlon. Gerade eben war er mir doch noch so nahe gewesen. Ich spürte, wie all die Wärme aus mir wich. »Marlon?«, rief ich und versuchte mich aus der Umklammerung des Helfers zu befreien.

»Alles gut. Ich bin hier«, hörte ich sein Lachen und im nächsten Moment linste er hinter einer Horde Helfer hervor und strahlte mich an. Er hatte ebenfalls eine Decke um die Schultern. Die Ski hatten sie ihm abgenommen.

»Jule! Marlon!«, hörte ich eine vertraute Stimme rufen. Eva stürmte auf uns zu und umarmte erst mich und anschließend Marlon. Ob des ungewöhnlichen Gefühlsausbruchs von Eva linsten Marlon und ich uns amüsiert an. »Gott sei Dank ist euch nichts passiert.« Sie schien sichtlich erleichtert zu sein. »Kommt, ich habe den ganzen Papierkram wegen der Versicherungen schon erledigt. Sie wollten eure Personalien haben, für alle Fälle. Was weiß ich. Geht es euch gut? Braucht ihr medizinische Hilfe?« Panik spiegelte sich in ihren Augen wider.

»Uns geht es gut. Oder Jules?«, Marlon befreite sich aus ihrer Umklammerung und kam zu mir rüber.

»Ich möchte nur gerne ins Warme.« Ohne die kleine schützende Gondel um mich herum und ohne die Rettungsdecke war mir schlagartig wieder eiskalt. Meine Zähne klapperten unkontrolliert aufeinander.

»Okay, dann los.« Und schon stürmte Eva davon. In meinen sperrigen Skistiefeln hatte ich keine Chance, ihr Tempo zu halten und war froh, dass Marlon bei mir blieb.

Den Rückweg verbrachten wir schweigend. Unsere Schritte knirschten im Schnee, unser warmer Atem brach sich in der Luft. Ab und an hörte man Weihnachtslieder, die in den kleinen Häusern und Chalets gesungen wurden, an denen wir vorbeigingen. Eine Kutsche glitt fast lautlos an uns vorbei. Man hörte nur die zahlreichen Glöckchen, die am Pferdegeschirr befestigt waren und munter klingelten. Ich lugte in all die wohlig warmen, hell erleuchteten Fenster und fragte mich, wie das Weihnachten darin wohl sein mochte. Lustig? Entspannt? Besinnlich?

Eva war an der Haustür unseres Gruppenhauses angekommen. Überall waren Teelichte aufgestellt, die kleine Eisbar hatten wir vor ein paar Tagen schon gebaut. Ob sie tatsächlich Glühwein getrunken hatten, obwohl wir über den Bergen verschollen gewesen waren?

»Kommt ihr? Die anderen machen sich schon mächtig Sorgen.« Sie trieb uns zur Eile an. Typisch. Dabei hatten wir doch alle Zeit der Welt. Die Sterne funkelten über uns und sahen so anders aus als oben auf dem Berg.

»Geh schon mal rein. Ich muss noch etwas mit Jule besprechen.« Marlons Ton ließ keinen Widerspruch zu. Und tatsächlich: Eva verschwand. Ich bewunderte, dass er selbst unserer Betreuerin die Stirn bot.

»Hey, Jules. Das … das waren ganz besondere Weihnachten.«

»Ja, wem sagst du das. Danke … na, du weißt schon. Ohne dich wäre ich wahrscheinlich durchgedreht.« Ich stand direkt vor ihm, knetete meine Hände, die so gerne zu ihren Gegenstücken wollten. Doch jetzt, außerhalb unserer geschützten Seifenblase, war alles so anders. Er war anders. So unnahbar.

»Das mit Morgen … das habe ich ernst gemeint. Steht unsere Verabredung noch?« Er wirkte auf einmal schüchtern. Die Nähe und Verbundenheit, die ich hoch über den Baumwipfeln verspürt hatte, fehlten mir. Fast war es, als fürchte er, ich könnte *Nein* sagen.

»Klar. So lange du das mit Eva wegen des Strafdiensts regelst …« Ich lächelte ihn an. Mein Herz stolperte und polterte und drängte mich dazu, einen Schritt auf ihn zuzugehen.

Marlon beäugte jede meiner Bewegungen aufmerksam.

»Ich …« Ich lachte ungläubig. »Ich schulde dir noch etwas.« Meine Stimme hörte sich rau an. Ich räusperte mich. »Dein Weihnachtsgeschenk.«

Ohne weiter zu überlegen oder Marlon die Chance zu geben, etwas zu sagen, schlang ich meine Arme um ihn. Bevor sich unsere Lippen trafen, hielt ich einen Moment inne. Sog die Vertrautheit auf, die ich in seinen Armen verspürte. Die Wärme, die mir Marlon schenkte. Sein Atmen kitzelte mich. Ich lächelte. Glücklich.

»Frohe Weihnachten«, murmelte ich und spürte diese unendlich weichen Lippen auf meinen, die meine Worte lautlos wiederholten.

ZIMTSTERNE

Die benötigten Zutaten

3 Eiweiß

250g Puderzucker

250g gemahlene Mandeln

2 Teelöffel Zimt

100g Zucker

Wir backen!

Das Eiweiß zu festem Schnee schlagen. Den Puderzucker unter den Eischnee rühren.

2 gehäufte Esslöffel der Masse zum Dekorieren wegnehmen. Die Mandeln mit Zimt mischen und unter den Schnee mischen. Auf die Arbeitsfläche Zucker streuen und auf dem Zucker den Teig etwa 1 cm dick ausrollen. Sterne vorsichtig ausstechen und auf das eingefettete Backblech (oder mit Backpapier versehen) setzen, mit der Dekormasse bestreichen. Bei etwa 150°C die Sterne backen, bis sie leicht Farbe annehmen (ca. 25 Minuten, nicht aus den Augen lassen). Auf dem Blech abkühlen lassen.

Guten Appetit und vergesst die Küsse nicht!

JOSH & EMMA: SOUNDTRACK EINER LIEBE
SINA MÜLLER

Taschenbuch
ca. 245 Seiten, 12,90 €
ISBN 978-39447292657

Auch als E-Book erhältlich

Erhältlich im Verlagsshop unter amrun-verlag.de, bei Amazon oder überall im Buchhandel.

Liebe hat zwei Seiten. Sie ist wunderschön – aber sie kann verdammt weh tun. Das muss auch Emma feststellen, als sie Joshua auf einer Party kennenlernt und sich in ihn verliebt. Denn er ist einer der angesagtesten Nachwuchs-Popstars und das bringt neben den Schmetterlingen im Bauch leider auch seine ganz eigenen Probleme mit sich. Blitzlichtgewitter, kreischende Mädchen, Konzerte und dann sind da noch diese ständigen Termine zu den unpassendsten Zeiten.

Dabei hat Emma eigentlich genug mit sich selbst zu tun. Das Abi steht an und das geplante Studium wird sie unweigerlich in eine andere Stadt führen.

Gelingt es den beiden, trotz aller Hindernisse einen Weg für ihre Liebe zu finden?

„Josh & Emma – Soundtrack einer Liebe" ist der erste von zwei Bänden über die Liebe zwischen Josh & Emma.

GHOSTBOUND
C. M. SINGER

Taschenbuch
ca. 245 Seiten, 14,80 €
ISBN 978-3944729015

Hardcover
21,80 €
ISBN 978-3944729213

Erhältlich im Verlagsshop unter
amrun-verlag.de, bei Amazon oder
überall im Buchhandel.

Gibt es Liebe über den Tod hinaus?

Elizabeth hat sich noch nie damit befasst, doch als Daniel, der charmante Polizist, der vor ihren Augen ermordet wurde, als Geist zurückkehrt, entwickelt sich eine Liebe, die alle Grenzen sprengt. Nur sie kann ihn wahrnehmen und in dieser Welt halten.
Die Suche nach Daniels Mördern bringt allerlei Gefahren mit sich und ständig quält sie die Frage: Hat das Schicksal den beiden tatsächlich eine zweite Chance gewährt? Oder ist es nichts weiter als ein kurzer Aufschub des Unvermeidlichen?

Die Ghostbound-Trilogie ist komplett erschienen:
1 - Ghostbound
2 - Soulbound
3 - Spellbound

NEUMONDSCHATTEN
STEFANIE HASSE

Taschenbuch
ca. 350 Seiten, 12,90 €
ISBN 978-3-95869-035-6

Auch als E-Book erhältlich

Erhältlich im Verlagsshop unter amrunverlag.de, bei Amazon oder überall im Buchhandel.

Eine Liebe, getrennt von dunklen Mächten, ein Kampf, der das Ende der Welt bedeuten könnte … Ein seelenloser Schatten besetzt Jeremys Körper und bringt ihn an den Rande des Todes. Um ihn zu retten, muss der Skouro vernichtet werden. Seine große Liebe Ella stellt sich der Herausforderung. Sie absolviert die Ausbildung zur Jägerin und lernt, ins Schattenreich überzutreten – doch sie ahnt nicht, wer ihre Gegner wirklich sind.

Stefanie Hasses bislang umfangreichstes Stand-Alone-Werk - Urban Fantasy, die unter die Haut geht!

VIER JAHRE OHNE DICH
KATHARINA WOLF

Endlich ist Nora glücklich. Nach einer schwierigen Kindheit hat sie in Jan ihre erste große Liebe gefunden - und in seiner Familie Geborgenheit und Zusammenhalt. Alles ist perfekt. Bis zu jenem Abend, der alles ändert. Nichts ist mehr so wie es war ... selbst vier Jahre später nicht.

Das romantische Debüt von Katharina Wolf!

Taschenbuch
ca. 300 Seiten, 12,90 €
ISBN 978-3-95869-214-5

Auch als E-Book erhältlich

Erhältlich im Verlagsshop unter amrun-verlag.de, bei Amazon oder überall im Buchhandel.